¿Tienes miedo a la oscuridad?

Sidney Sheldon

¿Tienes miedo
a la oscuridad?

Traducción de Julio Sierra

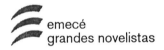

emecé
grandes novelistas

Sheldon, Sidney
    ¿Tienes miedo a la oscuridad? - 4ª ed. – Buenos Aires :
Emecé, 2005.
    336 p. ; 24x16 cm.

    Traducido por Julio Sierra

    ISBN 950-04-2612-9

    1. Narrativa Norteamericana I. Sierra, Julio, trad. II. Título
    CDD 813

Emecé Editores S.A.
Independencia 1668, C 1100 ABQ, Buenos Aires, Argentina
www.editorialplaneta.com.ar

Título original: *Are you afraid of the dark?*

Diseño de cubierta: *Lucía Cornejo*
4ª edición: febrero de 2005
Impreso en Cosmos Offset S.R.L.,
Coronel García 444, Avellaneda,
en el mes de febrero de 2005.

IMPRESO EN LA ARGENTINA / PRINTED IN ARGENTINA
Queda hecho el depósito que previene la ley 11.723
ISBN: 950-04-2612-9

Para Atanas y Vera, con amor

Un agradecimiento especial a mi asistente Mary Langford, cuya contribución resultó de un valor incalculable.

Prólogo

Sonja Verbrugge no tenía idea de que aquél iba a ser su último día en la Tierra. Iba abriéndose paso entre el mar de turistas de verano que rebalsaban las agitadas aceras de Unter den Linden. "No te asustes", se dijo a sí misma. "Debes mantener la calma".

El mensaje de Franz recibido en su computadora era aterrador: "¡Huye, Sonja! Ve al Hotel Artemisia. Allí estarás a salvo. Espera hasta que sepas..."

El mensaje se interrumpía abruptamente. ¿Por qué Franz no había terminado de escribirlo? ¿Qué podría estar sucediendo? *Frau* Verbrugge se acercaba a la Branderburgische Strasse, donde estaba el Hotel Artemisia, un establecimiento que sólo recibía mujeres. "Allí esperaré a Franz y él me explicará de qué se trata todo esto".

Cuando Sonja Verbrugge llegó a la esquina siguiente, el semáforo encendió la luz roja, y mientras esperaba en el borde de la acera, alguien en medio de la multitud la empujó haciéndola trastabillar sobre la calzada. *Verdammt Touristen!* Una limusina, hasta ese momento estacionada en doble fila, se puso en marcha y se dirigió hacia ella, rozándola con tanta fuerza que la hizo rodar por el suelo. La gente comenzó a arremolinarse a su alrededor.

—¿Está bien la mujer?

11

—Ist ihr etwas passiert?

—Peut-elle marcher?

Una ambulancia que pasaba en ese momento por allí se detuvo. Dos enfermeros corrieron hacia ella y se hicieron cargo de la situación.

—Nosotros nos ocuparemos de ella.

Casi sin que ella se diera cuenta, Sonja Verbrugge fue rápidamente levantada e introducida en la ambulancia. La puerta se cerró y de inmediato el vehículo partió a toda velocidad. Cuando trató de sentarse de dio cuenta de que estaba atada a la camilla.

—Estoy bien —protestó—. No fue nada. Yo...

Uno de los enfermeros se inclinó sobre ella.

—Está bien, *Frau* Verbrugge. Tranquilícese.

Lo miró, súbitamente alarmada.

—¿Cómo es que sabe mi...?

Sintió el pinchazo de una aguja hipodérmica en el brazo y un instante después se entregó a la oscuridad que la esperaba.

PARÍS, FRANCIA

Mark Harris estaba solo en la terraza de observación de la Torre Eiffel sin reparar en la fuerte lluvia que lo envolvía. Cada tanto, un fugaz relámpago convertía las gotas en deslumbrantes cascadas de diamantes.

Al otro lado del río Sena estaban los conocidos Palais de Chaillot y los Jardines del Trocadéro, pero él no les prestaba atención. Su mente se concentraba en la sorprendente noticia que estaba por ser dada a conocer al mundo.

El viento había comenzado a convertir la lluvia en intensos remolinos. Mark Harris protegió la muñeca con la manga y miró su reloj. Se estaban demorando. "¿Por qué habían insistido en reunirse en ese lugar, a medianoche?" Mientras todavía seguía con estos pensamientos, oyó que las puertas del ascensor de la torre se abrían. Dos hombres se acercaron, luchando contra el fuerte viento.

Cuando Mark Harris los reconoció, tuvo una sensación de alivio.

—Llegan tarde.

—Es este maldito clima, Mark. Disculpa.

—Bien. Ya están aquí. Ya está todo listo para la reunión en Washington, ¿no?

—De eso es de lo que necesitamos hablarte. En realidad tuvimos una larga discusión esta mañana sobre la mejor manera de manejar este asunto, y decidimos...

Mientras hablaban, el segundo hombre se había colocado detrás de Mark Harris y sucedieron dos cosas de manera casi simultánea. Un elemento pesado y romo se estrelló contra su cráneo, y un instante después sintió que lo levantaban y lo arrojaban por sobre el parapeto a la fría y fuerte lluvia. Su cuerpo cayó hacia la implacable acera que había treinta y ocho pisos más abajo.

DENVER, COLORADO

Gary Reynolds se había criado en la montañosa Kelowna, Canadá, cerca de Vancouver y allí había recibido su entrenamiento de piloto, de modo que estaba acostumbrado a sobrevolar los traicioneros terrenos montañosos. Piloteaba un Cessna Citation II, sin apartar su mirada atenta de los picos nevados que lo rodeaban.

El diseño del avión requería una tripulación de dos personas para la cabina del piloto, pero en esta ocasión no había copiloto. "No en este viaje", pensó Reynolds con gesto sombrío.

Había presentado un plan de vuelo falso rumbo al aeropuerto Kennedy. A nadie se le iba a ocurrir buscarlo en Denver. Iba a pasar la noche en la casa de su hermana, y por la mañana, volaría rumbo al este para encontrarse con los demás. Todos los arreglos ya estaban listos, además...

La voz en la radio interrumpió sus pensamientos.

—Citation Uno Uno Uno Lima Foxtrot, aquí torre de control del Aeropuerto Internacional de Denver. Adelante, por favor.

Gary Reynolds apretó el botón de la radio.

—Aquí Citation Uno Uno Uno Lima Foxtrot. Solicito autorización para aterrizar.

—Uno Lima Foxtrot, indique su posición.

—Uno Lima Foxtrot. Estoy a veinticuatro kilómetros al noroeste del Aeropuerto de Denver. Altitud: cuatro mil quinientos metros.

Vio la cumbre del monte Pike que se alzaba a la derecha. El cielo era azul brillante, con buen clima. "Un buen presagio".

Se produjo un breve silencio. Hasta que volvió la voz de la torre de control.

—Uno Lima Foxtrot autorizado para aterrizar en pista dos-seis. Repito, pista dos-seis.

—Uno Lima Foxtrot, recibido.

Sin que nada lo hubiera anunciado, Gary Reynolds sintió que el avión daba un súbito y pronunciado salto. Sorprendido, miró por la ventanilla de la cabina. Un viento fuerte se había levantado y en cuestión de segundos el Cessna se vio arrastrado por una violenta turbulencia que comenzó a moverlo de un lado a otro. Tiró del volante de control para tratar de ganar altura. Nada que hacer. Estaba atrapado en un violento remolino. El avión estaba totalmente fuera de control. Apretó de un golpe el botón de la radio.

—Éste es Uno Lima Foxtrot. Estoy en una emergencia.

—Uno Lima Foxtrot. ¿Qué clase de emergencia?

Gary Reynolds gritaba sobre el micrófono.

—Atrapado por un cambio brusco del viento. ¡Gran turbulencia! ¡Estoy en medio de un maldito huracán!

—Uno Lima Foxtrot, usted está a cuatro minutos y medio del aeropuerto de Denver y no tenemos señales de turbulencias en nuestras pantallas.

—¡Al demonio con sus pantallas! Le digo ... —Su tono de voz subió súbitamente—. ¡Mayday! ¡May...

En la torre de control vieron horrorizados que la señal en la pantalla del radar desaparecía.

Al amanecer, en un lugar debajo del puente Manhattan sobre el East River, cerca de muelle 17, una media docena de policías uniformados y detectives con ropas civiles rodeaban un cuerpo totalmente vestido que yacía en la arenosa costa del río. El cuerpo había sido arrojado sin cuidado, de modo que su cabeza, como si fuera un espectro, se movía al compás de los movimientos caprichosos de la marea. La persona a cargo, el detective Earl Greenburg, del Escuadrón de Homicidios de Manhattan Sur, terminó con los procedimientos oficiales prescriptos. Nadie podría acercarse al cuerpo hasta que se tomaran las fotografías, mientras él tomaba notas de la escena y los oficiales buscaban cualquier prueba que pudieran encontrar. Las manos de la víctima habían sido envueltas en bolsas de plástico limpias.

Carl Ward, el médico policial, terminó su examen, se puso de pie y se sacudió el polvo de los pantalones. Miró a los dos policías a cargo. El detective Earl Greenburg era un profesional de aspecto eficiente y antecedentes impecables. El otro, el detective Robert Praegitzer, era un hombre canoso y gris, con el aspecto relajado de alguien que ya lo ha visto todo.

Ward se dirigió a Greenburg.

—Todo tuyo, Earl.

—¿Qué es lo que tenemos?

—La causa obvia de la muerte es degüello. Directamente un corte en la arteria carótida. Tiene las dos rodillas reventadas y da la impresión de tener algunas costillas rotas. Alguien hizo un buen trabajo con él.

—¿Qué me puedes decir de la hora de la muerte?

—Difícil decirlo —respondió Ward a la vez que miraba el agua que movía la cabeza del muerto—. Calculo que lo arrojaron aquí un poco después de medianoche. Te daré el informe completo cuando lo llevemos a la morgue.

Greenburg dirigió su atención al cuerpo. Chaqueta gris, pantalones azul oscuro, corbata celeste, reloj caro en la muñeca izquierda. El detective se arrodilló y comenzó a revisar los bolsillos de la ropa de la víctima. Con los dedos encontró una nota. La sacó, sosteniéndola por el borde.

—Está en italiano. —Miró a su alrededor—. ¡Gianelli!

Uno de los policías uniformados corrió hacia él.

—Sí, señor.

—¿Puedes leer esto? —preguntó Greenburg mientras le alcanzaba la nota.

Gianelli leyó en voz alta:

—"Última oportunidad. Encuéntrame en el muelle 17 con el resto de la droga o nadarás con los peces". —Se la devolvió.

Robert Praegitzer se mostró sorprendido.

—¿Un golpe de la mafia? ¿Por qué lo habrán dejado aquí de esta manera, a la vista de todos?

—Buena pregunta. —Greenburg seguía revisando los bolsillos. Sacó una billetera y la abrió. Estaba llena de billetes—. Seguro que no andaban detrás de su dinero. —Sacó una tarjeta—. El nombre de la víctima es Richard Stevens.

Praetzinger frunció el ceño.

—Richard Stevens... ¿No apareció algo sobre él en los diarios no hace mucho?

—Sobre la esposa —informó el otro—. Diane Stevens. Estaba en la corte, en el juicio a Tony Altieri por asesinato.

—Correcto —replicó Praetzinger—. Ella es testigo contra el capo de todos los capos.

Ambos se volvieron para observar el cuerpo de Richard Stevens.

Capítulo uno

En el centro de Manhattan, en la Sala 37 del edificio de la Suprema Corte en la calle Central 180, se estaba desarrollando el juicio de Anthony "Tony" Altieri. Periodistas y público llenaban la enorme y venerable sala.

Anthony Altieri estaba sentado a la mesa de la defensa. Encorvado en su silla de ruedas, parecía un sapo pálido doblado sobre sí mismo. Sólo sus ojos eran vivaces, y cada vez que miraba a Diane Stevens en el estrado de los testigos, ella podía literalmente sentir el pulso de su odio.

Junto al acusado se hallaba Jake Rubenstein, su abogado defensor. Rubenstein era famoso por dos cosas: su clientela compuesta de personajes notorios, en particular unos cuantos que pertenecían a la mafia, y el hecho de que casi todos sus clientes resultaban absueltos.

Este abogado era un hombre pequeño y vivaz con mente rápida y vívida imaginación. En sus apariciones en la corte, jamás era el mismo. El histrionismo judicial era su especialidad, y era de los mejores. Se caracterizaba por la precisa apreciación de sus oponentes, con un feroz instinto para descubrir sus debilidades. A veces Rubenstein imaginaba que era un león que se acercaba lentamente a su desprevenida presa, listo para saltar; en otras ocasiones, era una astuta araña que tejía la tela con la que finalmente los atrapaba dejándolos inermes. También podía ser un paciente pescador que lanzaba delicadamente la línea al agua para moverla sin prisa de un lado a otro hasta que el cándido observador mordiera el anzuelo.

El abogado estudiaba con cuidado a la testigo en el estrado. Diane Stevens tenía poco más de treinta años, con un aura de elegancia y rasgos patricios, pelo rubio suelto. Ojos verdes. Figura encantadora. Su aspecto de saludable muchacha común contrastaba con su elegante traje negro, bien cortado, chic. Jake Rubenstein sabía que, el día anterior, ella había dejado una impresión favorable en el jurado. Tenía que ser cuidadoso en el modo de tratarla. "Pescador", decidió.

Se tomó su tiempo para acercarse al banquillo de los testigos y después habló con voz suave.

—Señora Stevens, ayer usted declaró que el día en cuestión, el 14 de octubre, usted iba en su auto en dirección al sur por la autopista Henry Hudson, cuando pinchó un neumático de su vehículo, por lo que abandonó la autopista en la salida de la Calle 158, hacia una ruta secundaria en Fort Washington Park. ¿Es así?

—Sí. —La voz de ella era suave y refinada.

—¿Por qué decidió detenerse en ese lugar en particular?

—Debido al neumático pinchado tuve que salir de la autopista y alcancé a ver los techos de una cabaña entre los árboles. Pensé que alguien allí podría ayudarme ya que no llevaba rueda de auxilio.

—¿Es socia de algún club de autos?

—Sí.

—¿Tiene teléfono en su automóvil?

—Sí.

—¿Entonces por qué no llamó a su club?

—Pensé que iba a demorar demasiado.

—Por supuesto —replicó comprensivo el abogado—. Y la cabaña estaba allí cerca.

—Efectivamente.

—De modo que se acercó a esa cabaña para buscar ayuda, ¿no?

—Correcto.

—¿Había luz natural todavía?

—Sí. Eran más o menos las cinco de la tarde.

—De modo que podía ver con claridad, ¿no?

—Así es.

—¿Y qué vio, señora Stevens?

—Vi a Anthony Altieri...

—Ah. ¿Ya lo conocía?

—No.

—¿Y cómo supo que era Anthony Altieri?

—He visto su foto en los diarios y...

—De modo que había visto fotos que se parecían al acusado. ¿Es así?

—Bueno...

—¿Qué vio en la cabaña?

Diane Stevens respiró profundamente con un ligero estremecimiento. Habló con lentitud, visualizando la escena en su mente.

—Había cuatro hombres adentro. Uno de ellos estaba sentado, atado a una silla. El señor Altieri parecía estar interrogándolo mientras los otros dos permanecían junto a él. —Su voz se interrumpió—. El señor Altieri sacó un revólver, gritó algo y... y le disparó al hombre en la nuca.

Jake Rubenstein miró de reojo a los miembros del jurado. Estaban pendientes del testimonio.

—¿Y qué hizo usted entonces, señora Stevens?

—Corrí de vuelta al coche y marqué el 911 en mi teléfono celular.

—¿Y luego?

—Me alejé con mi auto.

—¿Con un neumático pinchado?

—Sí.

Era el momento de producir algún movimiento en el agua.

—¿Por qué no esperó a que llegara la policía?

Diane lanzó una mirada hacia la mesa de la defensa. Altieri la observaba con malevolencia pura.

Ella apartó la mirada.

—No podía permanecer allí porque... porque tenía miedo de que los hombres salieran de la cabaña y me vieran.

—Muy comprensible. —La voz de Rubenstein se endureció—. Lo que *no* es comprensible es que cuando la policía respondió a su llamada al 911, fueron y entraron en la cabaña, señora Stevens, pero no pudieron encontrar señales de que nadie hubiera estado allí, y mucho menos de que alguien hubiera sido asesinado.

—Eso está fuera de mi control. Yo...

—Usted es pintora, ¿verdad?

La pregunta la tomó de sorpresa.

—Sí. Yo...

—¿Exitosa?

—Supongo que sí, pero ¿qué tiene eso...?

Había llegado el momento de dar un tirón al anzuelo.

—Un poco de publicidad extra nunca está de más, ¿no? Todo el país la ve en los noticiarios televisivos de la noche, y en las primeras planas de...

Diane lo miró furiosa.

—No hice esto para tener publicidad. Jamás enviaría a un hombre inocente a...

—La palabra clave aquí es *inocente*, señora Stevens. Y voy a demostrar más allá de toda duda razonable que el señor Altieri es inocente. Gracias. He terminado con usted.

Diane Stevens ignoró el doble sentido. Cuando bajó del estrado para volver a su asiento hervía de furia. Le susurró algo al fiscal, se dirigió a la puerta y salió en dirección al estacionamiento. Las palabras del abogado defensor resonaban en sus oídos.

"Usted es pintora, ¿verdad?" Era insultante. De todas maneras, en general, estaba satisfecha con la manera en que había dado su testimonio. Le había dicho al jurado exactamente lo que había visto y no tenían razones para dudar de su palabra. Anthony Altieri iba a ser condenado y enviado a prisión por el resto de su vida, pero de todas maneras no pudo evitar pensar en la venenosa mirada que él le había lanzado. Un ligero temblor la atravesó.

Le dio el comprobante al encargado del estacionamiento, quien fue a buscar su automóvil.

Dos minutos después conducía hacia la calle para dirigirse al norte, en dirección a su casa.

Había una señal para detenerse en la esquina. Cuando Diane apretó el freno y se detuvo, un joven bien vestido esperaba en el borde de la acera y se acercó al auto.

—Disculpe. Estoy perdido. ¿Podría usted...?

Bajó el cristal de la ventanilla.

—¿Podría decirme cómo llegar al Túnel Holland? —Hablaba con acento italiano.

—Sí. Es muy simple. Siga hasta la primera...

El hombre levantó el brazo. En la mano tenía una pistola con silenciador.

—Fuera del auto, señora. ¡Rápido!

Ella palideció.

—Está bien. Por favor, no... —Cuando comenzó a abrir la puerta y el hombre dio un paso atrás, apretó el pie en el acelerador y el auto partió a toda velocidad. Oyó que la luneta de cristal explotaba al recibir el impacto de una bala y luego el ruido de otro proyectil que golpeaba en la parte de atrás del automóvil. El corazón le latía con tanta fuerza que le resultaba difícil respirar.

Diane Stevens había leído sobre los secuestros de automóviles, pero siempre había sido algo remoto, algo que le ocurría a otra gente. Además, aquel hombre había tratado de matarla. Pero, ¿los secuestradores de automóviles hacían eso? Tomó su teléfono celular y marcó 911. Pasaron casi dos minutos antes de que atendiera un operador.

—911. ¿Cuál es su emergencia?

Sin embargo, aun mientras explicaba lo que había ocurrido, sabía que todo era inútil. Para ese momento el hombre ya habría desaparecido.

—Enviaremos un oficial al lugar. Déme su nombre, dirección y número de teléfono, por favor.

Diane se los dio. "Todo esto es inútil", pensó. Miró hacia atrás, al parabrisas roto y sintió un temblor. Se moría de ganas de llamar a Richard al trabajo para contarle lo que acababa de ocurrir, pero sabía que estaba ocupado con un proyecto urgente. Si lo llamara y le contara lo ocurrido, se pondría nervioso y dejaría todo para correr a su lado. Como no deseaba demorarlo en sus tareas decidió contárselo cuando él volviera al departamento.

De pronto una escalofriante idea cruzó por su mente. "¿El hombre la había estado esperando, o fue una mera coincidencia?" Recordó la conversación que había tenido con Richard cuando comenzó el juicio:

"—No creo que debas declarar como testigo, Diane. Podría ser peligroso.

"—No te preocupes, querido. Altieri será condenado. Lo encerrarán para siempre.

"—Pero él tiene amigos y...

"—Richard, si no lo hago, no podría seguir viviendo tranquila".

Se persuadió a sí misma: "Esto que ha ocurrido tiene que ser una coincidencia. Altieri no es tan tonto como para hacerme algo a mí, especialmente ahora, mientras se lo está juzgando".

Salió de la autopista y se dirigió al oeste hasta llegar a su departamento en la Calle 75 Este. Antes de detenerse en el estacionamiento subterráneo, echó una última y cuidadosa mirada por la ventanilla de atrás. Todo parecía normal.

El departamento era un espacioso dúplex de planta baja, con una enorme sala de estar, ventanales de techo a piso y una gran chimenea de mármol. Había sofás y sillones tapizados con motivos florales, una biblioteca integrada en la mampostería y una pantalla de televisión de gran tamaño. Las paredes se enriquecían con coloridos cuadros. Había un Childe Hassam, un Jules Pascin, un Thomas Birch, un George Hitchcock, y en un área separada, un grupo de las propias pinturas de Diane.

En el piso superior estaban el dormitorio principal y el baño, una segunda habitación de huéspedes y un luminoso y soleado atelier donde ella pintaba. En las paredes había varios cuadros suyos. En el centro del lugar, sobre el atril, había un retrato sin terminar.

Lo primero que hizo al llegar a su casa, fue correr al atelier. Sacó la obra a medio terminar y puso una tela en blanco. Comenzó a dibujar el rostro del hombre que había tratado de matarla, pero las manos le temblaban tanto que tuvo que interrumpir la tarea.

—Ésta es la parte del trabajo que menos me gusta —se quejó el detective Earl Greenburg, mientras conducía su vehículo en dirección a la casa de Diane Stevens.

—Es mejor que se lo digamos nosotros y no que se entere por los noticiarios de la noche —comentó Robert Praegitzer. Miró a Greenburg—. ¿Se lo dirás tú mismo?

El otro asintió con gesto de poca alegría. Por su mente pasó el cuento del detective que había ido a informarle a la señora Adams, la mujer del patrullero, que su marido había muerto en un enfrentamiento.

"—Ella es muy sensible —le había advertido el jefe—. Debes decírselo con cuidado.

"—No se preocupe, jefe. Puedo manejarlo.

"El detective golpeó a la puerta de la casa de los Adams, y cuando la mujer del patrullero la abrió, le dijo:

"—¿Es usted la viuda Adams?"

Diane se sobresaltó con el sonido del timbre de la entrada. No esperaba a nadie. Se acercó al intercomunicador.

—¿Quién es?

—El detective Earl Greenburg. Me gustaría hablar con usted, señora Stevens.

"Debe ser por el asunto del intento de secuestro de mi auto", pensó. "Llegó rápido la policía".

Apretó el botón para abrir la puerta y Greenburg ingresó en el vestíbulo y se dirigió a la puerta del departamento.

—Hola.

—¿Señora Stevens?

—Sí. Gracias por venir tan rápido. Empecé a dibujar el rostro del hombre, pero... —Se detuvo para tomar aire—. Era moreno, con ojos castaños hundidos y un pequeño lunar en la mejilla. El arma tenía silenciador y...

Greenburg la miraba confundido.

—Disculpe. No entiendo de qué...

—El atacante. Llamé al 911 y... —Interpretó la expresión en la cara del detective—. Esta visita no tiene nada que ver con eso, ¿no?

—No, señora. Nada que ver. —Hizo una pausa—. ¿Puedo pasar?

—Por favor.

Entró en el departamento.

Ella lo miraba con el ceño fruncido.

—¿De qué se trata? ¿Algún problema?

Parecía que las palabras se negaban a ayudarlo.

—Así es. Lo siento. Me temo que traigo malas noticias. Se trata de su marido.

—¿Qué ocurrió? —La voz le temblaba.

—Tuvo un accidente.

Diane sintió un súbito escalofrío.

—¿Qué clase de accidente?

El detective respiró hondo.

—Lo mataron anoche, señora Stevens. Encontramos su cuerpo esta mañana, debajo de un puente sobre el East River.

Lo miró fijo por un momento; luego, lentamente comenzó a sacudir la cabeza.

—Se equivocó de persona, teniente. Mi marido está trabajando en su laboratorio.

Aquello iba a ser más difícil de lo que había anticipado.

—Señora Stevens, su marido, ¿pasó la noche en casa?

—No, pero Richard muchas veces trabaja toda la noche. Es un científico. —Se agitaba cada vez más.

—Señora Stevens, ¿sabía usted que su marido estaba vinculado a la mafia?

La mujer palideció.

—¿La mafia? ¿Se ha vuelto loco?

La respiración de Diane comenzaba a acelerarse en exceso.

—Déjeme ver su identificación.

—Seguro. —El detective sacó su placa de identificación y se la mostró.

Ella la miró, se la devolvió y le dio una bofetada al policía.

—¿Para eso le paga la policía, para andar por ahí asustando a los ciudadanos honestos? ¡Mi marido no está muerto! Está trabajando. —Sus palabras brotaban a los gritos.

Greenburg la miró a los ojos y vio en ellos estupor e incredulidad.

—Señora Stevens, ¿quiere que envíe a alguien para que la acompañe y...?

—Usted es quien necesita compañía. Váyase.

—Señora Stevens...

—¡Ya mismo!

Greenburg sacó una tarjeta con su nombre y la dejó en la mesa.

—Si quiere hablar conmigo, éste es mi número.

Mientras se dirigía a la puerta de calle pensó: "¡Qué bien manejé las cosas! Lo mismo que si le hubiera dicho: 'Hola, ¿es usted la viuda Stevens?'"

Cuando el detective Earl Greenburg se fue, Diane cerró la puerta con llave y suspiró profundamente. "¡Qué idiota! Venir al departamento equivocado y tratar de asustarme. Lo voy a denunciar". Miró el reloj. "Richard llegará de un momento a otro. Es hora de comenzar a preparar la cena". Iba a hacer una paella, el plato favorito de él. Fue a la cocina y comenzó a prepararla.

Debido al secreto que rodeaba el trabajo de Richard, Diane nunca lo molestaba cuando estaba en el laboratorio, y si él no la llamaba, era señal de que iba a llegar tarde. A las ocho la paella estaba lista. La probó y sonrió satisfecha. Estaba tal como le gustaba a Richard. Cuando dieron las diez y él todavía no había llegado, metió la paella en la heladera y dejó una nota adherida a la puerta: "Querido, la cena está en la heladera. Despiértame". Richard iba a estar hambriento cuando llegara.

Súbitamente se sintió agotada. Se desvistió, se puso el camisón, se cepilló los dientes y se metió en la cama. En pocos minutos estaba profundamente dormida.

A las tres de la mañana se despertó gritando.

Capítulo dos

Amanecía cuando Diane pudo dejar de temblar. El frío que sentía le llegaba hasta los huesos. Richard estaba muerto. Jamás volvería a verlo, ni a oír su voz, ni a sentir sus brazos apretándola contra él. "Y todo es por mi culpa. Nunca debí haberme presentado en el juicio. Oh, Richard, perdóname… por favor, perdóname… No creo que pueda seguir adelante sin ti. Eras mi vida, mi razón de vivir, y ahora me he quedado sin nada".

Quería convertirse en una bolita cada vez más pequeña.

Quería desaparecer.

Quería morirse.

Se quedó allí, desolada, pensando en el pasado, en cómo Richard le había cambiado la vida…

Diane West se había criado en Sands Point, Nueva York, una zona de apacible afluencia. Su padre era cirujano y su madre, pintora. Diane había comenzado a dibujar cuando tenía tres años.

Estudió en el internado St. Paul y cuando recién ingresó en la universidad tuvo una breve relación con su carismático profesor de matemáticas. Él le dijo que quería casarse con ella, que ella era la única mujer en el mundo para él. Cuando Diane se enteró de que el hombre tenía esposa y tres hijos, decidió que algo andaba mal en él: o su memoria o sus cálculos. Cambió de casa de estudios y se fue al Wellesley College.

Estaba obsesionada con la pintura, y le dedicaba todo momento libre del que dispusiera. Para la época en que se graduó, ya había comenzado a vender sus pinturas y comenzaba a forjarse una reputación como artista prometedora.

Aquel otoño, una importante galería de arte de la Quinta Avenida le organizó su propia exposición personal y se convirtió en un enorme éxito. El dueño de la galería, Paul Deacon, era un afronorteamericano rico, erudito que ayudó a consolidar su carrera.

La noche de la inauguración la sala estaba repleta. Deacon se acercó presuroso a Diane con una enorme sonrisa.

—¡Felicitaciones! Ya hemos vendido casi todos los cuadros. Organizaremos otra exposición en unos meses, en cuanto estés lista.

Estaba encantada.

—Eso es maravilloso, Paul.

—Te lo mereces. —Le dio una palmada en el hombro y se alejó con la misma premura con que se había acercado.

Ella estaba firmando un autógrafo cuando un hombre se le acercó por atrás.

—Me encantan sus curvas —le dijo.

Se puso tensa. Furiosa, giró sobre sí misma y abrió la boca para lanzar una punzante respuesta, cuando él continuó:

—Tienen la delicadeza de un Rosetti o un Manet. —Estaba observando una de las pinturas en la pared.

—¡Oh! —Ella se detuvo a tiempo; miró con mayor detención a su interlocutor. Parecía tener unos treinta y tantos años. Medía alrededor de un metro ochenta, contextura atlética, pelo rubio, y brillantes ojos azules. Vestía un traje color tostado pálido, camisa blanca y corbata marrón—. Este... gracias.

—¿Cuándo comenzó a pintar?

—Cuando era niña. Mi madre era pintora.

Él sonrió.

—Bueno, mi madre cocinaba y yo no sé cocinar. Yo ya sé cómo se llama usted. Mi nombre es Richard Stevens.

En ese momento, Paul Deacon se acercó con tres paquetes.

—Aquí tiene sus cuadros, señor Stevens. Que los disfrute. —Se los entregó y se marchó.

Lo miró sorprendida.

—¿Usted compró tres cuadros míos?

—Tengo dos más en mi departamento.

—Eso me… eso me halaga.

—Valoro el talento.

—Gracias… —vaciló—. Bueno, seguramente usted está ocupada, de modo que me voy…

Se sorprendió a sí misma cuando replicó:

—De ninguna manera. Está bien.

Él sonrió.

—Bien. —Volvió a vacilar—. Usted podría hacerme un gran favor, señorita West.

Diane le miró la mano izquierda. No llevaba anillo de bodas.

—¿Sí?

—Ocurre que tengo dos entradas para el estreno de una nueva puesta de *Un espíritu burlón*, la pieza de Noel Coward, para mañana por la noche, y no tengo con quién ir. ¿Estará usted libre…?

Lo estudió por un momento. Parecía agradable y muy atractivo, pero, después de todo, era un absoluto extraño. "Muy peligroso. Demasiado peligroso". Pero se oyó decir:

—Me va a gustar mucho ir.

La noche siguiente resultó encantadora. Richard Stevens era un compañero muy divertido y la compatibilidad fue instantánea. Compartían el interés por el arte y la música, y muchas otras cosas. Ella se sentía atraída por él, pero no estaba segura de si él sentía lo mismo respecto de ella.

Al final de la noche, Richard le preguntó:

—¿Estarás libre mañana por la noche?

Diane no vaciló al dar la respuesta:

—Sí.

La noche siguiente los encontró cenando en un tranquilo restaurante del Soho.

—Cuéntame de ti, Richard.

—No hay mucho para contar. Nací en Chicago. Mi padre era arquitecto y diseñaba edificios en todo el mundo. Mi madre y yo viajábamos con él. Fui a una docena de diferentes escuelas extranjeras y aprendí a hablar algunos idiomas en defensa propia.

—¿A qué te dedicas? ¿En qué trabajas?

—Trabajo en el GKI, Grupo Kingsley Internacional. Es un enorme centro de investigación y análisis de política pública, un *think tank*.

—Parece algo muy estimulante.

—Es fascinante. Hacemos investigaciones tecnológicas de avanzada. Si tuviéramos un lema, sería algo así como "Si no tenemos la respuesta ahora, esperemos hasta mañana".

Después de cenar, Richard la llevó a su casa. Al llegar a la puerta, él le tomó la mano.

—Disfruté mucho esta noche, gracias —le dijo. Y se fue.

Ella se quedó allí, mirando cómo se alejaba. "Me alegra que sea un caballero y no un lobo. Realmente me alegra. ¡Maldición!"

Después de aquello, se reunían todas las noches, y cada vez que ella lo veía tenía la misma sensación de tibieza.

Un viernes por la noche, Richard sugirió:

—Soy instructor de un equipo de muchachos los sábados. ¿Te gustaría acompañarme y verlos jugar?

Diane asintió con la cabeza.

—Me va a encantar, instructor.

A la mañana siguiente, observó a Richard que trabajaba con los entusiastas jóvenes jugadores. Era cariñoso, cuidadoso y paciente, gritaba de alegría cuando Tim Hold de diez años atrapaba una pelota en el aire, y era obvio que todos lo adoraban.

"Me estoy enamorando. Me estoy enamorando", pensó Diane.

Unos pocos días después, Diane se reunió en un almuerzo informal con algunas amigas, y cuando salían del restaurante, pasaron junto a un local donde una gitana adivinaba la suerte.

Sintió el impulso de entrar.

—Vamos a que nos digan el futuro.

—No puedo, Diane. Tengo que volver a mi trabajo.

—Yo también.

—Yo tengo que ir a buscar a Johnny.

—¿Por qué no vas sola y después nos cuentas?

—Está bien. Lo haré.

Cinco minutos más tarde, estaba allí sola, sentada ante una vieja fea, cuya boca estaba llena de dientes de oro. Llevaba un sucio pañuelo en la cabeza.

"Esto es una tontera", pensó. "¿Por qué lo estoy haciendo?" Pero ella sabía muy bien por qué lo estaba haciendo. Quería preguntar si ella y Richard tenían futuro juntos. "Es sólo para divertirme", se dijo a sí misma.

Diane observaba mientras la vieja tomaba el mazo de tarot y comenzaba a barajar las cartas, sin levantar la vista ni un momento.

—Me gustaría saber si…

—Shh. —La mujer dio vuelta una carta. Era la imagen de El Loco, con abigarrada vestimenta y una mochila. La mujer la estudió un momento—. Hay muchos secretos que tienes que aprender. —Dio vuelta otra carta—. Ésta es La Luna. Tienes deseos de los que no estás segura.

Diane vaciló y asintió con un gesto.

—¿Tiene que ver con un hombre?

—Sí.

La vieja dio vuelta la siguiente carta.

—Ésta es la carta de Los Amantes.

Diane sonrió.

—¿Es una buena señal?

—Ya veremos. Las siguientes tres cartas nos lo dirán. —Dio vuelta otra carta—. El Colgado. —Frunció el ceño, vaciló y dio vuelta la carta siguiente—. El Diablo —murmuró.

—¿Eso es malo? —preguntó con voz débil.

La gitana adivina no respondió.

Diane siguió observando mientras la gitana daba vuelta la carta siguiente. Sacudió la cabeza. Su voz sonó hueca y fantasmal:

—La carta de La Muerte.

Se puso de pie.

—No creo en nada de esto —dijo enojada.

La vieja levantó la vista, y cuando habló, su voz retumbó sordamente.

—No importa lo que creas. La muerte te ronda.

Capítulo tres

El *Polizeikommandant*, Otto Shiffer, dos oficiales de policía uniformados y el administrador del edificio de departamentos, *Herr* Karl Goetz, observaban al cuerpo desnudo y arrugado que yacía en el fondo de la bañera de la que desbordaba el agua. En el cuello tenía una pálida marca que daba toda la vuelta.

—Fría —dijo el *Polizeikommandant* después de poner un dedo debajo de la canilla que goteaba. Olió la botella de licor vacía que estaba junto a la bañera y se volvió hacia el administrador—. ¿Cómo se llama?

—Sonja Verbrugge. Su marido es Franz Verbrugge. Es una especie de científico.

—¿Vivía en el departamento con el marido?

—Siete años. Magníficos inquilinos. Siempre pagaban la renta en fecha. Jamás ningún problema. Todos querían... —Se dio cuenta de lo que estaba por decir y se detuvo.

—¿*Frau* Verbrugge tenía trabajo?

—Sí. En uno de esos bares con Internet, donde la gente paga por usar las computadoras para...

—¿Cómo fue que descubrió el cuerpo?

—Fue gracias a la canilla de agua fría de la bañera. Traté de arreglarla varias veces, pero nunca cerraba completamente.

—¿Y?

—Y esta mañana, el inquilino del departamento de abajo se quejó porque le caía agua del techo. Subí, golpeé la puerta, y como nadie respondió, abrí con mi llave maestra. Me dirigí al baño y encontré... —Su voz se ahogó.

Un detective entró en el baño.

—Ninguna botella de licor en los armarios, sólo vino.

—Bien. —El *Kommandant* asintió con un gesto. Señaló la botella de licor junto a la bañera—. Que busquen huellas digitales.

—Sí, señor.

El jefe se volvió a Karl Goetz.

—¿Sabe dónde está *Herr* Verbrugge?

—No. Siempre lo veo por la mañana, cuando sale para ir a trabajar, pero... —Hizo un gesto de impotencia.

—¿No lo vio esta mañana?

—No.

—¿Sabe si *Herr* Verbrugge tenía pensado hacer algún viaje a alguna parte?

—Lo ignoro, señor.

El *Kommandant* se volvió al detective.

—Hable con los otros inquilinos. Averigüe si *Frau* Verbrugge se mostraba deprimida últimamente, si ella y su marido se peleaban, si ella bebía mucho. Consiga toda la información que pueda. —Miró a Karl Goetz—. Investigaremos al marido. Si sabe algo que pueda sernos útil...

—No sé si esto puede ayudar —replicó al administrador tentativamente—, pero uno de los inquilinos me dijo anoche que había una ambulancia estacionada frente al edificio y me preguntó si alguien estaba enfermo. Pero cuando salí a ver qué ocurría, la ambulancia ya se había ido. ¿Sirve de algo?

—Lo investigaremos —dijo el *Kommandant*.

—¿Y qué hacemos con... con el cuerpo de ella? —preguntó nerviosamente Karl Goetz.

—El médico forense está en camino. Vacíe la bañera y cubra el cuerpo con una toalla.

Capítulo cuatro

"Me temo que traigo malas noticias... Lo mataron anoche... Encontramos su cuerpo debajo de un puente sobre el East River..." Para Diane Stevens, el tiempo se había detenido. Mientras iba de un lado a otro, sin rumbo fijo, por el enorme departamento lleno de recuerdos, pensó: "Ya no es acogedor este lugar... su tibieza ha desaparecido... sin Richard, no es más que una colección de ladrillos fríos. Jamás volverá a revivir".

Se dejó hundir en un sillón y cerró los ojos. "Mi querido Richard, el día que nos casamos me preguntaste qué quería que me regalaras. Te respondí que no quería nada. Pero ahora sí lo quiero. Regresa a mí. No importa si no puedo verte. Sólo tómame en tus brazos. Sé que estás aquí. Necesito sentir una vez más que me tocas. Quiero sentir tu caricia en mis pechos... Quiero imaginar que oigo tu voz diciéndome que hago la mejor paella del mundo... Quiero oír tu voz pidiéndome que deje de quitarte las mantas en la cama... Quiero oírte diciéndome que me quieres". Trató de detener la súbita aparición de las lágrimas, pero le resultó imposible.

Desde el momento en que le dijeron que Richard había sido asesinado, Diane pasó varios días encerrada en su departamento oscurecido, negándose a responder el teléfono y a abrir la puerta. Se escondía como un animal herido. Quería estar a solas con su dolor. "Richard, fueron tantas las veces que quise decirte que te quiero, para que me dijeras que también me querías. Pero no quería dar la imagen de necesitarte demasiado. Fui una tonta. Ahora sí que te necesito".

Finalmente, cuando los llamados del teléfono se hicieron incontenibles y el sonido del llamador de la calle se volvió incesante, Diane abrió la puerta.

Allí estaba Carolyn Ter, una de sus más íntimas amigas.

—Estás horrible —dijo después de mirarla. Su voz se suavizó—. Todos hemos estado tratando de verte, querida. Nos has tenido muy preocupados.

—Lo siento, Carolyn, pero sencillamente no puedo…

Su amiga la abrazó.

—Lo sé. Pero hay muchos amigos que quieren verte.

Diane sacudió la cabeza.

—No. Es imp…

—Diane, la vida de Richard terminó, pero la tuya no. No te alejes de la gente que te quiere. Haré algunas llamadas.

Los amigos de Diane y Richard comenzaron a llamar por teléfono y a visitarla en el departamento, y ella se vio a sí misma escuchando las interminables letanías de los lugares comunes de la muerte:

—Piensa que Richard está en paz, Diane…

—Está junto a Dios, mi querida…

—Sé que Richard está en el cielo, iluminándote…

—Se ha ido a un lugar mejor…

—Se ha unido a la fila de los ángeles…

Quería gritar.

La corriente de visitantes parecía interminable. También la visitó en su departamento Paul Deacon, el dueño de la galería de arte que exhibía sus trabajos. La abrazó.

—He tratado de comunicarme contigo —le dijo—, pero…

—Lo sé.

—Me da mucha tristeza la muerte de Richard. Era todo un señor, alguien muy especial. Pero Diane, no puedes alejarte del mundo de esta manera. La gente espera seguir viendo más de tu maravilloso trabajo.

—No puedo. Ya no es importante, Paul. Nada es importante. Estoy acabada.

Nadie podía persuadirla.

Al día siguiente, cuando sonó el timbre de la puerta, de mala gana, se dispuso a abrir. Espió por el mirador y vio un pequeño grupo de personas frente a su puerta. Intrigada, abrió. En el vestíbulo había una docena de chicos. Uno de ellos llevaba un pequeño ramo de flores.

—Buenos días, señora Stevens. —Le entregó el ramo.

—Gracias. —De pronto recordó de quiénes se trataba. Eran los jugadores del equipo de softball que Richard dirigía.

Diane había recibido incontables canastos de flores, tarjetas de condolencia y mensajes electrónicos, pero ese regalo era el más conmovedor de todos.

—Pase —los invitó.

Los chicos entraron en grupo.

—Sólo queríamos decirle cuánto lo sentimos.

—Su marido era un gran tipo.

—Era genial.

—Y era un gran instructor.

Diane hacía todo lo posible para contener las lágrimas.

—Gracias. Él también pensaba que ustedes eran muy buenos. Estaba muy orgulloso de ustedes. —Respiró hondo—. ¿Quieren gaseosas o…?

—No, gracias, señora Stevens. —Quien habló era Tim Holm, el chico de diez años que había atrapado la pelota en el aire—. Sólo queríamos decirle que nosotros también lo extrañamos mucho. Todos contribuimos para comprar las flores. Costaron doce dólares.

—Queríamos que usted supiera cuánto lo sentimos.

Los miró y les habló con voz tranquila.

—Gracias, chicos. Sé que a Richard le habría gustado saber que ustedes vinieron a verme.

Los observó mientras murmuraban sus saludos de despedida y partían.

Mientras los miraba alejarse, recordó la primera vez que había visto a Richard dirigiéndolos. Les hablaba como si él tuviera la edad de ellos, en un lenguaje que ellos entendían, y ellos lo adoraban por eso. "Ése fue el día en que comencé a enamorarme de él". Oyó el ruido de los truenos que llegaban desde afuera y de las primeras gotas de lluvia que golpeaban contra las ventanas, como lágrimas de Dios. "Lluvia". Había sido en un fin de semana de vacaciones...

—¿Te gustan los picnics? —preguntó Richard.

—Me encantan.

—Lo sabía —dijo él sonriendo—. Organicé un pequeño picnic para nosotros. Paso a buscarte mañana al mediodía.

Era un día hermoso, soleado. Richard había preparado un picnic en el medio de Central Park. Había cubiertos y mantel y cuando ella vio lo que había en la canasta, se rió. Carne fría... un jamón... quesos... dos grandes patés... variedad de bebidas y media docena de postres.

—¡Hay suficiente para un pequeño ejército! ¿Quién más viene? —Un pensamiento no deseado asaltó su mente. "¿Un pastor religioso?" Se ruborizó.

Richard la observaba.

—¿Estás bien?

"¿Si estoy bien? Jamás he sido tan feliz".

—Seguro que estoy bien, Richard.

Él asintió con un gesto.

—Bien. No vamos a esperar a que llegue el ejército. Comencemos.

Mientras comían, tuvieron tantas cosas de las que hablar, y cada palabra parecía acercarlos más. Había una fuerte tensión sexual que iba creciendo entre ellos y ambos podían sentirla. Hasta que a la mitad de aquella tarde perfecta, comenzó inesperadamente a llover. En cuestión de minutos, estuvieron empapados.

—Cuánto lo siento —se lamentó Richard—. Debía habérmelo imaginado... el diario decía que no iba a llover. Me temo que se estropeó nuestro picnic, y...

Diane se acercó a él y habló en voz suave.

—¿Te parece?

Ella estuvo en sus brazos y sus labios se apretaron contra los de él. Pudo sentir que el calor le recorría el cuerpo.

—Tenemos que cambiarnos estas ropas mojadas —dijo ella cuando se apartó de él.

Él se rió.

—Tienes razón. No vaya a ser que nos pesquemos...

—¿A tu casa o a la mía? —lo interrumpió.

Richard de inmediato se quedó inmóvil.

—Diane, ¿estás segura? Te lo pregunto porque esto... no es una cosa de sólo una noche.

—Lo sé —replicó ella con voz suave.

Media hora más tarde estaban ya en el departamento de ella, desvistiéndose y abrazados el uno al otro. Sus manos exploraban lugares provocadores hasta que, finalmente, cuando ya no resistieron más, fueron a la cama.

Richard era delicado, tierno y apasionado, a la vez que audaz. Todo fue mágico y la lengua de él encontró la de ella y la movió lentamente. Parecía que las oleadas de tibieza llegaban a una playa de terciopelo, hasta que él estuvo profundamente dentro de ella, completándola.

Pasaron el resto de la tarde y buena parte de la noche, hablando y haciendo el amor. Abrieron sus corazones el uno al otro, algo maravilloso, más allá de las palabras.

A la mañana, mientras Diane preparaba el desayuno, él le preguntó:

—¿Te casarías conmigo, Diane?

Ella se volvió.

—Oh, sí —respondió con voz suave.

La boda se realizó un mes más tarde. La ceremonia fue cálida y maravillosa, con amigos y parientes que saludaban a los recién casados. Diane miró la deslumbrante cara de Richard, pensó en la ridícula predicción de la adivina y sonrió.

Tenían pensado partir para su luna de miel en Francia la semana siguiente después de la boda, pero Richard la llamó desde su trabajo.

—Acaba de llegar un nuevo proyecto y no puedo viajar. ¿Te parece bien que lo pospongamos por unos meses? Lo siento, mi amor.

—Por supuesto que me parece bien, mi amor.

—¿Quieres salir y venir a almorzar conmigo hoy?

—Me encantaría.

—Como sé que te encanta la comida francesa, iremos a un restaurante francés muy bueno. Paso a buscarte en media hora.

Treinta minutos después, Richard estaba afuera esperándola.

—Hola, mi amor. Tengo que despedir a uno de nuestros clientes en el aeropuerto. Se va a Europa. Lo despedimos y luego vamos a almorzar.

—Está bien. —Lo abrazó.

Cuando llegaron al Aeropuerto Kennedy, Richard le informó:

— Tiene avión propio. Nos reuniremos con él en la pista de aterrizaje.

Un guardia los hizo pasar a un área de acceso restringido, hasta donde se hallaba estacionado un Challenger. Richard miró hacia todos lados.

—No ha llegado todavía. Esperemos en el avión.

—Bueno.

Subieron la escalerilla e ingresaron en el lujoso aparato. Los motores estaban en marcha.

De la cabina del piloto salió una azafata que se acercó a ellos.

—Buenos días.

—Buenos días —respondió Richard.

Diane respondió con una sonrisa:

40

—Buenos días.

Observaron que la azafata cerraba la puerta de la cabina del piloto.

—¿Demorará mucho tu amigo? —preguntó ella mirándolo.

—No creo que demore demasiado.

El rugido de los motores se hizo más fuerte. El avión comenzó a carretear.

Ella miró por la ventanilla y su rostro palideció.

—Richard, nos estamos moviendo.

Él la miró sorprendido:

—¿Estás segura?

—Mira por la ventanilla. —Ella comenzó a asustarse—. Dile... dile al piloto...

—¿Qué quieres que le diga?

—¡Que se detenga!

—No puedo. Ya comenzó a moverse.

Se produjo un momento de silencio y lo miró con sus ojos muy abiertos.

—¿A dónde vamos?

—¿No te lo dije? Vamos a París. Dijiste que te gusta la comida francesa.

Ella abrió la boca. Luego, su expresión cambió.

—¡Richard, no puedo ir a París ahora! No tengo ropa. Ni maquillaje. No tengo...

—Me han dicho que en París hay tiendas.

Lo miró por un momento y luego lo abrazó.

—¡Qué loco eres! ¡Te amo!

Él sonrió.

—Querías una luna de miel. Aquí la tienes.

Capítulo cinco

En Orly los esperaba una limusina para llevarlos al Hotel Plaza Athénée.

Cuando llegaron, los recibió el gerente.

—La suite está lista para ustedes, señor y señora Stevens.

—Gracias.

Ocuparon la suite 310. El gerente abrió la puerta para que Diane y Richard entraran. Ella se detuvo. Su sorpresa fue mayúscula. Seis de sus cuadros estaban colgados en las paredes. Se volvió hacia Richard.

—¿Cómo… yo…?

—No tengo la menor idea —respondió Richard con aire inocente, Supongo que aquí también tienen buen gusto.

Diane le dio un largo y apasionado beso.

París era el país de las maravillas. Fueron primero a Givenchy a comprar ropa para ambos; luego, a Louis Vuitton para el equipaje donde acomodar toda la ropa nueva.

Dieron un paseo a pie por los Champs-Élysées hasta la Place de la Concorde, y vieron el legendario Arco de Triunfo, el Palais Bourbon y La Madeleine. Pasearon por la Place Vendôme y pasaron un día en el Museo del Louvre. Recorrieron los senderos del jardín de estatuas del Museo Rodin y tuvieron románticas cenas en el Auberge de Trois Bonheurs, en Au Petit Chez Soi y en D'Chez eux.

Lo único que a ella le pareció extraño fueron las llamadas telefónicas que Richard recibía a horas insólitas.

—¿Quién era? —quiso saber una vez, a las tres de la madrugada, luego de que Richard terminara una conversación telefónica.

—Sólo negocios de rutina.

"¿A la mitad de la noche?", pensó ella.

—¡Diane! ¡Diane!

Salió de su ensoñación. Era Carolyn Ter que estaba junto a ella.

—¿Estás bien?

—Sí... sí... estoy bien.

Carolyn la abrazó.

—Sólo necesitas tiempo. Apenas han pasado unos pocos días. —Vaciló—. A propósito, ¿has hecho arreglos para el funeral?

Funeral. La palabra más triste del diccionario. Llevaba consigo el sonido de la muerte, un eco de desesperación.

—Yo... no he podido...

—Yo te ayudaré a elegir el ataúd y ...

—¡No! —Su voz sonó más dura de lo que era su intención.

Carolyn se quedó mirándola, intrigada.

Cuando volvió a hablar, la voz le temblaba.

—¿Sabes? Esto es lo último que jamás podré hacer por Richard. Quiero que su funeral sea algo especial. Él querría que todos sus amigos estuvieran allí para darle el adiós. —Las lágrimas caían por sus mejillas.

—Diane...

—Tengo que elegir el ataúd para que... duerma tranquilamente.

No había nada más que Carolyn pudiera decir.

Esa tarde, el detective Earl Greenburg estaba en su oficina cuando entró la llamada.

—Está Diane Stevens en el teléfono. Quiere hablar con usted.

"Oh, no". El hombre recordaba la bofetada que le había dado la última vez que se vieron. "¿Y ahora qué? Seguro que tiene alguna otra queja". Tomó el teléfono.

—Habla el detective Greenburg.

—Diana Stevens. Lo llamo por dos razones. La primera es para disculparme. Me comporté muy mal con usted y de verdad lo siento.

Esto lo desconcertó.

—No tiene que disculparse, señora Stevens. Yo sabía por lo que usted estaba pasando.

Esperó. Se produjo un silencio.

—Usted dijo que tenía dos razones para llamar.

—Sí. Mi marido... —Se voz se quebró—. El cuerpo de mi marido está retenido en algún lugar por la policía. ¿Cómo hago para que me devuelvan a Richard? Estoy preparando su... su funeral en la Funeraria Dalton.

El tono de desesperación de su voz lo sobrecogió.

—Señora Stevens, me temo que se trata de una demora burocrática. Primero, la oficina de medicina forense tiene que entregar el informe de la autopsia y luego hay que notificar a varios... —Lo pensó por un momento, luego tomó la decisión—. Mire... usted ya tiene suficientes preocupaciones. Yo me ocuparé de los trámites. Estará todo listo en dos días.

—Ah... gracias... muchas gracias... —Su voz se ahogó y se cortó la comunicación.

Earl Greenburg se quedó sentado pensando por un rato en Diane Stevens y la angustia por la que estaba pasando. Luego se puso a ver cómo haría para acelerar los trámites.

La Funeraria Dalton estaba en el sector este de la avenida Madison. Era un imponente edificio de dos pisos con la fachada de una mansión sureña. Adentro, la decoración era de buen gusto y no ostentosa, con iluminación suave y susurros de pálidos cortinados y telas decorativas.

Diane se dirigió a la recepcionista.

—Tengo cita con el señor Jones. Diane Stevens.

La recepcionista habló por un teléfono y un momento después el gerente, un hombre de facciones agradables y pelo gris, salió para saludarla.

—Soy Ron Jones. Hablamos por teléfono. Sé lo difícil que es todo en momentos como éste, señora Stevens, y nosotros estamos aquí para quitarle ese peso de encima. Sólo dígame qué es lo que quiere y nos ocuparemos de que sus deseos sean satisfechos.

—Ni siquiera... sé qué es lo que quiero —dijo Diane en tono de duda.

El señor Jones asintió con un gesto.

—Permítame que le explique. Nuestros servicios incluyen el ataúd, un servicio fúnebre recordatorio para los amigos y el entierro. —Vaciló—. Por lo que he leído en los diarios sobre la muerte de su marido, señora Stevens, tal vez quiera un ataúd cerrado para el servicio, de modo que...

—¡No!

Jones la miró sorprendido.

—Pero...

—Lo quiero abierto. Quiero que Richard pueda... pueda ver a todos sus amigos antes de... —Su voz se perdió en un susurro.

Jones la observaba comprensivo.

—Ya veo. Entonces, si puedo sugerir algo, tenemos una cosmetóloga aquí que hace trabajos excelentes, donde... —aclaró con tacto—, donde sea necesario. ¿Le parece bien?

"A Richard no le gustaría, pero..."

—Está bien.

—Una cosa más. Necesitaremos la ropa con la que usted desea que enterremos a su marido.

Ella lo miró, sobresaltada.

—La... —Diane pudo sentir las frías manos de un extraño violando el cuerpo desnudo de Richard y sintió un escalofrío.

—¿Señora Stevens?

"Yo misma debería vestir a Richard. Pero no podría soportar verlo en el estado en que está. Quiero recordarlo..."

—¿Señora Stevens? —insistió Jones alzando ligeramente la voz.

Diane tragó saliva.

—No había pensado en... —La voz se le cortó—. Lo siento. —Le resultaba imposible continuar.

El hombre miró cómo ella salió presurosa y llamó un taxi.

Cuando regresó al departamento se dirigió al armario con la ropa de Richard. Había dos percheros llenos con sus trajes. Cada conjunto atesoraba recuerdos. Estaba el traje color tostado que Richard llevaba puesto la noche que se conocieron en la galería de arte.

"Me encantan sus curvas. Tienen la delicadeza de un Rosetti o un Manet". ¿Podía deshacerse de ese traje? No.

Sus dedos tocaron el siguiente. Era el saco deportivo gris claro que Richard llevaba el día del picnic, cuando los sorprendió la lluvia.

"—¿A tu casa o a la mía?

"—Esto no es una cosa de sólo una noche.

"—Lo sé".

¿Cómo no iba a quedarse con ése?

Luego estaba el traje de rayas finas. "Como sé que te encanta la comida francesa iremos a un restaurante francés muy bueno". La chaqueta azul... la de cuero... Diane se envolvió con las mangas de un traje azul y lo abrazó. "Nunca podré separarme de ninguno de ellos:" Cada traje era un recuerdo imborrable.

—No puedo. —Finalmente, sollozando, tomó un traje al azar y salió corriendo.

A la tarde siguiente había un mensaje en el contestador de Diana: "Señora Stevens, soy el detective Greenburg. Quería informarle que ya todo ha sido resuelto. Hablé con la Funeraria Dalton. Ya puede continuar con los arreglos que usted quiera..." Había una breve pausa. "Le envío mis mejores deseos... Adiós".

Diane llamó a Ron Jones en la funeraria.

—Tengo entendido que el cuerpo de mi marido ya está allí.

—Sí, señora Stevens. Ya tengo a alguien ocupándose de la cosmética y recibimos la ropa que nos envió. Gracias.

—Estuve pensando… ¿podría ser que el funeral se realizara el viernes próximo?

—El viernes está bien. Para entonces ya nos habremos ocupado de todos los detalles necesarios. Le sugiero que sea a las once de la mañana.

"En tres días Richard y yo estaremos separados para siempre. O hasta que me reúna con él".

El jueves por la mañana Diane estaba ocupada en la preparación de los detalles para el funeral, verificando la larga lista de invitados y quienes llevarían el féretro, cuando sonó el teléfono.

—¿Señora Stevens?

—Sí.

—Habla Ron Jones. Sólo quería confirmarle que ya se hizo el cambio, tal como lo ordenó su secretaria.

—¿Mi secretaria? —replicó Diane intrigada.

—Sí, por teléfono.

—Yo no tengo una…

—Francamente, me sorprendió un poco, pero, por supuesto, se trataba de su decisión. Cremamos el cuerpo de su esposo hace una hora.

Capítulo seis

Kelly Harris era un fuego artificial que acaba de estallar en el mundo de la moda. Esta afronorteamericana tenía veintitantos años, piel del color de la miel derretida y un rostro que era todo que lo que un fotógrafo podía soñar. Sus ojos inteligentes eran castaño claros y su labios rellenos y sensuales. Las encantadoras y largas piernas completaban una figura llena de promesas eróticas. Llevaba el pelo oscuro cortado con deliberado descuido, con algunos mechones que le caían sobre la frente. A principios de ese año, las lectoras de las revistas *Elle* y *Mademoiselle* habían decidido por votación que Kelly era la Modelo Más Bella del Mundo.

Cuando terminó de vestirse, Kelly recorrió el *penthouse* y la invadió, como siempre, una sensación de asombro. El departamento era espectacular. Estaba sobre la exclusiva Rue St. Louis en l'Île, en el 4ème Arrondissement de París. La puerta de entrada era de dos hojas y daba a un elegante vestíbulo de altos techos y paredes con paneles amarillo suave; la sala estaba amueblada con una ecléctica mezcla de estilos franceses. Desde la terraza, al otro lado del Sena, se veía Notre Dame.

Kelly esperaba ansiosa el próximo fin de semana. Su marido iba a agasajarla con una de sus salidas sorpresa.

"—Quiero que te vistas con lo mejor, mi amor. Te va a encantar el lugar donde vamos a ir".

Kelly sonrió. Mark era el hombre más maravilloso del mundo. Miró su reloj de pulsera y suspiró. "Mejor que empiece a moverme", pensó. "El desfile comienza en media hora". Momentos más tarde abandonó el departamento y caminó por el corredor hacia el ascensor. Mientras lo hacía, se abrió la puerta de un departamento vecino y *madame* Josete Lapointe salió. Era una mujer pequeña y regordeta que siempre tenía una palabra amistosa para Kelly.

—Buenas tardes, *madame* Harris.

Kelly sonrió.

—Buenas tardes, *madame* Lapointe.

—Se la ve espléndida hoy.

—Gracias. —Kelly apretó el botón del ascensor.

A unos tres o cuatro metros, un hombre corpulento con ropa de trabajo estaba arreglando un aparato en la pared. Miró a las dos mujeres y rápidamente volvió la cabeza.

—¿Cómo va el trabajo de modelo? —quiso saber *madame* Lapointe.

—Muy bien, gracias.

—Tengo que ir pronto a verla en uno de sus desfiles de modelo.

—Me va a encantar invitarla cuando usted quiera.

Cuando llegó el ascensor, ambas mujeres entraron en él. El hombre con ropa de trabajo sacó un pequeño *walkie-talkie* y habló con prisa y rápidamente se alejó del lugar. Cuando las puertas del ascensor comenzaban a cerrarse, Kelly oyó el teléfono que sonaba en su departamento. Vaciló. Estaba apurada, pero podía ser Mark quien llamaba.

—Vaya usted, *madame* Lapointe.

Salió del ascensor, buscó la llave, la encontró y se apresuró a llegar al departamento. Corrió hasta el teléfono que sonaba y atendió.

—¿Mark?

—¿*Nanette*? —dijo la voz de un extraño.

Se sintió decepcionada.

—*Nous ne connaissons pas de personne qui répond a ce nom.*

—*Pardonnez-moi. C'est une erreur de téléphone.*

"Número equivocado". Colgó el teléfono. Mientras lo hacía se produjo un tremendo ruido que hizo temblar a todo el edificio. Un momento más tarde se oyó una confusión de voces y gritos. Asustada, corrió hasta el pasillo a ver qué había ocurrido. Los ruidos venían desde abajo. Bajó corriendo las escaleras y cuando llegó al vestíbulo del edificio, oyó que el ruido de voces alteradas provenía del subsuelo.

Con aprensión bajó las escaleras y se detuvo azorada cuando vio el ascensor aplastado y el cuerpo de *madame* Lapointe horriblemente mutilado. Kelly sintió que se desvanecía. "Esa pobre mujer. Hace un minuto estaba viva y ahora... Y yo podría haber estado allí, con ella. Si no fuera por esa llamada telefónica..."

La gente se había amontonado alrededor del ascensor y se oían las sirenas a la distancia. "Debería quedarme", pensó con sentimientos de culpa, "pero no puedo. Tengo que irme". Miró el cuerpo y susurró:

—Lo siento, *madame* Lapointe.

Cuando llegó al salón de modas e ingresó por la puerta del escenario, Pierre, el nervioso coordinador del desfile, la estaba esperando.

—¡Kelly! ¡Kelly! —saltó sobre ella—. ¡Llegas tarde! El desfile ya comenzó y...

—Lo siento, Pierre. Ocurrió un accidente... un terrible accidente.

La miró alarmado.

—¿Estás herida?

—No. —Cerró los ojos un instante. La idea de ponerse a trabajar después de lo que había presenciado le producía náuseas, pero no tenía opción. Era la estrella del desfile.

—¡Rápido! —insistió Pierre—. *Vite!*

Kelly se dirigió a su vestidor.

El desfile de modas más prestigioso del año se desarrollaba en 31 Rue Cambon, el salón original de Chanel. Los fotógrafos estaban en la primera fila. No había un solo lugar vacío y la parte de atrás de la sala estaba llena de personas de pie, ansiosas por tener la primera visión de los nuevos diseños para la próxima temporada. El lugar había sido decorado con flores y telas drapeadas para la ocasión, pero nadie prestaba atención a los decorados. Las verdaderas atracciones estaban en la larga pasarela, un río de colores, belleza y elegancia en movimiento. Como fondo, había música de ritmo lento, sensual, que acompañaba y destacaba los movimientos de la pasarela.

Mientras las hermosas modelos se deslizaban de una punta a la otra, una voz amplificada las acompañaba brindando comentarios sobre los modelos.

Una modelo oriental apareció en la pasarela.

—...chaqueta de satén y lana con bordes pespunteados y pantalones de *georgette* con blusa blanca...

El lugar lo ocupó una ondulante rubia.

—...lleva un suéter de cuello tortuga de cachemira con pantalones cargo blancos de algodón...

Desafiante, apareció una pelirroja.

—...una chaqueta de cuero negro y pantalones negros de *shangtung* con camisa blanca tejida...

Una modelo francesa.

—...chaqueta rosada de angora, con tres botones, suéter rosado de cuello alto tejido con torzadas y pantalones con bajos negros...

Una modelo sueca.

—...chaqueta y pantalones marineros de satén con lana y una blusa lila *charmeuse*...

Entonces llegó el momento que todos estaban esperando. La modelo sueca desapareció y la pasarela quedó vacía. La voz anunció:

—Y ahora que la estación para nadar ya ha llegado, nos complace mostrar nuestra nueva línea para la playa.

La expectativa aumentaba hasta que en el momento de mayor tensión apareció Kelly Harris. Llevaba un bikini blanco cuyo corpiño apenas si cubría sus firmes y jóvenes pechos y la parte inferior sólo realzaba su figura. Mientras se deslizaba sensualmente por la pasarela, el efecto era hipnótico. Se produjo una oleada de aplausos. Kelly esbozó una leve sonrisa de agradecimiento, terminó su pasada y desapareció.

Detrás del escenario dos hombres la esperaban.

—¿Señora Harris, podríamos hablar un momento...?

—Lo siento —respondió ella disculpándose—. Tengo ahora un cambio rápido. —Comenzó a alejarse.

—¡Espere! ¡Señora Harris! Somos de la Policía Judicial. Soy el inspector jefe Dune y él es el inspector Steunou. Tenemos que hablar.

Kelly se detuvo.

—¿Policía? ¿De qué tenemos que hablar?

—Usted es la esposa de Mark Harris, ¿verdad?

—Sí. —Súbitamente sintió un gran temor.

—Lamento informarle que... que su marido murió anoche.

A Kelly se le secó la boca.

—¿Mi marido...? ¿Cómo...?

—Aparentemente se suicidó.

Los oídos de Kelly se llenaron de ruidos. Apenas si podía entender lo que el inspector jefe estaba diciendo.

—...Torre Eiffel... medianoche... nota... muy lamentable... nuestro más sentido pésame.

Las palabras no parecían reales. Eran fragmentos de sonidos sin significado alguno.

—*Madame*...

"Quiero que te vistas con lo mejor, mi amor. Te va a encantar el lugar donde vamos a ir".

—Debe... debe haber algún error —dijo ella—. Mark nunca haría...

—Lo siento. —El inspector jefe la observaba con atención—. "¿Está usted bien, señora?

—Sí. —"Salvo por el hecho de que mi vida acaba de terminar".

Pierre corrió hacia Kelly con una encantadora bikini a rayas.

—Querida, tienes que cambiarte ya mismo. No hay tiempo que perder. —Le puso el bikini en las manos—. *Vite! Vite!*

Lo dejó caer al suelo.

—¿Pierre?

Él la miró sorprendido.

—¿Sí?

—Póntelo tú.

Una limusina llevó a Kelly de regreso a su casa. El gerente del salón había querido que alguien la acompañara, pero ella se había negado. Quería estar sola. Cuando atravesó la puerta de entrada, vio al administrador, Philippe Cendre, y a un hombre en ropa de trabajo rodeados por un grupo de inquilinas.

—Pobre *madame* Lapointe. Un terrible accidente —comentó uno de ellos.

El hombre en ropa de trabajo mostró las dos puntas cortadas de un grueso cable.

—No fue un accidente, *madame*. Alguien cortó el freno de seguridad del ascensor.

Capítulo siete

A las cuatro de la mañana, Kelly estaba sentada en un sillón, como envuelta en una bruma. Miraba fijamente por la ventana. "Poder judicial... tenemos que hablar... Torre Eiffel... nota de suicidio... Mark está muerto... Mark está muerto... Mark está muerto". Las palabras se convirtieron en una lúgubre letanía que latía en su cerebro.

En su mente, el cuerpo de Mark caía, caía, caía... Ella estiraba sus brazos para atraparlo un instante antes de que se estrellara contra el pavimento. "¿Lo hiciste por mí? ¿Fue algo que yo hice? ¿Algo que dije? Yo estaba dormida cuando te fuiste, mi amor, y ni siquiera tuve la oportunidad de despedirme, de besarte y decirte lo mucho que te amo. Te necesito. No puedo soportar estar sin ti", pensaba Kelly. "Ayúdame, Mark. Ayúdame... como siempre lo hiciste..." Se echó hacia atrás para recordar cómo habían sido las cosas antes de que llegara Mark, en aquellos terribles días del comienzo...

Kelly había nacido en Filadelfia, hija ilegítima de Ethel Hackworth, una mucama negra que trabajaba para una de las más notables familias blancas de la ciudad. El patriarca era un juez. Ethel tenía diecisiete años y era hermosa. Ross, el buen mozo y rubio hijo de veinte años de la familia Turner se había sentido atraído por ella. La sedujo y un mes más tarde Ethel estaba embarazada.

Cuando se lo dijo a Ross, éste respondió:

—Eso es maravilloso. —Y corrió al escritorio de su padre para comunicarle la mala noticia.

El juez Turner llamó a Ethel a su presencia.

—No puedo tener una prostituta en esta casa. Estás despedida.

Sin dinero, sin educación ni habilidad alguna, Ethel consiguió un trabajo en el servicio de limpieza de un edificio industrial, trabajando muchas horas para mantener a su hija recién nacida. En cinco años, Ethel pudo ahorrar suficiente dinero como para comprar una vieja y deteriorada casa de madera que ella convirtió en residencia para hombres. Ethel transformó lo que había en una sala, un comedor, cuatro habitaciones pequeñas y un estrecho y pequeño depósito en el que Kelly dormía.

A partir de entonces, una serie de hombres estaban constantemente entrando y saliendo.

—Ésos son tus tíos —le dijo Ethel—. No los molestes.

La niña estaba encantada de tener una familia tan grande como esa, hasta que tuvo edad suficiente como para darse cuenta de que en realidad todos ellos eran extraños.

Tenía ocho años cuando, una noche, ya dormida en su pequeña habitación oscura, fue despertada por un susurro gutural.

—Shhh. No hagas ruido.

Sintió que le levantaban el camisón y antes de que pudiera protestar, uno de sus "tíos" estaba encima de ella y con una mano le tapaba la boca. Pudo sentir como la forzaba a abrir las piernas. Trató de defenderse pero él la mantuvo inmóvil. Sintió que el miembro de él la lastimaba dentro de su cuerpo y se sintió envuelta en un terrible dolor. El hombre no tuvo piedad yendo dentro de ella con fuerza, cada vez más adentro, lastimándola. La niña pudo sentir que la tibia sangre se derramaba. Gritaba en silencio, temiendo desmayarse. Estaba atrapada en la aterradora oscuridad de su cuarto.

Finalmente, después de lo que pareció una eternidad, sintió que él se estremecía para luego retirarse.

—Me voy —susurró—. Pero si alguna vez le cuentas esto a tu madre, volveré para matarla. —Y desapareció.

La semana siguiente fue casi insoportable. Se sintió terrible todo el tiempo, y trató a su cuerpo lo mejor que pudo, hasta que finalmente el dolor comenzó a desaparecer. Quería contarle a su madre lo que había ocurrido, pero no se atrevía. "Si alguna vez le cuentas esto a tu madre, volveré para matarla".

El incidente no había durado más que unos pocos minutos, pero esos pocos minutos alteraron la vida de Kelly. Dejó de ser la jovencita que soñaba con tener un marido e hijos, para convertirse en alguien que sentía que había sido mancillada y condenada. Decidió que jamás permitiría que un hombre la volviera a tocar. Algo más también cambió en Kelly.

A partir de esa noche, le tuvo miedo a la oscuridad.

Capítulo ocho

Cuando Kelly cumplió diez años, Ethel la puso a trabajar. Ayudaba en las tareas de la residencia para hombres. Se levantaba a las cinco todas las mañanas a limpiar los baños, fregar el piso de la cocina y preparar el desayuno para los pensionistas. Después de la escuela, lavaba la ropa, limpiaba los pisos, quitaba el polvo y colaboraba en la preparación de la cena. Su vida se convirtió en una desagradable y tediosa rutina.

Se mostraba siempre dispuesta a colaborar con su madre, a la espera de una palabra de elogio que nunca llegó. La mujer estaba demasiado preocupada con los huéspedes como para prestar atención a su hija.

Uno de esos huéspedes, cuando la niña todavía era muy joven, había tenido la gentileza de leerle la historia de *Alicia en el País de las Maravillas* y Kelly quedó fascinada por el modo en que Alicia se escabullía por la mágica cueva del conejo. "Eso es lo que yo necesito", pensaba, "un lugar donde escapar. No puedo pasar el resto de mis días fregando baños, limpiando pisos y ocupándome del desorden que dejan los descuidados extraños al irse".

Hasta que un día, encontró su propia y mágica cueva de conejo. Era su imaginación, que la llevaba donde ella quería ir. Escribió una nueva versión de su vida…

Tenía un padre, y tanto él como la madre eran del mismo color. Nunca se enojaban ni le gritaban. Vivían juntos en una hermosa casa y sus padres la amaban. Sus padres la amaban. Sus padres la amaban…

Después de cumplir catorce años, su madre se casó con uno de los pensionistas, un cantinero llamado Dan Berke, un hombre rústico de mediana edad que en todo veía el lado negativo. Nada de lo que hiciera Kelly le agradaba.

—Esta cena está horrible...

—El color de ese vestido no te queda bien...

—La cortina del dormitorio sigue rota. Te dije que la arreglaras...

—No has terminado de limpiar los baños.

El padrastro tenía problemas con la bebida. La pared entre el dormitorio de ella y el que compartía su madre con el marido era delgada, y noche tras noche la muchacha podía escuchar los ruidos de los golpes y los gritos. Por la mañana, Ethel aparecía con un maquillaje abundante que no lograba disimular los moretones y los ojos negros.

Kelly estaba desesperada. "Debemos irnos de aquí", pensaba. "Mi madre y yo nos queremos".

Una noche, medio dormida, oyó fuertes voces en el cuarto contiguo.

—¿Por qué no te libraste de la niña antes de que naciera?

—Traté, Dan. Pero no funcionó.

Sintió como si le hubieran dado una patada en el estómago. Su madre nunca la había querido. Nadie la quería.

Para huir de la monotonía interminable de su vida, Kelly encontró otro escape: el mundo de los libros. Se convirtió en una lectora insaciable, y pasaba la mayor parte de su tiempo libre en la biblioteca pública.

Al llegar el fin de semana, nunca había dinero para ella y consiguió trabajo cuidando niños, envidiando la vida de esas familias felices que ella nunca tendría.

A los diecisiete años se estaba convirtiendo en la belleza que su madre había sido alguna vez. Los muchachos en la escuela comenzaron a invitarla a compartir salidas. Pero ella sentía repulsión y no aceptaba invitaciones.

Los sábados, cuando no tenía que ir a la escuela y ya había terminado las tareas de la casa, corría a la biblioteca pública y pasaba la tarde leyendo.

La señora Lisa Marie Houston, la bibliotecaria, era una mujer inteligente, sensible, de modales serenos y amistosos, cuyas ropas eran tan poco pretenciosas como su personalidad. Ver a Kelly con tanta frecuencia en la biblioteca, provocó la curiosidad de la señora Houston.

—Es agradable ver a una joven como tú que disfruta tanto de la lectura —le dijo un día—. Pasas mucho tiempo aquí.

Era una invitación a la amistad. A medida que pasaban las semanas, la muchacha dejó que la bibliotecaria fuera conociendo sus temores, sus esperanzas y sus sueños.

—¿Qué te gustaría hacer con tu vida, Kelly?

—Me gustaría ser maestra.

—Creo que serías una maestra maravillosa. Ésa es la profesión más satisfactoria del mundo.

Comenzó a hablar y luego se detuvo. Le vino a la cabeza una conversación que mantuvo a la hora del desayuno con su madre y su padrastro hacía una semana.

"—Tengo que ir a la universidad —había dicho ella—. Quiero ser maestra.

"—¿Maestra? —Berke se había reído—. Es una idea estúpida. Los maestros no ganan nada. ¿Me oyes? Nada. Podrías ganar más limpiando pisos. Además, tu madre y yo no tenemos el dinero para enviarte a la universidad.

"—Pero me han ofrecido una beca y...

"—¿Y qué? Pasarás cuatro años perdiendo el tiempo. Olvida el asunto. Con tu aspecto tan atractivo bien podrías ganar más con tu cuerpo".

Kelly había abandonado la mesa.

Por eso le dijo a la señora Houston:

—Hay un problema. No me van a dejar ir a la universidad. —Su voz se ahogó—. ¡Pasaré el resto de mi vida haciendo lo que hago ahora!

—Por supuesto que no. —El tono de voz de la señora Houston era firme—. ¿Qué edad tienes?

—En tres meses cumpliré dieciocho.

—Pronto tendrás edad para tomar tus propias decisiones. Eres una joven hermosa, Kelly. ¿Lo sabías?

—No. Realmente, no. —"¿Cómo decirle que me siento como un monstruo? No me siento hermosa"—. Detesto la vida que llevo, señora Houston. No quiero ser como... quiero salir de esta ciudad. Quiero algo diferente y jamás lo tendré. —Hacía un gran esfuerzo para controlar sus emociones—. Jamás tendré la oportunidad de hacer algo, de ser alguien.

—Kelly...

—Jamás debí leer todos esos libros —su voz era amarga.

—¿Por qué?

—Porque están llenos de mentiras. Todas esas personas llenas de encanto y esos lugares maravillosos, toda esa magia... —sacudió la cabeza—. No hay magia.

La señora Houston la estudió por un momento. Era obvio que su autoestima había sido dañada profundamente.

—Kelly, la magia sí existe, pero tú tienes que ser la maga. Tú debes hacer que la magia aparezca.

—¿En serio? —El tono de voz de la joven era de cinismo—. ¿Y cómo se hace?

—En primer lugar tienes que saber cuáles son tus sueños. Tienes que llevar una vida estimulante, llena de gente interesante y lugares maravillosos. La próxima vez que vengas, te enseñaré cómo hacer para que tus sueños se conviertan en realidad.

"Mentirosa".

A la semana siguiente de haberse graduado, regresó a la biblioteca.

—Kelly —le dijo la señora Houston—, ¿recuerdas lo que te dije sobre hacer que la magia aparezca?

—Sí —respondió la joven con escepticismo.

La señora Houston buscó detrás de su escritorio y sacó un montón de revistas: *COSMOgirl, Seventeen, Glamour, Mademoiselle, Essence, Allure...* Se las alcanzó a Kelly, que las hojeó.

—¿Y qué se supone que debo hacer con esto? —dijo.

—¿Has pensado alguna vez en ser modelo?

—No.

—Mira esas revistas. Dime luego si encuentras ahí algunas ideas que podrían darle magia a tu vida.

"Ella tiene buenas intenciones", pensó Kelly, "pero no entiende nada".

—Gracias, señora Houston, las miraré.

"Empezaré a buscar trabajo la semana que viene".

Kelly llevó consigo las revistas cuando regresó a la casa de pensión, las dejó en un rincón y se olvidó de ellas. Pasó el resto de la tarde ocupada con sus tareas.

Cuando se disponía a meterse en la cama esa noche, agotada, recordó las revistas que le había dado la señora Houston. Tomó algunas por curiosidad y comenzó a recorrerlas. Era otro mundo. Los ropas de las modelos eran maravillosas y ellas estaban siempre acompañadas por hombres hermosos y elegantes, en Londres, en París y en exóticos lugares de todo el mundo. Un anhelo repentino la envolvió. Con rapidez se puso una bata y se deslizó por el pasillo hasta el baño.

Se estudió en el espejo. Sí, tal vez era atractiva. Todo el mundo se lo decía siempre. "Pero aunque eso sea verdad", se dijo Kelly, "no tengo experiencia". Pensó en su futuro en Filadelfia y volvió a mirarse en el espejo. "Todos tienen que empezar en algún momento. Si vas a convertirte en maga, tienes que hacer tu propia magia".

Muy temprano a la mañana siguiente, Kelly estaba en la biblioteca para ver a la señora Houston.

La bibliotecaria la miró, sorprendida de verla llegar tan temprano.

—Buenos días, Kelly. ¿Tuviste tiempo de ver las revistas?

—Sí —respondió la joven—. Me gustaría intentar ser modelo. El problema es que no tengo la menor idea de dónde comenzar.

La señora Houston sonrió.

—Yo sí sé. Busqué en la guía telefónica de Nueva York. ¿No decías que querías salir de esta ciudad? —La señora Houston sacó una hoja escrita a máquina de su cartera y se la dio a Kelly—. Ésta es una lista de las doce agencias de modelos más importantes de Manhattan, con sus direcciones y sus números de teléfono. —Apretó la mano de Kelly—. Comienza desde arriba.

Kelly estaba aturdida.

—No sé cómo agradecer...

—Te diré cómo. Quiero ver tus fotos en esas revistas.

Esa misma noche, a la hora de la cena, Kelly anunció:

—He decidido que voy a ser modelo.

El padrastro gruñó.

—Ésa es una idea todavía más estúpida. ¿Qué demonios te pasa? Todas las modelos son prostitutas.

La madre de Kelly suspiró.

—Kelly, no cometas el mismo error que cometí yo. También tuve sueños ilusorios. Te matarán. Eres negra y pobre. No llegarás a ninguna parte.

Esas palabras le sonaron como la tapa de un ataúd que se cierra.

A las cinco de la tarde, Kelly llenó una valija y se dirigió a la estación de autobuses. Llevaba en la cartera doscientos dólares que había ganado cuidando niños.

El viaje hasta Manhattan duró dos horas, y ella pasó ese tiempo fantaseando acerca de su futuro. Iba a convertirse en una modelo profesional. "Kelly Hackworth" no era un nombre muy profesional. "Ya sé lo que haré: sólo mi nombre de pila". Lo repitió una y otra vez en su cabeza: "Y ésta es nuestra modelo estrella, Kelly".

Fue a un motel barato y a las nueve atravesaba la puerta de entrada de la agencia de modelos que ocupaba el primer lugar en la lista que la señora Houston le había dado. No estaba maquillada y llevaba un vestido arrugado porque no tenía con qué plancharse la ropa.

No había nadie en la mesa de recepción en el vestíbulo. Se acercó a un hombre que estaba sentado en una oficina escribiendo en un escritorio.

—Disculpe —dijo Kelly.

El hombre gruñó algo sin levantar la mirada.

La joven vaciló.

—¿Me podría decir si necesitan modelos?

—No —respondió el hombre—, no estamos contratando ahora.

Kelly suspiró.

—Gracias, de todos modos. —Se volvió para retirarse.

El hombre la miró y su expresión cambió.

—¡Espera! Espera un minuto. Ven para aquí. —Se puso de pie—. Dios mío, ¿de dónde vienes?

Kelly lo miró intrigada.

—Filadelfia.

—Quiero decir... bah, no importa. ¿Has modelado alguna vez?

—No.

—No importa. Lo aprenderás aquí, trabajando.

A Kelly se le secó súbitamente la garganta.

—¿Eso quiere decir que... que voy a ser modelo?

Él sonrió.

—Vaya si lo serás. Tenemos clientes que se van a volver locos cuando te vean.

No podía creerlo. Aquélla era la agencia de modelos más grande del medio y ellos...

—Me llamo Bill Lerner. Yo dirijo esta agencia. ¿Cómo te llamas?

Ése era el momento en el que Kelly había estado soñando. Ésta era la primera vez que iba a usar su nuevo nombre profesional, el de una sola palabra.

Lerner la miró fijo.

—¿No sabes cuál es tu nombre?

Kelly se irguió lo más que pudo y dijo con seguridad:

—Por supuesto que sí. Kelly Hackworth.

Capítulo nueve

El ruido del avión zumbando bajo trajo una sonrisa a los labios de Lois Reynolds. "Este Gary". Se había retrasado. Lois se había ofrecido a ir al aeropuerto para recibirlo, aunque él había dicho:

—No te preocupes, hermanita. Me tomo un taxi.

—Vamos, Gary. Me encantará hacerlo...

—Me voy a sentir mejor si te quedas en casa y me esperas allí.

—Como quieras, hermanito.

Su hermano siempre había sido la persona más importante en la vida de Lois. La primera etapa de su vida, allá en Kelowna, había sido una pesadilla. Desde que era niña sentía que el mundo estaba en contra de ella: las revistas elegantes, las modelos, las estrellas de cine... y todo porque era un poco gordita. ¿Dónde estaba escrito que las mujeres con grandes pechos no podían ser tan hermosas como las muchachas flaquitas de aspecto enfermizo? Lois Reynolds estudiaba constantemente su reflejo en el espejo. Tenía pelo rubio, largo, ojos azules, delicadas y pálidas facciones, y lo que Lois consideraba un cuerpo agradablemente redondeado. "Los hombres pueden andar por ahí con sus barrigas de cerveza saliéndoseles de los pantalones y nadie dice nada. Pero basta que una mujer engorde apenas unos kilos para que se convierta en objeto de burlas. ¿Quién fue el estúpido varón que se arrogó el derecho de decidir que las medidas de la mujer ideal debían ser 90-60-90?"

Desde que Lois tenía memoria, sus compañeras de escuela se habían reído de ella a sus espaldas: "culona", "gordinflona", "cerdita". Las palabras herían profundamente. Pero Gary siempre había estado listo para defenderla.

Para el momento en que Lois se graduó en la Universidad de Toronto, ya estaba cansada de las bromas. "Si el Príncipe Azul busca una verdadera mujer, aquí estoy yo".

Y un día, inesperadamente, el Príncipe Azul apareció. Se llamaba Henry Lawson. Se conocieron en una reunión en la iglesia y ella se sintió inmediatamente atraída por él. Henry era alto, delgado, rubio, con un rostro que siempre parecía estar a punto de sonreír y una actitud que lo acompañaba. Su padre era el ministro de la iglesia. Lois pasaba mucho tiempo en las oficinas de la iglesia con Henry, y en esas conversaciones se enteró que él tenía un exitoso vivero y era un amante de la naturaleza.

—Si no estás ocupada mañana por la noche —sugirió él—, me gustaría invitarte a cenar.

No hubo vacilación alguna por parte de Lois.

—Bueno, gracias.

Henry Lawson la llevó al muy frecuentado Sassafraz, uno de los mejores restaurantes de Toronto. El menú era tentador, pero Lois ordenó una comida liviana porque no quería que Henry pensara que era una glotona.

Cuando él se dio cuenta de que ella sólo estaba comiendo una ensalada, le dijo:

—Con eso no es suficiente.

—Es que estoy tratando de adelgazar —mintió Lois.

Él le puso la mano en el hombro.

—No quiero que adelgaces, Lois. Me gustas tal como eres.

Ella se sintió súbitamente fascinada. Era el primer hombre que le decía una cosa así.

—Voy a pedir para ti un bife, papas y una ensalada César —dispuso él.

Fue maravilloso haber encontrado, finalmente, un hombre que comprendiera su apetito y no le molestara.

Las semanas siguientes pasaron en una deliciosa serie de salidas los dos solos. Al cabo de tres semanas, Henry le dijo:

—Lois, te amo. Quiero que seas mi esposa.

Ésas eran palabras que ella pensaba que jamás oiría. Lo abrazó y respondió:

—Yo también te amo, Henry. Quiero ser tu esposa.

La boda se realizó en la iglesia del padre de Henry cinco días después. Allí estuvieron Gary y unos pocos amigos. Fue una hermosa ceremonia, celebrada por el padre del novio. Lois nunca se había sentido tan feliz.

—¿Y a dónde piensan ir de luna de miel, ustedes dos? —quiso saber el reverendo Lawson.

—El lago Louise —respondió Henry—. Es muy romántico.

—El lugar perfecto para una luna de miel.

Henry abrazó a Lois.

—Espero que todos los días sean una luna de miel por el resto de nuestros días.

Lois estaba fascinada.

Inmediatamente después de la boda partieron hacia el lago Louise. Era un oasis espectacular en el Parque Nacional Banff, en el corazón de las Rocosas canadienses.

Llegaron a última hora de la tarde, cuando el sol centellea sobre el lago.

Henry tomó a Lois en sus brazos.

—¿Tienes hambre?

Ella lo miró a los ojos y sonrió.

—No.

—Yo tampoco. ¿Nos desvestimos?

—Por supuesto, mi amor.

Dos minutos después estaban en la cama y Henry le estaba haciendo deliciosamente el amor. Era maravilloso. Agotador. Vivificante.

—Mi querido. Te amo tanto.

—Yo también te amo, Lois —replicó Henry; se puso de pie—. Ahora debemos luchar contra el pecado de la carne.

Lois lo miró sin entender.

—¿Qué?

—Ponte de rodillas.

Ella se rió.

—¿No estás cansado, mi amor?

—Ponte de rodillas.

Lois sonrió.

—Está bien.

Se puso de rodillas y observó intrigada mientras Henry se quitaba un enorme cinturón de los pantalones. Se acercó a ella y antes de que ella se diera cuenta de lo que estaba sucediendo, le dio un fuerte golpe en las nalgas desnudas con el cinturón.

Lois gritó y comenzó a ponerse de pie.

—¿Qué estás...?

La empujó hacia abajo.

—Ya te lo dije, mi amor. Debemos luchar contra el pecado de la carne. —Levantó el cinturón y golpeó otra vez.

—¡Basta! ¡Detente!

—Quédate donde estás. —Su voz estaba llena de fervor.

Lois luchó por ponerse de pie, pero Henry la mantuvo abajo con una de sus fuertes manos y volvió a golpearla con el cinturón.

Ella sintió como si le hubieran desollado la espalda.

—¡Henry! ¡Por Dios! ¡Basta!

Finalmente, Henry se irguió y respiró hondo. Temblaba.

—Ahora está bien.

A Lois le resultaba difícil moverse. Sentía el ardor de las heridas abiertas. Dolorida logró ponerse de pie. No podía hablar. Sólo atinaba a mirar horrorizada a su marido.

—El sexo es pecado. Debemos luchar contra la tentación.

Ella sacudió la cabeza, todavía sin poder hablar, todavía sin poder creer lo que acababa de ocurrir.

—Piensa en Adán y Eva, el comienzo de la caída de la humanidad. —Y siguió hablando.

Lois comenzó a llorar con fuertes y ahogados sollozos.

—Ahora todo está bien —la tomó en sus brazos—. Está bien. Te amo.

—Yo también te amo —repitió ella no muy segura—. Pero...

—No te preocupes. Lo hemos conquistado.

"Lo cual quiere decir sería la última vez que ocurre", pensó Lois. "Es probable que tenga que ver con el hecho de que es hijo de un ministro. Gracias a Dios que ya pasó".

Henry la abrazó con fuerza.

—Te amo tanto. Vamos a cenar.

En el restaurante, Lois apenas pudo sentarse. El dolor era terrible, pero le daba demasiada vergüenza pedir un almohadón.

—Yo pediré —dijo Henry; pidió una ensalada para él y una abundante comida para ella—. Tienes que conservar tus fuerzas, mi amor.

Durante la cena Lois pensó en lo que acababa de ocurrir. Henry era el hombre más maravilloso que jamás había conocido. Había quedado estupefacta por su... "¿Cómo llamarlo?", pensó. "¿Fetiche?" Pero por suerte ya había pasado. Podía esperar que el resto de su vida transcurriera ocupándose de este hombre y que él se ocupara de ella.

Cuando terminaron con el plato principal, Henry ordenó un postre extra para Lois.

—Me gusta que seas mucha mujer.

Ella sonrió.

—Me alegra complacerte.

—¿Regresamos a la habitación? —sugirió Henry cuando terminaron de comer.

—Vamos.

Una vez en el dormitorio, se desvistieron y Henry tomó a Lois en sus brazos. El dolor pareció desaparecer. Hicieron el amor de manera suave y placentera, incluso más agradable que antes.

Abrazó a su marido y le dijo:

—Eso fue maravilloso.

—Así es —asintió él con un gesto—. Ahora debemos pagar por el pecado carnal. De rodillas.

En medio de la noche, mientras Henry dormía, Lois llenó en silencio su valija y huyó. Tomó un tren a Vancouver y llamó a Gary. A la hora de almuerzo, le contó lo que había ocurrido.

—Voy a pedir el divorcio —dijo—, pero tengo que salir de la ciudad.

Gary pensó un momento.

—Tengo un amigo que tiene una agencia de seguros, hermanita. En Denver, que está a cuatro mil kilómetros.

—Eso sería perfecto.

—Lo llamaré —le aseguró.

Dos semanas más tarde, Lois ya estaba trabajando en la agencia de seguros, en un cargo gerencial. Gary se había mantenido en contacto permanente con ella. Había comprado una pequeña y encantadora cabaña con vista a las montañas Rocosas a la distancia y cada tanto su hermano la visitaba. Pasaban espléndidos fines de semana juntos: esquiando, o pescando, o simplemente sentados en el sofá, conversando. "Estoy tan orgulloso de ti, hermanita", le decía él siempre. Y ella también estaba orgullosa de los logros de Gary. Se había doctorado en ciencia, trabajaba para una corporación internacional y en su tiempo libre se dedicaba a volar.

Mientras Lois pensaba en Gary, golpearon a la puerta. Miró por la ventana para ver quién era y lo reconoció. Era Tom Huebner. Era un piloto de aviones de alquiler amigo de Gary, alto y de aspecto tosco.

Abrió la puerta y el hombre entró.

—Hola, Tom.

—Lois.

—Gary no está aquí todavía. Creo que oí su avión hace un rato. Debe estar por llegar en cualquier momento. ¿Quieres esperar o…?

La miraba fijo.

—¿No estabas mirando el noticiario?

Ella sacudió la cabeza.

—No. ¿Qué ocurre? Espero que no se trate de otra guerra y…

—Lois, me temo que tengo malas noticias, realmente malas noticias. —Su voz sonaba nerviosa—. Se trata de Gary.

Se puso tensa.

—¿Qué ocurre con él?

—Se mató al estrellarse el avión cuando venía hacia aquí, a verte. —Vio cómo se apagaba la luz en los ojos de ella—. Lo siento. Sé cuánto se querían ustedes dos.

Lois trató de hablar, pero le faltaba el aire.

—¿Cómo… cómo… cómo…?

Tom Huebner la tomó de la mano y delicadamente la condujo hacia el sillón.

Ella se sentó y respiró hondo.

—¿Qué… qué ocurrió?

—El avión de Gary chocó contra una ladera de la montaña a poca distancia de Denver.

Lois sintió que se desmayaba.

—Tom, me gustaría estar a solas.

Él la observó preocupado.

—¿Estás segura, Lois? Yo podría quedarme y…

—Gracias, pero, por favor, vete.

Tom Huebner se quedó quieto, sin decidirse. Luego asintió con un gesto.

—Tienes mi número. Llámame si necesitas algo.

No oyó cuando él se iba. Se quedó sentada, conmocionada. Era como si alguien le hubiera dicho que ella misma había muerto. Su mente comenzó a traer imágenes de la infancia de ambos. Gary siempre había sido su protector, peleándose con los muchachos que la molestaban, y cuando crecieron, acompañándola a los partidos de béisbol, al cine y a los bailes. Lo había visto por última vez hacía una semana y pudo ver la escena en su mente, corriendo como una película borrosa a través de las lágrimas.

Ambos estaban sentados a la mesa del comedor.

—No comes nada, Gary.

—Está delicioso, hermanita. Pero no tengo hambre.

Ella lo observó un instante.

—¿Hay algo de lo que quieras hablar?

—Siempre te das cuenta, ¿no?

—Seguro que es algo que tiene que ver con tu trabajo.

—Sí. —Apartó el plato—. Creo que mi vida está en peligro.

Lo miró sorprendida.

—¿Cómo dices?

—Hermanita, sólo media docena de personas en el mundo saben lo que está ocurriendo. El lunes vendré aquí a pasar la noche. El martes por la mañana tengo que ir a Washington.

—¿Por qué Washington? —preguntó ella intrigada.

—Para contarles acerca de Prima.

Y Gary se lo explicó.

Ahora, Gary estaba muerto. "Creo que mi vida está en peligro". Su hermano no había muerto en un accidente. Lo habían asesinado.

Miró el reloj de pulsera. Era demasiado tarde para hacer nada en ese momento, pero por la mañana iba a hacer la llamada telefónica que iba a vengar el asesinato de su hermano. Iba a terminar lo que Gary tenía pensado hacer. De pronto se sintió agotada. Hasta levantarse del sillón significaba un gran esfuerzo. No había comido, pero la sola idea de la comida le daba náuseas.

Se dirigió al dormitorio y se dejó caer sobre la cama, demasiado cansada como para desvestirse. Permaneció así, aturdida, hasta que finalmente se durmió.

Lois soñó que ella y Gary estaban a bordo de un tren a toda velocidad, y que todos los pasajeros en el vagón estaban fumando. Hacía calor y el humo la hacía toser. La tos la despertó y abrió los ojos. Miró alrededor conmocionada. Su dormitorio estaba en llamas y el fuego subía por las cortinas. El lugar estaba lleno de humo. Se arrojó de la cama, medio ahogada. A los tropezones y conteniendo la respiración se dirigió a la sala. El lugar estaba envuelto en llamas y lleno de humo. Dio media docena de pasos hacia la puerta, sintió que sus piernas se aflojaban y caía al suelo.

Lo último que recordaba eran las llamas hambrientas abriéndose paso hacia ella.

Capítulo diez

Para Kelly todo ocurrió a un ritmo vertiginoso. Pronto aprendió los aspectos más importantes del modelado. La agencia le había proporcionado entrenamiento de proyección de imagen, porte y presencia. Buena parte del trabajo de modelar consistía en mostrar una actitud segura, lo cual para ella significaba actuar, pues no se sentía ni hermosa ni deseable.

La expresión "éxito instantáneo" podría haber sido inventada para Kelly. Ella no sólo proyectaba una imagen excitante y provocativa, sino también un aire de intangibilidad que se convertía en un verdadero desafío para los hombres. En dos años, Kelly ya se había ubicado en el nivel más alto entre las modelos. Hacía publicidad para diversos productos en una docena de países. La mayor parte de tiempo se hallaba en París, donde tenían sus oficinas los más importantes clientes de la agencia.

En una ocasión, después de un fantasioso desfile de modelos en Nueva York, antes de regresar a París, Kelly fue a ver a su madre. Se la veía envejecida y agobiada. "Tengo que sacarla de aquí", pensó Kelly. "Le compraré un lindo departamento y me ocuparé de ella".

Su madre se mostró contenta de verla.

—Me alegra que te vaya tan bien, Kelly. Gracias por el cheque mensual.

—De nada. Mamá, hay algo que quiero hablar contigo. Lo tengo todo pensado. Quiero que dejes…

—Bueno, bueno, vean quién ha venido a visitarnos… su alteza.

74

—El padrastro acababa de entrar—. ¿Qué estás haciendo aquí? ¿No deberías estar pavoneándote con esas ropitas elegantes?

"Tendré que hacerlo en otra ocasión", pensó.

Tenía que hacer otra visita. Se dirigió a la biblioteca pública en la que había pasado tantas horas maravillosas y cuando atravesó la puerta con una docena de revistas en las manos, su cabeza se llenaba de recuerdos.

La señora Houston no estaba en su escritorio. Entró y la vio de pie en uno de los pasillos laterales, espléndida con su traje cuidado y bien cortado, ocupada ordenando libros en un estante. Cuando la señora Houston oyó que la puerta se abría, dijo:

—Estaré con usted en un momento. —Se volvió—. ¡Kelly! —Fue casi un grito—. ¡Oh, Kelly!

Corrieron una hacia la otra y se abrazaron.

La bibliotecaria se echó hacia atrás y la miró.

—No puedo creer que seas tú. ¿Qué estás haciendo en esta ciudad?

—Vine a ver a mi madre, pero quería verla a usted también.

—Estoy tan orgullosa de ti. Ni te lo imaginas.

—Señora Houston, ¿recuerda cuando le pregunté cómo podía agradecerle? Usted me respondió que podía hacerlo mostrándole mi foto en una revista de moda. Aquí tiene. —Y Kelly depositó en sus brazos la pila de revistas de modas. Eran ejemplares de *Elle, Cosmopolitan, Vanity Fair* y *Vogue*. En todas las tapas estaba ella.

—Son hermosas. —La señora Houston estaba radiante—. Quiero mostrarte algo. —Se dirigió a la parte de atrás de su escritorio y sacó ejemplares de esas mismas revistas.

Pasaron unos momentos antes de que Kelly pudiera hablar.

—¿Cómo podré jamás agradecerle? Usted cambió mi vida.

—No, Kelly. Tú la cambiaste. Lo único que yo hice fue darte un empujoncito. Además, amiga mía…

—¿Sí?

—Gracias a ti me he convertido en una mujer elegante.

Dado que Kelly cuidaba su privacidad, su fama en ocasiones era un problema. El constante asedio de los fotógrafos la molestaba y padecía el equivalente a una fobia a que se le acercara gente que no conocía. Disfrutaba estando sola, y pensando en Mark, haciendo que el pasado volviera a vivir. Recordó la primera vez.

Estaba almorzando en el Restaurant Le Cinq en el Hotel George V, cuando un hombre mal vestido que pasaba junto a ella se detuvo a mirarla fijamente. Él tenía el cutis pálido y enfermizo de quien pasa todo su tiempo encerrado. Llevaba un ejemplar de *Elle* abierto en una página con fotografías de Kelly.

—Discúlpeme —dijo el extraño.

Kelly lo miró, molesta.

—¿Sí?

—He visto su... Leí este artículo sobre usted y dice que nació en Filadelfia. —Su voz adquirió un tono entusiasta—. Yo también nací allí y cuando vi sus fotos, tuve la sensación de que la conocía y...

Kelly respondió con frialdad.

—No me conoce, y no me gusta ser molestada por extraños.

—Oh, lo siento. —Tragó saliva—. No era mi intención... No soy un extraño. Quiero decir... mi nombre es Mark Harris y trabajo para Kingsley Internacional. Cuando la vi aquí... bueno, pensé que tal vez no le gustaba almorzar sola y que usted y yo podríamos...

Kelly le dirigió una mirada severa.

—Pues pensó mal. Y ahora, le agradecería que se retirara.

—No fue mi intención entrometerme. Sólo que... —Se dio cuenta de la expresión en la cara de ella—. Me voy.

Lo miró cuando salió por la puerta con la revista en la mano. "Por fin se fue".

Tenía contrato para una semana de sesiones de fotos para varias revistas de modas. Al día siguiente de su encuentro con Mark Harris, estaba en el vestidor de las modelos arreglándose, cuando llegaron tres docenas de rosas para ella. La tarjeta decía: *"Por favor, disculpe que la haya molestado. Mark Harris".*

Rompió la tarjeta.

—Envíe las flores al Hospital de Niños.

A la mañana siguiente la jefa del guardarropa entró otra vez en el vestidor con un paquete.

—Un hombre dejó esto para ti, Kelly.

Era una orquídea. Leyó la tarjeta: *"Espero que me haya perdonado. Mark Harris".*

Rompió la tarjeta.

—Quédese con la flor.

Después de eso, los regalos de Mark Harris llegaban casi cotidianamente: una pequeña cesta de frutas, un anillo para el estado de ánimo, un Santa Claus de juguete. Kelly arrojó todo al cesto de la basura. El siguiente regalo que llegó era diferente. Se trataba de una adorable hembrita de perro lanudo francés con una cinta roja en el pescuezo que sostenía una tarjeta: *"Esta es Ángela. Espero que la quiera tanto como la quiero yo. Mark Harris".*

Marcó el número de teléfono de Informaciones y pidió el número de Grupo Kingsley Internacional. Cuando la operadora atendió, Kelly preguntó:

—¿Trabaja ahí Mark Harris?

—*Oui Mademoiselle.*

—¿Podría hablar con él?

—Un momento.

Un minuto después Kelly oyó una voz conocida.

—¿Hola?

—¿Señor Harris?

—Sí.

—Soy Kelly. He decidido aceptar su invitación a almorzar.

Se produjo un silencio de sorpresa.

—¿En serio? —dijo después de un instante—. Es... es maravilloso.

Kelly pudo percibir el entusiasmo en su voz.

—¿En Laurent hoy, a la una?

—Es perfecto. Muchas gracias. Yo...

—Yo haré las reservas. Adiós.

Mark Harris estaba de pie, junto a una mesa en el restaurante cuando Kelly entró llevando la perrita.

El rostro de Mark se iluminó.

—Llegó... No estaba seguro de... trajo a Ángela.

—Sí. —Kelly puso al animalito en brazos de Mark—. Ella puede almorzar con usted —el tono de voz era helado. Se volvió dispuesta a marcharse.

—No entiendo. Yo creí...

—Bien. Se lo explicaré por última vez —replicó ella—. Quiero que deje de molestarme. ¿Lo entiende?

El rostro de Mark Harris se puso rojo brillante.

—Sí. Sí, por supuesto. Lo siento. Yo no... no era mi intención... sólo creí que... no sé qué decir... me gustaría explicarlo. ¿Podría sentarse un momento nada más?

Kelly comenzó a decir "no", pero se sentó, con expresión de desagrado en la cara.

—¿Bien?

Mark Harris respiró hondo.

—Realmente lo siento mucho. No era mi intención molestarla. Le envié esas cosas para disculparme por entrometerme. Lo único que quería era una oportunidad para... cuando vi su foto sentí como si la hubiera conocido toda la vida. Y luego, cuando la vi personalmente y resultó que... —Tartamudeaba, molesto—. Debí... debí haberme dado cuenta de que alguien como usted jamás podría interesarse en alguien como... yo... me comporté como un estúpido muchacho de colegio. Me siento tan avergonzado. Es que... no sabía cómo decirle lo que siento, y... —Su voz se desvaneció. El hombre mostraba una vulnerabilidad a flor de piel—. No soy bueno para... para explicar mis sentimientos. He estado solo toda mi vida. Nunca nadie... cuando tenía seis años mis padres se divorciaron y hubo un batalla por la custodia. Ninguno de los dos me quería.

Kelly lo observaba en silencio. Sus palabras resonaban en su cabeza, despertando recuerdos hacía mucho tiempo enterrados.

"—¿Por qué no te libraste de la niña antes de que naciera?

"—Traté. Pero no funcionó".

Él siguió hablando.

—Crecí en media docena de diferentes hogares sustitutos, donde a nadie le importaba...

"Ésos son tus tíos. No los molestes".

—Parecía que nada me salía bien...

"Esta cena está horrible... El color de ese vestido no te queda bien... No has terminado de limpiar los baños".

—Querían que abandonara el colegio para que trabajara en el taller de coches, pero yo... yo quería ser científico. Pero me decían que era demasiado tonto...

Kelly se involucraba más y más en lo que él estaba diciendo.

"He decidido que voy a ser modelo".

"Todas las modelos son prostitutas".

—Soñaba con ir a la universidad, pero me decían que para el tipo de trabajo que yo iba a hacer... no necesitaba ninguna educación.

"Con tu aspecto tan atractivo bien podrías ganar más con tu cuerpo..."

—Cuando me dieron una beca para MIT, mis padres sustitutos dijeron que probablemente no podría aprovecharla y que terminaría trabajando en el taller...

"¿Universidad? Pasarás cuatro años perdiendo el tiempo..."

Escuchar a este extraño era como escuchar una repetición de su propia vida. Kelly siguió sentada allí, profundamente emocionada, sintiendo las mismas dolorosas emociones del extraño que estaba sentado frente a ella.

—Cuando terminé el MIT fui a trabajar a una sucursal del Grupo Kingsley Internacional en París. Pero me sentía terriblemente solo. —Hizo una larga pausa—. En alguna parte, hace mucho tiempo, leí que lo mejor de la vida era encontrar a alguien a quien amar, que te amara... y yo lo creí.

Ella seguía allí, en silencio.

Inesperadamente Mark Harris dijo:

—Pero jamás encontré a esa persona y estaba a punto de abandonar cuando aquel día la vi a usted... —No pudo continuar.

Ella vio que él comenzaba a alejarse.

—¿A dónde va con mi perro? —lo llamó.

El hombre se volvió, confundido.

—¿Perdón?

—Ángela es mía. Usted me la regaló, ¿no?

Mark estaba paralizado.

—Sí, pero usted dijo...

—Hagamos un trato, señor Harris. Yo me quedo con Ángela y usted tendrá derecho a visitarla.

Por un momento no entendió. Luego la sonrisa de él brilló.

—¿Quiere decir que puedo... que me permitirá...?

—¿Por qué no lo conversamos esta noche mientras cenamos? —dijo ella.

Kelly ignoraba por completo que acababa de convertirse en un blanco para el asesinato.

Capítulo once

PARÍS, FRANCIA
Investigación de suicidio en la Torre Eiffel

En el cuartel general de la Policía de Reuilly, en la calle Hénard, en el 12ème Arrondisement en París, se desarrollaba un interrogatorio. El administrador de la Torre Eiffel estaba siendo interrogado por los detectives André Belmondo y Pierre Marais.

Lunes 6 de mayo
10 de la mañana
Individuo: René Pascal

Belmondo: —Monsieur Pascal, tenemos razones para creer que Mark Harris, el hombre que aparentemente cayó desde la terraza de observación de la Torre Eiffel, fue asesinado.

Pascal: —¿Asesinado? Pero… me dijeron que había sido un accidente y…

Marais: —Es imposible que haya caído por encima de ese parapeto por accidente. Es demasiado alto.

Belmondo: —Además hemos establecido que la víctima no tenía tendencias suicidas. Es más, tenía para ese fin de semana un elaborado plan para pasarlo con su mujer. Ella es Kelly… la modelo.

Pascal: —Lo siento, caballeros, pero no veo qué tiene… ¿por qué me han traído aquí?

Marais: —Para ayudarnos a aclarar algunos puntos. ¿A qué hora cerró el restaurante aquella noche?

Pascal: —A las diez. Debido a la tormenta, el Jules Verne estaba vacío de modo que decidí...

Marais: —¿A qué hora dejaron de funcionar los ascensores?

Pascal: —Por lo general funcionan hasta la medianoche, pero aquel día, como no había nadie arriba mirando el paisaje ni cenando, los cerré a las diez de la noche.

Belmondo: —¿Incluido el ascensor que va a la terraza de observación?

Pascal: —Sí. Los cerré a todos.

Marais: —¿Es posible que alguien llegue a la terraza de observación sin usar el ascensor?

Pascal: —No. Aquella noche estaba todo cerrado. No entiendo de qué se trata todo esto. Si...

Belmondo: —Le diré de qué se trata esto. Monsieur Harris fue arrojado desde la terraza de observación. Sabemos que fue desde allí porque cuando examinamos el parapeto, la parte de arriba estaba descascarada y el cemento encontrado en las suelas de sus zapatos coincidía con el cemento del parapeto. Si ese piso estaba cerrado y los ascensores no estaban funcionando, ¿cómo llegó él allí a medianoche?

Pascal: —No lo sé. Sin el ascensor sería... sería imposible.

Marais: —Pero un ascensor fue usado para llevar a Monsieur Harris hasta la torre de observación y para llevar a su asesino, o sus asesinos, y para luego bajarlos.

Belmondo: —¿Podría alguien ajeno a las instalaciones hacer funcionar los ascensores?

Pascal: —No. Los operadores jamás los abandonan cuando están en servicio y por la noche los ascensores quedan cerrados con llaves especiales.

Marais: —¿Cuántas llaves hay?

Pascal: —Tres. Yo tengo una, y las otras dos se guardan allí.

Belmondo: —¿Está seguro de que el último ascensor se cerró a las diez de la noche?

Pascal: —Sí.

Marais: —¿Quién lo estaba operando?

Pascal: —Toth. Gérard Toth.

Marais: —Me gustaría hablar con él.

Pascal: —A mí también.

Marais: —¿Perdón?

Pascal: —Toth no se presenta a trabajar desde anoche. Lo llamé a su departamento. No hubo respuesta. Hablé después con el administrador del edificio. Toth se mudó.

Marais: —¿Y no dejó su nueva dirección?

Pascal: —Correcto. Se desvaneció en el aire.

—"¿Se desvaneció en el aire?" ¿Estamos hablando acaso del Gran Houdini, o de un maldito operador de ascensores?

Quien hablaba era el secretario general Claude Renaud, a cargo del cuartel general de Interpol. Renaud era un hombre bajo, dinámico, de unos cincuenta y tantos años, que había ido ascendiendo laboriosamente en la jerarquía policial a lo largo de veinte años.

Renaud presidía una reunión en la sala principal de reuniones en el edificio central de diecisiete pisos de Interpol, la organización policial internacional, centro de referencia de información de 126 fuerzas policiales en 78 países. Este edificio en St. Cloud, a diez kilómetros al este de París, y el cuartel general se compone de ex detectives de la Sûreté Nationale y de la Préfecture de Paris.

Había doce hombres sentados a la gran mesa de reuniones. Habían estado interrogando al detective Belmondo durante la última hora.

El secretario general Renaud dijo amargamente:

—De modo que usted y el detective Maurais no pudieron conseguir ninguna información sobre cómo fue asesinado un hombre en un lugar en el que, primero, era imposible que estuviera, y segundo, al que era igualmente imposible que sus asesinos accedieran o del cual escaparan. ¿Es eso lo que me está diciendo?

—Maurais y yo hablamos con todos los que...

—No importa. Puede retirarse.

—Sí, señor.

Miraron al castigado detective que se retiraba de la sala. Uno de los hombres dijo:

—Bueno, no nos ayudó para nada.

—Muy por el contrario —replicó el secretario general Renaud con un suspiro—. Cada una de sus palabras confirmó lo que ya sospechábamos.

Todos lo miraron sorprendidos.

—Señores, tenemos un acertijo envuelto en un misterio, dentro de un enigma. En los quince años que he ocupado este cargo hemos investigado asesinos seriales, bandas internacionales, mutilaciones criminales, parricidios y toda clase de crímenes imaginables. —Hizo una pausa—. Pero en todos esos años, jamás me he encontrado con nada como esto. Enviaré un AVISO a las oficinas de Nueva York.

El jefe de detectives de Manhattan, Frank Bigley, estaba leyendo el documento que le había enviado el secretario general Renaud, cuando Earl Greenburg y Robert Praegitzer entraron en su oficina.

—¿Quería vernos, jefe?

—Sí. Siéntense.

Se sentaron.

El jefe Bigley les mostró un papel.

—Éste en un AVISO que Interpol envió esta mañana. —Comenzó a leer—. "Hace seis años, un científico japonés llamado Akira Iso se suicidó, se ahorcó en su cuarto de hotel en Tokio. El señor Iso gozaba de perfecta salud, acababa de recibir un ascenso y se sabe que estaba de muy buen humor.

—¿Japón? ¿Qué tiene eso que ver con...?

—Permíteme continuar. Hace tres años, Madeleine Smith, una científica suiza de treinta y dos años abrió la llave del gas en su departamento en Zurich y se suicidó. Estaba embarazada y a punto de casarse con el padre de su bebé. Los amigos dijeron que jamás la habían visto tan feliz. —Miró a los detectives—. En los últimos tres días una berlinesa llamada Sonja Verbrugge se ahogó en una bañera. Esa misma noche Mark Harris, un norteamericano se largó a volar desde la terraza de observación de la Torre Eiffel. Un día después, un canadiense llamado Gary Reynold se estrelló con su Cessna en una montaña cerca de Denver.

Greenburg y Praegitzer escuchaban cada vez más intrigados.

—Y ayer, ustedes hallaron el cuerpo de Richard Stevens en las orillas del East River. —Earl Greenburg lo miraba perplejo.

—¿Qué tienen que ver todos esos casos con nosotros?

—Todos son el mismo caso.

Greenburg se quedó mirándolo.

—¿Qué? Veamos si comprendí. Un japonés hace seis años, una suiza hace tres y en los últimos días un alemán, un canadiense y dos norteamericanos. —Hizo una breve pausa—. ¿Qué es lo que conecta a estos casos?

El jefe Bigley le dio el AVISO de Interpol a Greenburg. A medida que lo fue leyendo, sus ojos se fueron haciendo cada vez más grandes. Miró al otro y habló pausadamente.

—¿Interpol cree que un *think tank*, el Grupo Kingsley Internacional, está detrás de estos asesinatos? Eso es ridículo.

—Jefe —intervino Praegitzer—, estamos hablando del *think tank* más grande el mundo.

—Todas esas personas fueron asesinadas, y todas tenían relaciones con el GKI. La empresa es de Tanner Kingsley y él la administra. Es presidente y director ejecutivo de Grupo Kingsley Internacional, presidente del Comité de Ciencia de la presidencia, y director de Instituto Nacional de Planeamiento de Avanzada, además forma parte de la Comisión de Política de Defensa del Pentágono. Creo que tú y Greenburg deben tener una conversación con el señor Kingsley.

—Bien —Earl Greenburg tragó saliva.

—Ah... Earl...

—¿Sí?

—Ve con cuidado y trátalo con delicadeza.

Cinco minutos después, Earl Greenburg estaba hablando con la secretaria de Tanner Kingsley. Cuando terminó, se volvió hacia Praegitzer.

—Tenemos una cita para el martes a las diez de la mañana. En este momento el señor Kingsley está hablando en una audiencia de una comisión del Congreso, en Washington.

En la audiencia ante la Comisión Especial del Senado para el Medio Ambiente, en Washington, D.C., un panel de seis miembros de esa comisión y tres docenas de espectadores y periodistas escuchaban atentamente el testimonio de Tanner Kingsley.

Éste era un hombre de cuarenta y tantos años, alto y hermoso, con acerados ojos azules cuyo brillo era de inteligencia. Tenía nariz romana, mandíbula fuerte y un perfil que podría ser el de una moneda. El presidente de la comisión, la veterana senadora Pauline Mary van Luven era una figura imponente, cuya confianza en sí misma resultaba casi agresiva. Miró a Tanner y le habló con aspereza.

—Puede comenzar, señor Kingsley.

Él hizo un gesto de asentimiento.

—Gracias, senadora. —Se volvió hacia los otros miembros de la comisión y cuando habló, su voz sonó desapasionada—. Mientras algunos de nuestros políticos en el gobierno siguen debatiendo acerca de las consecuencias del calentamiento global y el efecto invernadero, el agujero en la capa de ozono sigue creciendo rápidamente. Debido a eso, la mitad del mundo está sufriendo sequías y la otra mitad, inundaciones. En el mar de Ross, un témpano del tamaño de Jamaica acaba de romperse debido al calentamiento global. El agujero de ozono en el Polo Sur ha alcanzado el tamaño récord de diez millones de kilómetros cuadrados. —Hizo una pausa para lograr el efecto deseado y repitió lentamente—, diez millones de kilómetros cuadrados... Estamos en presencia de un número también inusitado de huracanes, ciclones, tifones y tormentas que están desolando varios lugares de Europa. Debido a los cambios radicales en el clima, millones de personas en todos los países del mundo se enfrentan a la hambruna y la extinción. Pero éstas son sólo palabras: "hambruna" y "extinción". Dejen de pensar en ellas como palabras. Piensen en lo que ellas significan: hombres, mujeres y niños hambrientos y sin hogar ante la muerte. El verano pasado, más de veinte mil personas murieron en la ola de calor que se abatió sobre Europa. —La voz de Tanner se elevó—. ¿Y qué hemos hecho para evitarlo? Nuestro gobierno se niega a ratificar el Protocolo de Kyoto, la cumbre mundial sobre medio ambiente. El mensaje que queda es que nos importa un comino lo que le ocurre al resto del mundo. Nosotros seguimos adelante y hacemos lo que nos viene bien. ¿Somos tan torpes, tan encerrados en nosotros mismos que no podemos ver qué estamos haciendo para…?

La senadora van Luven interrumpió.

—Señor Kingsley, esto no es un debate. Le ruego que adopte un tono más moderado.

Tanner respiró profundamente e hizo un gesto de asentimiento. En un tono menos apasionado, continuó.

—Como todos nosotros sabemos muy bien, el efecto invernadero es causado por el uso de combustibles fósiles y otros factores relacionados totalmente dentro de nuestro control, y sin embargo, esas emisiones han alcanzado el punto más alto en medio millón de años. Están contaminando el aire que respiran nuestros hijos y nuestros nietos. Pero la contaminación puede detenerse. Entonces, ¿por qué no se la detiene? Porque eso les costaría dinero a los grandes intereses. —Su voz se elevó otra vez—. ¡Dinero! ¿Cuánto vale un poco de aire limpio en relación con la vida de un ser humano? ¿Diez litros de combustible? ¿Veinte? —El fervor en su voz se hizo más intenso—. Hasta donde sabemos, esta tierra es el único lugar habitable para nosotros, sin embargo estamos envenenando la tierra, los océanos y el aire que respiramos lo más rápido que podemos. Si no nos detenemos…

La senadora van Luven interrumpió otra vez.

—Señor Kingsley…

—Mis disculpas, senadora. Pero estoy enojado. No puedo ver cómo se destruye nuestro universo sin protestar.

Kingsley habló durante treinta minutos más. Cuando terminó, la senadora van Luven dijo:

—Señor Kingsley, me gustaría verlo en mi oficina, por favor. Se levanta la sesión.

La oficina de la senadora van Luven había sido originalmente amoblada al típico y neutro estilo burocrático: un escritorio, una mesa, seis sillas y filas de muebles para archivos, pero la senadora había agregado sus propios toques femeninos, con telas coloridas, cuadros y fotografías.

Cuando Tanner entró en la oficina había dos personas, además de la senadora.

—Éstos son mis asistentes, Corinne Murphy y Karolee Trost.

La primera era una joven y atractiva pelirroja; la otra, una rubia pequeña. Las dos tenían veintitantos años y ambas se sentaron junto a la senadora. Estaban obviamente fascinadas con Tanner.

—Tome asiento, señor Kingsley —invitó la anfitriona.

Tanner se sentó. La senadora lo estudió por un momento.

—Francamente, no lo comprendo.

—¿En serio? Me sorprende, senadora. Creí que había hablado con toda claridad. Siento…

—Sé lo que siente. Pero su empresa, Grupo Kingsley Internacional, tiene contratos para numerosos proyectos con el gobierno, y aun así, usted lo desafía en lo que se refiere a los temas ambientales. ¿No es eso dañino para los negocios?

—Esto no es un asunto de negocios, senadora van Luven —replicó fríamente Tanner—. Se trata de la humanidad. Estamos presenciando el comienzo de una desastrosa desestabilización global. Estoy tratando de hacer que el Senado destine fondos para evitarla.

—Algunos de esos fondos podrían ir a su empresa —dijo la senadora en tono escéptico—, ¿no es cierto?

—No me importa nada hacia dónde va el dinero. Lo que quiero es ver que se tomen medidas antes de que sea demasiado tarde.

—Eso es admirable —intervino Corinne Murphy cálidamente—. Es usted un hombre poco común.

Tanner la miró.

—Señorita Murphy, si lo que usted quiere decir es que la mayoría de la gente parece creer que el dinero es más importante que la moral, lamento decir que es muy probable que usted tenga razón.

—Creo —dijo Karolee Trost— que lo que usted trata de hacer es maravilloso.

La senadora dirigió a sus asistentes una mirada de desagrado y luego se dirigió a Tanner.

—No puedo prometerle nada, pero hablaré con mis colegas y veré cuál es su opinión sobre el tema del medio ambiente. Me comunicaré con usted.

—Gracias, senadora. Se lo voy a agradecer mucho. —Vaciló—. Tal vez en alguna ocasión, cuando vaya usted a Manhattan, le pueda mostrar las instalaciones del GKI y mostrarle cómo trabajamos. Creo que le va a resultar interesante.

La senadora van Luven asintió con un gesto indiferente.

—Se lo haré saber.

La reunión había terminado.

Capítulo doce

Desde el momento en que la gente se enteró de la muerte de Mark, Kelly Harris se vio abrumada de llamadas telefónicas, flores y mensajes electrónicos. El primero en llamar fue Sam Meadows, un compañero de trabajo y amigo de Mark.

—¡Kelly! ¡Dios mío! ¡No puedo creerlo. No sé... no sé qué decir, estoy desolado. Cada vez que me doy vuelta, espero ver a Mark. Kelly... ¿hay algo que pueda hacer por ti?

—Nada. Gracias, Sam

—Te llamaré. Quiero ayudarte de cualquier manera...

Después de eso se produjeron docenas de llamadas de los amigos de Mark, y de las modelos con las que ella trabajaba

Bill Lerner, la cabeza de la agencia de modelos, llamó por teléfono. Le dio el pésame y luego dijo:

—Sé que éste no es el momento adecuado, pero creo que volver a trabajar podría ayudarte en este momento. El teléfono no ha dejado de sonar. ¿Cuándo crees que estarás lista para ponerte a trabajar?

—Cuando Mark regrese. —Y dejó caer el teléfono.

El teléfono volvió a sonar. Finalmente, atendió.

—¿Sí?

—¿Señora Harris?

¿Sería todavía la señora Harris? Ya no había un señor Harris, pero ella sería siempre la mujer de Mark Harris.

—Sí, soy la señora Harris —respondió con firmeza.

—Ésta es la oficina del señor Tanner Kingsley.

"El hombre para el que Mark trabaja... trabajaba".

—¿Sí?

—El señor Kingsley le agradecería si usted pudiera venir a verlo en Manhattan. Querría tener una reunión con usted en sus oficinas. ¿Tiene usted tiempo ahora?

Kelly tenía tiempo. Le había dicho a la agencia que cancelara todos sus compromisos. Pero estaba sorprendida.

"¿Para qué querrá verme Tanner Kingsley?"

—Sí.

—¿Le parece bien salir de París el viernes?

Nada volvería a parecerle bien.

—De acuerdo, el viernes.

—Bien. Habrá un boleto de United Airlines a su nombre en el aeropuerto Charles de Gaulle.

Le dio el número de vuelo.

—Un coche la recogerá en Nueva York.

Mark le había hablado de Tanner Kingsley. Mark lo había conocido y pensaba que era un genio y un hombre maravilloso para quien trabajar. "Tal vez podamos compartir algunos recuerdos de Mark". La sola idea sirvió para levantarle el ánimo.

Ángela entró corriendo y saltó sobre sus rodillas. Kelly la abrazó.

—¿Qué haré contigo mientras estoy de viaje? Mamá te llevaría con ella, pero sólo voy a estar ausente unos pocos días.

Súbitamente, supo quién podía ocuparse de la cachorra.

Bajó las escaleras hasta la oficina del administrador. Unos operarios estaban instalando un nuevo ascensor y Kelly sentía un escalofrío cada vez que pasaba junto a ellos.

El administrador del edificio, Philippe Cendre, era un hombre alto y atractivo con una cálida personalidad, y tanto su mujer como su hija siempre se desvivían por ser útiles. Cuando se enteraron de la muerte de Mark, se habían mostrado consternadas. El funeral se realizó en el cementerio de Père Lachaise y Kelly también invitó a la familia Cendre.

Se acercó a la puerta del departamento de Philippe y golpeó. Cuando el hombre abrió la puerta, le dijo:

—Tengo que pedirle un favor.

—Pase. Lo que usted quiera, señora Harris.

—Tengo que ir a Nueva York por tres o cuatro días. ¿Les molestaría ocuparse de Ángela mientras estoy de viaje?

—¿Molestar? A Ana María y a mí nos va a encantar.

—Gracias. Se lo agradezco mucho.

—Y le prometo que voy a hacer todo lo posible por malcriarla.

Kelly sonrió.

—Demasiado tarde. Yo ya la he malcriado.

—¿Cuándo piensa partir?

—El viernes.

—Muy bien. Me ocuparé de todo. ¿Le conté que mi hija fue aceptada en La Sorbona?

—No. Eso es fantástico. Debe de estar muy orgulloso.

—Lo estoy. Comienza en dos semanas. Estamos todos muy emocionados. Es un sueño hecho realidad.

El viernes por la mañana, llevó a Ángela al departamento de Philippe Cendre. Le dio también al administrador unas bolsas de papel.

—Ésta es su comida favorita y aquí hay también algunos de sus juguetes para que se entretenga...

Philippe dio un paso al costado y detrás de él se pudo ver una montaña de juguetes para perros en el suelo.

Kelly se rió.

—Ángela, estás en buenas manos. —Le dio un último abrazo a su mascota—. Hasta luego, Ángela. Muchas gracias, Philippe.

La mañana en que Kelly partía, Nicole Paradis, la telefonista del edificio, estaba en la puerta para despedirse. Efusiva mujer de pelo canoso, era tan pequeña que cuando estaba sentada detrás de su escritorio junto al conmutador, sólo se veía la parte de arriba de su cabeza.

—La vamos a extrañar, *madame* —le dijo sonriendo—. No demore en regresar.

—Gracias —respondió Kelly tomándole la mano—. Volveré pronto, Nicole.

Minutos más tarde ya estaba camino al aeropuerto.

En el aeropuerto Charles De Gaulle había más gente de la que uno podía imaginar, como siempre. Era un laberinto surrealista de mostradores para venta de pasajes, negocios, restaurantes, escaleras y gigantescas escaleras mecánicas trepando y descendiendo como monstruos prehistóricos.

Cuando Kelly llegó, el gerente del aeropuerto la acompañó a un salón privado. Cuarenta y cinco minutos más tarde anunciaron su vuelo. Cuando se disponía a dirigirse a la puerta de embarque, una mujer parada cerca de ella la observó hasta que atravesara la puerta. En el momento en que Kelly se perdió de vista, la mujer tomó su teléfono celular e hizo una llamada.

Una vez en el avión, se ubicó en su asiento pensando todo el tiempo en Mark, sin darse cuenta de que todos, hombres y mujeres, en aquella cabina tenían discretamente los ojos puestos en ella. "¿Qué estaba haciendo Mark en la terraza de observación de la Torre Eiffel, a medianoche? ¿Con quién iba a encontrarse? ¿Y para qué?" La peor pregunta de todas: "¿Por qué Mark iba a suicidarse? Estábamos felices juntos. Nos amábamos tanto. No creo que se haya suicidado. Mark no lo haría… no él… no él". Cerró los ojos y dejó que sus pensamientos volvieran al pasado…

La primera cita. Para esa noche eligió una severa falda negra con blusa blanca de cuello alto, como para que Mark no pensara que ella trataba de tentarlo de alguna manera. Aquella iba a ser una noche informal, un encuentro amistoso. Ella se sorprendió al darse cuenta de que estaba nerviosa. Debido al inenarrable ataque del que había sido objeto cuando era niña, Kelly no se había reunido con hombres, salvo que fuera por negocios o las obligatorias funciones de caridad.

"Esta salida con él no es en realidad una cita", se repetía una y otra vez. "Él y yo sólo vamos a ser amigos. Puede ser mi acompañante en esta ciudad sin que se produzcan complicaciones románticas". Cuando todavía estaba pensando en estas cosas, sonó el timbre de la puerta.

Ella llenó esperanzadamente sus pulmones y abrió. Allí estaba Mark, sonriente, con un paquete y una bolsa de papel en las manos. Vestía un traje gris que no le quedaba bien, camisa verde, corbata rojo brillante y zapatos marrones. Ella casi deja escapar una carcajada. El hecho de que él no tuviera sentido de la elegancia de alguna manera lo hacía más querible. Había conocido demasiados hombres cuyos egos tenían que ver con lo elegantes que ellos pensaban que estaban.

—Adelante —lo invitó.

—Espero no llegar demasiado tarde.

—No, de ninguna manera. —Había llegado con veinticinco minutos de anticipación.

Mark le entregó el paquete.

—Esto es para ti.

Era una caja de dos kilos de bombones de chocolate. A lo largo de los años le habían ofrecido brillantes, pieles y departamentos de lujo, pero nunca bombones. "Precisamente lo que una modelo necesita", pensó divertida.

—Gracias. —Sonrió.

—Y éstos son regalos para Ángela —explicó mientras le entregaba la bolsa de papel.

Como si hubiera estado esperando ese momento, Ángela apareció saltando en la sala y corrió hacia Mark moviendo la cola.

Él tomó a la perrita y la acarició.

—Se acuerda de mí.

—De verdad quiero agradecerte que me la hayas regalado —dijo ella—. Es una maravillosa compañía. Nunca había tenido una mascota.

Mark miró a Kelly y sus ojos lo dijeron todo.

La velada transcurrió inesperadamente bien. Él era un excelente compañero y ella se sintió conmovida ante la obvia fascinación que él manifestaba por el hecho de estar a su lado. Era un hombre inteligente y de fácil conversación, y el tiempo pasó con más rapidez de lo que Kelly había anticipado.

—Espero que podamos repetir esto en otra ocasión —dijo él al final del encuentro.

—Sí. Me va a encantar.

—¿Qué es lo que más te gusta hacer, Kelly?

—Me encantan los partidos de fútbol. ¿Te gusta el fútbol?

El rostro de Mark dio muestras de sentirse perdido.

—Este… sí… Me encanta… sí, claro.

"No sabe mentir", pensó ella. Se le ocurrió una idea pícara.

—Hay un partido por el campeonato el sábado a la noche. ¿Te gustaría ir?

Mark tragó saliva.

—Seguro. Fantástico. —La voz era débil.

Cuando la velada concluyó y volvieron al edificio donde vivía Kelly, ella se sintió tensa. Aquel siempre era el momento de:

"¿Qué tal un beso de las buenas noches…?"

"¿Por qué no me invitas a subir por un momento, para un último trago…?"

"No me digas que quieres pasar la noche sola…"

"La lucha contra el toqueteo".

Cuando llegaron a la puerta, él la miró y le dijo:

—¿Sabes qué fue lo primero que vi de ti?

Ella contuvo la respiración. "Ahora viene: tienes una cola estupenda...; me encantan tus pechos...; me encantaría tener tus piernas alrededor de mi cuello..."

—No... —replicó ella fríamente—. ¿Qué fue lo primero que viste?

—El dolor en tus ojos.

Y antes de que ella pudiera responder, él se despidió.

—Buenas noches, Kelly.

Y ella vio cómo se alejaba.

Capítulo trece

Cuando Mark llegó el sábado por la noche, llevaba otra caja de golosinas y una enorme bolsa de papel,

—Las golosinas son para ti. Los juguetes para Ángela.

Kelly tomó los paquetes.

—Te lo agradezco. Ángela también te lo agradece.

Observó cómo él acariciaba a la cachorra y preguntó con tono inocente.

—¿Estás ansioso por que empiece el partido?

Él asintió con un gesto y respondió con entusiasmo.

—Claro que sí.

Ella sonrió.

—Me alegro. Yo también. —Sabía que Mark jamás había ido a ver un partido de fútbol.

El estadio de París St. Germain estaba repleto, con sesenta y siete mil hinchas ansiosos por que comenzara el partido del campeonato entre Lyon y Marsella.

—Me has impresionado —comentó ella mientras los conducían a sus lugares directamente sobre el medio campo—. No es fácil conseguir estas ubicaciones.

Mark sonrió.

—Cuando te gusta el fútbol como me gusta a mí, nada es imposible.

Ella se mordió el labio para no reírse. No veía la hora de que comenzara el partido.

A las dos de la tarde, los dos equipos entraron en el campo de juego. Estuvieron erguidos mientras la banda tocaba *La Marsellesa*, el himno nacional francés. Mientras las formaciones del Lyon y del Marsella se ubicaron para comenzar, un jugador del Lyon se adelantó, llevaba el logo de su equipo con los colores azul y blanco.

Kelly decidió ceder e informarle qué estaba sucediendo. Se inclinó hacia él.

—Ése es el arquero —le explicó—. Es…

—Lo sé —la interrumpió él—. Grégory Coupet. Es el mejor arquero de la liga. Ganó un campeonato contra el Bordeaux en abril. Ganó la Copa UEFA y un campeonato de la liga antes de eso. Tiene treinta y un años, mide un metro ochenta y pesa sesenta y ocho kilos.

Ella lo miró asombrada.

El anunciador continuó.

—Adelante juega Sidney Gouvou…

—El número 14 —se entusiasmó Mark—. Es increíble. La semana pasada contra Auxerre hizo un gol en el último minuto del partido.

Lo escuchaba sin salir de su asombro mientras él seguía haciendo comentarios sobre el resto de los jugadores.

El partido comenzó y la multitud enloqueció.

—Mira. Va a terminar haciendo una chilena —gritó Mark.

Era un partido movido, excitante, y los arqueros de ambos equipos hacían todo lo posible para evitar que los oponentes hicieran un gol. Le resultaba difícil concentrarse. No podía dejar de mirarlo, asombrada por sus conocimientos. "¿Cómo pude haberme equivocado tanto?"

A mitad del partido, él gritaba entusiasmado.

—¡Gouvou va por un tiro largo! ¡Lo hizo!

Minutos más tarde, exclamó:

—¡Mira! Van a castigar a Carrière por tocar la pelota con la mano.

Y tuvo razón.

Cuando el Lyon ganó, Mark estaba eufórico.

—¡Qué gran equipo!

—Mark... ¿desde cuándo te interesa el fútbol? —le preguntó mientras abandonaban el estadio.

Él la miró tímidamente.

—Desde hace unos tres días. Me puse a investigar con la computadora. Como a ti te interesaba, pensé que yo debería conocerlo.

Se sintió profundamente conmovida. Le resultaba increíble que él le hubiera dedicado tanto tiempo y esfuerzo al fútbol sólo porque a ella le gustaba ese deporte.

Decidieron verse otra vez al día siguiente, una vez que ella terminara de desfilar.

—Puedo pasar a buscarte por los vestidores y...

—¡No! —Ella no quería que conociera a las otras modelos.

Él se quedó mirándola, intrigado.

—Es que... el reglamento prohíbe que los hombres entren...

—Ah...

"No quiero que se enamore de..."

—Señoras y señores, por favor ajusten sus cinturones y pongan los respaldos y las bandejas en posición vertical. Nos acercamos al aeropuerto Kennedy y aterrizaremos en unos minutos.

Volvió de inmediato al presente. Estaba en Nueva York para encontrarse con Tanner Kingsley, el hombre para el que había trabajado Mark.

Alguien había informado a la prensa. Cuando el avión aterrizó, los periodistas la estaban esperando. Quedó rodeada de reporteros con cámaras de televisión y micrófonos.

—Kelly, ¿puede mirar para este lado...?

—¿Puede decirnos qué cree que ocurrió con su marido...?

—Usted y su marido, ¿estaban por divorciarse...?

—¿Se va a mudar a vivir en Estados Unidos...?

—¿Cómo se sintió cuando se enteró de lo sucedido?

"La más insensible de todas las preguntas".

Vio a un hombre de rasgos agradables y atentos a lo que ocurría un poco más atrás del resto. Él sonrió y la saludo con un gesto de la mano. Ella le hizo señas para que se acercara.

Ben Roberts era uno de los conductores de programas de televisión abierta más populares y respetados. La había entrevistado y luego se habían hecho amigos. Observó cuando Ben se abría paso entre el montón de periodistas. Todos lo conocían.

—¡Hola, Ben! ¿Kelly va a estar en tu programa?

—¿Crees que hablará sobre lo que ocurrió?

—¿Puedo tomar una foto de Kelly contigo?

Para ese momento, Ben ya estaba junto a ella. La oleada de reporteros los empujaba.

—Por favor —gritó Ben—, muchachos y muchachas. Podrán hablar con ella más tarde.

De mala gana, los reporteros comenzaron a apartarse.

Ben la tomó de la mano.

—No puedo decirte cuánto lo siento —le dijo—. Yo quería mucho a Mark.

—Era mutuo, Ben.

—No para publicarlo, pero ¿puedes decirme qué estás haciendo en Nueva York? —le preguntó mientras se dirigían al área de entrega de equipajes.

—He venido a ver a Tanner Kingsley.

Ben hizo un gesto de asentimiento.

—Es un hombre poderoso. Estoy seguro de que te cuidará bien.

Llegaron al lugar donde estaba el equipaje.

—Si hay algo que yo pueda hacer por ti, sabes que siempre puedes encontrarme en el canal de televisión. —Miró alrededor—. ¿Viene alguien a buscarte? Si no, yo puedo...

100

En ese momento, un chofer uniformado se acercó a Kelly.

—¿Señora Harris? Soy Colin. El coche está por esa puerta. El señor Kingsley reservó una suite en el Hotel Metropolitan. Si me permite sus boletos, me ocuparé del equipaje.

Se volvió hacia Ben.

—¿Me llamarás?

—Por supuesto.

Diez minutos más tarde, estaba camino al hotel.

—La secretaria del señor Kingsley la llamará por teléfono para fijar la hora del encuentro —le dijo Colin mientras avanzaban en medio del tránsito—. El auto estará a su disposición cuando lo necesite.

—Gracias. —"¿Qué estoy haciendo aquí?", se preguntó.

Estaba a punto de obtener una respuesta.

Capítulo catorce

Tanner Kingsley estaba leyendo los titulares del diario de la tarde: "El granizo castiga a Irán". En la nota se decía que se trataba de "un hecho único". La idea de una tormenta de granizo en verano, en un clima cálido, era absurda. Tanner apretó un botón para llamar a la secretaria. Cuando ella entró, le dijo:

—Kathy, recorte este artículo y envíeselo a la senadora van Luven con una nota: "Una actualización del calentamiento global. Sinceramente..."

—Lo haré de inmediato, señor Kingsley.

Tanner Kingsley miró su reloj. Los dos detectives debían llegar al GKI en media hora. Echó una mirada a su extravagante oficina. Él lo había creado todo. GKI. Pensó en el poder detrás de aquellas tres simples iniciales y de lo mucho que se sorprendería la gente si conociera la asombrosa historia de los humildes orígenes del grupo, hacía apenas siete años. Los recuerdos del pasado pasaban veloces por su mente...

Recordó el día en que diseñó el nuevo logo para GKI. "Demasiado lujoso para un empresa de nada", había dicho alguien. Pero Tanner, él solo, había convertido aquella empresa de nada en una fuente mundial de talentos. Cuando Tanner pensó en sus orígenes, sintió que lo que había hecho se acercaba a lo milagroso.

Tanner Kingsley había nacido cinco años después de su hermano Andrew, y esto había dado totalmente forma a la dirección de su vida. Sus padres estaban divorciados y la madre se había vuelto a casar y se había ido a vivir a otra parte. El padre era un científico y los muchachos habían seguido sus pasos hasta convertirse en verdaderos prodigios. A los cuarenta años, el padre murió de un ataque al corazón. El hecho de que Tanner fuera cinco años menor que su hermano constituía una constante frustración.

Cuando Tanner ganó el primer premio en su clase de ciencia, le dijeron:

—Andrew fue el número uno en esta clase hace cinco años. Debe de ser algo en la sangre de la familia...

Cuando ganó un concurso de oratoria, el profesor dijo:

—Felicitaciones Tanner. Eres el segundo Kingsley que gana este premio.

Y al incorporarse al equipo de tenis:

—Espero que seas tan bueno como tu hermano Andrew...

El día de la graduación:

—Tu discurso de despedida fue muy profundo. Me hizo acordar mucho al de Andrew...

Había crecido a la sombra de su hermano, y resultaba exasperante saber que se lo consideraba segundo sólo porque Andrew había llegado primero.

Había similitudes entre ambos hermanos. Los dos eran hermosos, inteligentes y talentosos, pero a medida que se fueron haciendo grandes, comenzaron a aparecer diferencias importantes. Mientras Andrew era altruista y modesto, Tanner era extrovertido, gregario y ambicioso. El mayor era tímido con las mujeres, mientras que el aspecto y el encanto del otro las atraían hacia él como un imán. Pero la diferencia más importante entre aquellos hermanos estaba en los objetivos de cada una de sus vidas. Para Andrew lo más importante era la caridad y ayudar a los demás; la ambición de Tanner era convertirse en millonario y poderoso.

Andrew se graduó en la universidad con los máximos galardones, e inmediatamente aceptó un ofrecimiento para trabajar en un centro de investigación y análisis de política pública, un verdadero *think tank*. Allí aprendió lo mucho que una organización como ésa podía hacer, y cinco años más tarde, Andrew decidió iniciar su propio *think tank* en modesta escala.

Cuando el mayor de los hermanos le contó al otro sobre la idea, Tanner se entusiasmó.

—¡Eso es brillante! Ese tipo de organizaciones son las que obtienen contratos del gobierno que valen millones, sin mencionar a las corporaciones que contratan…

Andrew lo interrumpió.

—No es ésa mi idea, Tanner. Lo que yo quiero es ayudar a la gente.

—¿Ayudar a la gente? —repitió Tanner mirándolo fijamente.

—Sí. Hay docenas de países del Tercer Mundo que no tienen acceso a los métodos modernos de agricultura y de fabricación. Hay un dicho que asegura que si le das un pescado a un hombre, le das una comida. Pero si le enseñas a pescar, ese hombre puede comer toda la vida.

"Vieja sabiduría que no nos lleva muy lejos", pensó Tanner.

—Andrew, países como ésos no tienen dinero para pagar lo que nosotros valemos…

—Eso no importa. Enviaremos expertos a los países del Tercer Mundo para enseñarles las nuevas técnicas que les cambiarán la vida. Serás mi socio. Llamaremos a nuestro *think tank* "Grupo Kinsley". ¿Qué te parece?

Después de pensarlo un momento, Tanner asintió con un gesto.

—En realidad, no es una mala idea. Podemos empezar con el tipo de países de los que estamos hablando y luego ir a donde está el dinero de verdad: los grandes contratos del gobierno…

—Hermano, concentrémonos en hacer que el mundo se convierta en un lugar mejor para vivir.

Tanner sonrió. Iba a ser un compromiso. Comenzarían de la manera en que Andrew quería, para luego poco a poco hacer crecer la empresa hasta desarrollar todo su potencial.

—¿Y?

Le dio la mano a su hermano mayor.

—Por nuestro futuro, socio.

Seis meses más tarde, los dos hermanos estaban parados bajo la lluvia, delante de un pequeño edificio de ladrillos con un pequeño y poco impresionante cartel que decía "Grupo Kingsley".

—¿Qué te parece? —preguntó Andrew con orgullo.

—Maravilloso. —Tanner logró mantener la ironía fuera de su voz.

—Este cartel brindará felicidad a tanta gente en todo el mundo, Tanner. Ya he empezado a contratar a algunos expertos para que vayan a los países del Tercer Mundo.

Tanner comenzó a objetar, pero se contuvo. No debía apurar a su hermano. Parte de su personalidad era muy obstinada. Ya llegará el momento. Ya llegará. Volvió a mirar al cartel. Algún día diría "GKI – Grupo Kingsley Internacional".

John Higholt, un amigo de la universidad de Andrew, había invertido cien mil dólares para poner en marcha al *think tank*, y Andrew había conseguido el resto del dinero.

Media docena de personas fueron contratadas y enviadas a Mombasa, Somalia y Sudán, a enseñar a los nativos a mejorar sus vidas. Pero el dinero no entraba.

Para Tanner, aquello carecía de sentido.

—Andrew, podríamos conseguir contratos de algunas de las grandes compañías y…

—No es eso lo que nosotros hacemos, Tanner.

"¿Qué demonios es lo que hacemos?", se preguntaba él.

—La Chrysler Corporation está buscando… —proponía el menor de los Kingsley.

—Dediquémonos a nuestra verdadera tarea —respondía Andrew con una sonrisa.

Tanner necesitó toda su fuerza de voluntad para poder controlarse.

Cada uno de los hermanos tenía su propio laboratorio en la organización. Ambos estaban abocados a sus propios proyectos. Andrew con frecuencia trabajaba hasta bien entrada la noche.

Un día, cuando Tanner llegó a la planta, Andrew estaba todavía allí. Éste vio que su hermano entraba y se puso de pie de un salto.

—Estoy muy entusiasmado con este experimento de nanotecnología. Estoy desarrollando un método de...

La mente del otro se concentraba en algo más importante, la ardiente y pequeña pelirroja que había conocido la noche anterior. La había encontrado en el bar, habían tomado un trago y luego la había llevado a su departamento. Habían pasado un momento espléndido. Cuando ella...

—...y creo que será muy importante. ¿Qué te parece, Tanner?

—Ah, sí. Claro, Andrew. Muy bueno —respondió al reaccionar sin saber de qué se trataba.

El otro sonrió.

—Sabía que verías todas sus posibilidades.

Tanner estaba más interesado en su propio experimento secreto. "Si el mío funciona", pensó, "el mundo será mío".

Una noche, poco después de su graduación universitaria, estaba Tanner en una reunión, cuando una agradable voz femenina se dirigió a él desde atrás.

—Me han hablado mucho de usted, señor Kingsley.

Se volvió con grandes expectativas para luego tratar de disimular su decepción. Quien hablaba era una joven sin nada que la hiciera notable. Lo único que evitaba que fuera fea era un par de intensos ojos marrones y una sonrisa brillante, aunque un tanto cínica. Para Tanner lo fundamental en una mujer era la belleza física, y era obvio que en este caso no se cumplía ese requerimiento.

—Espero que nada demasiado malo. —Ya mientras decía estas palabras, estaba pensando en una excusa para librarse de ella.

—Soy Pauline Cooper. Mis amigos me llaman Paula. Usted salió con mi hermana Ginny en la universidad. Ella estaba loca por usted.

Ginny, Ginny… ¿Baja? ¿Alta? ¿Morena? ¿Rubia? Tanner se quedó pensando, sonriente, tratando de recordar. Había habido tantas.

—Ginny quería casarse.

Eso no era ninguna ayuda. Muchas otras quisieron casarse con él.

—Su hermana era encantadora. Sólo que parece que entre nosotros…

—No mienta —respondió ella con una mirada sardónica—. Ni siquiera la recuerda.

Tanner se sintió incómodo.

—Bueno, yo…

—Está todo bien. Hace poco se casó.

Se sintió aliviado.

—Ah. Así que Ginny se casó.

—Efectivamente. —Hubo una pausa—. Pero yo no. ¿Le gustaría cenar conmigo mañana?

Volvió a mirarla con detención. Si bien aquella mujer no estaba a la altura de lo que él buscaba, parecía tener un cuerpo aceptable y su modo resultaba bastante agradable. Además, no había duda de que no sería difícil acostarse con ella. Tanner pensaba en sus citas románticas como si fueran jugadas de béisbol. Le haría sólo un lanzamiento. Nada más. Si ella no respondía con un *home run*, quedaba fuera.

—Yo pago —agregó mirándolo fijo.

Él se rió.

—Puedo arreglármelas, si no es campeona mundial de glotonería.

—Póngame a prueba.

—Lo haré —replicó él con voz suave y mirándola a los ojos.

La noche siguiente cenaron en un restaurante de moda fuera de la ciudad. Paula vestía una escotada blusa blanca de seda, falda negra y zapatos de taco alto. Cuando la vio entrar en el restaurante, a él le pareció que era mucho más hermosa de lo que recordaba. De hecho, tenía el porte de una princesa de algún país exótico.

Tanner se puso de pie.

—Buenas noches.

Ella le dio la mano.

—Buenas noches. —Toda su actitud de gran aplomo era casi imperial.

Apenas se sentaron, ella habló primero.

—¿Qué tal si empezamos de nuevo? No tengo ninguna hermana.

Él la miró con gesto de confusión.

—Pero me dijo…

—Sólo quería ver su reacción. —Sonrió—. Mis amigos me han hablado mucho de usted y comencé a interesarme.

¿Estaba ella hablando de sexo? Tanner se preguntaba con quién habría hablado. Podrían haber sido tantas…

—No se precipite en sus conclusiones. No estoy hablando de sus habilidades como espadachín. Estoy hablando de su mente.

Era como si ella hubiera estado leyendo sus pensamientos.

—Este… de modo que usted… usted se interesa en las mentes.

—Entre otras cosas —respondió ella sugestivamente.

"Ésta va a ser una jugada fácil". Le tomó la mano

—Eres una mujer muy interesante. —Le acarició la mano—. Eres muy especial. Vamos a pasar una noche estupenda.

—¿Ya estás excitado, mi amor? —Dijo eso con una sonrisa.

Tanner se sorprendió ante su modo directo. Era una mujercita ansiosa. Hizo un gesto de asentimiento.

—Como siempre, Princesa.

Ella volvió a sonreír.

—Bien. Entonces saca tu libretita negra y tratemos de encontrar a alguien disponible para ti esta noche.

Él se quedó helado. Estaba acostumbrado a burlarse de las mujeres, pero ninguna jamás se había burlado de él. La miró fijamente.

—¿De qué estás hablando?

—Vas a tener que mejorar su estrategia, mi amor. ¿Tienes idea de lo trillado que es esto?

Tanner sintió que su rostro se ponía rojo.

—¿Qué te hace pensar que es una estrategia?

—Probablemente la inventó Matusalén —dijo ella mirándolo a los ojos.

—Cuando me hables, quiero que me digas cosas que nunca antes le hayas dicho a ninguna otra mujer.

La miró tratando de disimular su furia.

"¿Con quién se cree que está tratando... con algún chiquillo de colegio?"

Era demasiado insolente como para continuar. "Primer tanto. La puta quedó fuera".

Capítulo quince

La sede central del Grupo Kingsley Internacional estaba en el bajo Manhattan, a dos cuadras del East River. Las instalaciones ocupaban un terreno de poco más de dos hectáreas y consistían en cuatro grandes construcciones de concreto más dos pequeñas residencias para el personal, todo protegido y custodiado electrónicamente.

A las diez de la mañana, los detectives Earl Greenburg y Robert Praegitzer entraron en el vestíbulo del edificio principal. El lugar era espacioso y moderno, amoblado con sillones, mesas y una media docena de sillas.

Greenburg echó una mirada a las revistas sobre una mesa: *Virtual Reality, Nuclear and Radiological Terrorism, Robotics World...* Tomó un ejemplar de *Genetic Engineering News* y se volvió a Praegitzer.

—¿No te has cansado de leer estas cosas en la sala de espera del dentista?

El otro sonrió.

—Seguro.

Los dos detectives se acercaron a la recepcionista y se identificaron.

—Tenemos una cita con el señor Tanner Kingsley.

—Los está esperando. Haré que alguien los acompañe a su oficina. —Les entregó a cada uno una identificación de GKI—. Por favor, no olviden devolverla a la salida.

—De acuerdo.

La recepcionista apretó un botón y un momento más tarde apareció una atractiva joven.

—Estos señores tienen una cita con el señor Tanner Kingsley.

—Bien. Soy Retra Tyler, una de las asistentes del señor Kingsley. Síganme, por favor.

Atravesaron un largo y esterilizado corredor con bien cerradas puertas de oficinas a cada lado. Al final se hallaba la oficina de Tanner.

En la antesala, detrás de su escritorio, estaba Kathy Ordóñez, la inteligente y joven secretaria de Tanner.

—Buenos días, señores. Pueden pasar.

Se puso de pie y abrió la puerta de la oficina privada. En el momento de entrar los dos visitantes de detuvieron con los ojos muy abiertos, perplejos.

La enorme oficina estaba llena de misteriosos equipos electrónicos, y las paredes a prueba de ruidos estaban tapizadas con pantallas de televisión, delgadas como obleas con escenas en vivo de diversas ciudades de todo el mundo. Algunas de las imágenes eran de activas salas de reuniones, oficinas, laboratorios; otras mostraban suites de hoteles donde se estaban realizando reuniones. Cada pantalla tenía su propio sistema de audio y aunque el volumen era apenas audible, resultaba extraño escuchar simultáneamente fragmentos de conversaciones en una docena de idiomas diferentes.

Un letrero al pie de cada pantalla identificaba las ciudades: Milán, Johannesburgo, Zürich, Madrid, Atenas... En la pared del fondo había una biblioteca de ocho estantes llenos de volúmenes encuadernados en cuero.

Tanner Kingsley estaba sentado detrás de un escritorio de caoba con una consola con una media docena de botones de colores diferentes. Estaba elegantemente vestido con un traje gris de corte impecable con camisa celeste y corbata azul a cuadros.

Se puso de pie cuando los dos detectives entraron.

—Buenos días, señores.

—Buenos días. Nosotros... —comenzó a decir Earl Greenburg.

—Sí. Ya sé quiénes son. Los detectives Earl Greenburg y Robert Praegitzer. —Se dieron las manos—. Por favor, tomen asiento.

Se sentaron.

Praegitzer miraba las rápidamente cambiantes imágenes de todo el mundo en los innumerables monitores. Movió la cabeza con admiración.

—¡Esto sí que es lo último en tecnología! Esto es...

Tanner alzó una mano.

—No estamos hablando aquí de lo último en tecnología, detective. Esta tecnología no saldrá al mercado antes de otros dos o tres años. Con estos equipos podemos establecer teleconferencias en una docena de países diferentes simultáneamente. La enorme cantidad de información que llega desde nuestras oficinas en todo el mundo es clasificada y grabada por estas computadoras.

—Señor Kingsley, disculpe una pregunta tonta —intervino Praegitzer—. ¿Qué es lo que hace exactamente un *think tank*?

—¿En pocas palabras? Resolvemos problemas. Buscamos soluciones a problemas que pueden aparecer en el futuro. Algunos *think tanks* se concentran en una sola área de problemas: militares, económicos, políticos. Nosotros nos ocupamos de seguridad nacional, comunicaciones, microbiología, temas ambientales... GKI funciona como un analista y crítico independiente de las consecuencias globales de largo plazo para varios gobiernos.

—Interesante —replicó Praegitzer.

—El ochenta y cinco por ciento de nuestro personal de investigaciones tiene títulos especializados y más del sesenta y cinco por ciento está doctorado.

—Muy impresionante.

—Mi hermano Andrew fundó el Grupo Kingsley Internacional para ayudar a los países del Tercer Mundo, de modo que también estamos muy involucrados en proyectos de arranque en esos lugares.

Se produjeron simultáneamente un súbito ruido de trueno y la fugaz luminosidad de un relámpago en una de las pantallas de televisión. Todos se volvieron a mirar.

—Creo haber leído en alguna parte algo sobre algunos experimentos con el clima que ustedes habían emprendido...

—Efectivamente. Por aquí se los conoce como la locura de Kingsley —explicó Tanner con una falsa sonrisa—. Es uno de los pocos grandes fracasos que GKI ha tenido. Era uno de los proyectos en el que yo tenía la mayor confianza. Pero ahora lo estamos dando por terminado.

—¿Es posible controlar el clima? —quiso saber Praegitzer.

Tanner sacudió la cabeza.

—Sólo en un grado limitado. Mucha gente lo ha intentado. Ya en 1900, Nikola Tesla estaba haciendo experimentos con el clima. Él descubrió que la ionización de la atmósfera podía ser alterada con ondas de radio. En 1958 nuestro Departamento de Defensa experimentó arrojando agujas de cobre en la ionósfera. Diez años más tarde, apareció el Proyecto Popeye, en el que el gobierno trató de extender la temporada del monzón en Laos, para aumentar la cantidad de barro en el Sendero de Ho Chi Minh. Usaron como agente núcleos de yoduro de plata, y los generadores sembraron las nubes con yoduro de plata para que sirvieran como semillas de gotas de lluvia.

—¿Funcionó?

—Sí, pero sólo en áreas muy limitadas. Hay varias razones por las cuales nunca nadie va a poder controlar el clima. Un problema es que El Niño genera temperaturas cálidas en el Océano Pacífico que interfieren con el sistema ecológico mundial, mientras que La Niña genera clima frío, y la combinación de ambos fenómenos imposibilita toda planificación realista para el control del clima. El hemisferio sur está formado aproximadamente por un ochenta por ciento de océanos, mientras que el hemisferio norte es sesenta por ciento océano, lo cual provoca otro desequilibrio. A ello hay que agregar que las corrientes determinan la ruta de las tormentas y no hay manera de controlar eso.

Greenburg hizo un gesto de asentimiento con la cabeza. Luego vaciló.

—¿Sabe por qué estamos aquí, señor Kingsley?

Tanner estudio al detective por un momento.

—Confío en que ésa sea sólo una pregunta retórica. De otra manera, la consideraría ofensiva. El Grupo Kinsley Internacional es un *think tank.* Cuatro de mis empleados han muerto o desaparecido misteriosamente en un período de veinticuatro horas. Ya hemos comenzado nuestra propia investigación. Tenemos oficinas en importantes ciudades en todo el mundo, con mil ochocientos empleados, y es obviamente difícil para mí mantenerme en contacto con todos ellos. Pero lo que he sabido hasta ahora es que dos de los empleados que fueron asesinados estaban aparentemente involucrados en actividades ilegales. A ellos les costó la vida, pero les aseguro que esto no va a costarle al Grupo Kingsley Internacional su reputación. Espero que nuestra gente resuelva esto rápidamente.

—Hay otra cosa, señor Kingsley —continuó Greenburg—. Tenemos entendido que hace seis años un científico japonés llamado Akira Iso se suicidó en Tokio y hace tres años, una científica suiza llamada Madeleine Smith se suicidó también en...

—Zürich —interrumpió Tanner—. Ninguno de ellos se suicidó. Fueron asesinados.

Ambos detectives lo miraron sorprendidos.

—¿Cómo lo sabe? —quiso saber Praegitzer.

—Los mataron por mi culpa. —El tono de voz de Tanner se había endurecido.

—Cuando usted dice...

—Akira Iso era un científico brillante. Trabajaba para un conglomerado japonés de electrónica llamado Tokyo First Industrial Group. Conocí a Iso en un congreso de la industria internacional en Tokio. Nos sentimos cómodos uno con el otro. Me pareció que GKI podía ofrecerle una mejor atmósfera que la brindada por la empresa donde estaba. Le ofrecí trabajar aquí y él aceptó. Es más, estaba muy entusiasmado. —Tanner luchaba por mantener su voz tranquila—. Acordamos mantenerlo en secreto hasta que legalmente pudiera abandonar aquella empresa. Pero es obvio que se lo mencionó a alguien, ya que en una columna periodística apareció un comentario sobre el asunto y... —Volvió a detenerse. Esta vez por más tiempo. Luego retomó su discurso—. Al día siguiente de esa publicación, a Iso lo encontraron muerto en una habitación de hotel.

—Señor Kingsley —intervino Praegitzer—, ¿no podría haber otra razón que explicara su muerte?

—No —respondió sacudiendo la cabeza—. Yo nunca creí que se había suicidado. Contraté investigadores y los envié con algunos miembros de mi propio personal a Japón para tratar de saber lo que de verdad había ocurrido. No pudieron encontrar prueba alguna de juego sucio y entonces pensé que tal vez yo estaba equivocado, que posiblemente hubiera alguna tragedia en la vida de Iso de la que yo no sabía nada.

—¿Entonces por qué está tan seguro de que fue asesinado? —quiso saber Greenburg.

—Como usted ya lo mencionó, una científica llamada Madeleine Smith también quería abandonar a la gente para la que trabajaba y unirse a nuestra empresa.

Greenburg frunció el ceño.

—¿Qué le hace pensar que ambas muertes están relacionadas?

—Porque —respondió Tanner con su rostro inmutable— la compañía para la que trabajaba es una ramificación del mismo grupo, el Tokyo First Industrial Group.

Se produjo un silencio de asombro.

—Hay algo que no entiendo —dijo Praegitzer—. ¿Por qué querrían asesinar a un empleado sólo porque quiere renunciar? Si…

—Madeleine Smith no era sólo una empleada. Y tampoco lo era Iso. Ambos eran físicos brillantes que estaban a punto de resolver problemas que habrían hecho que la fortuna de la empresa fuera más grande de lo que se puede uno imaginar. Ésa es la razón por la que no querían perder a ninguno de ellos ni que pasaran a trabajar con nosotros.

—¿La policía investigó la muerte de Smith?

—Sí. También nosotros. Pero de nuevo, no pudimos probar nada. En realidad, seguimos investigando todas las muertes que se produjeron, y espero que las resolvamos. GKI tiene amplias conexiones en todo el mundo. Si consigo alguna información útil, me va a encantar compartirla con ustedes. Espero que ustedes hagan lo mismo.

—Seguro —respondió Greenburg.

Sonó un teléfono enchapado en oro que Tanner tenía sobre el escritorio.

—Disculpen. —Caminó hasta el aparato y atendió—. Hola... sí... La investigación continúa satisfactoriamente. En realidad, en este momento tengo a dos detectives en mi oficina, y están de acuerdo en cooperar con nosotros. —Miró a Praegitzer y Greenburg—. Correcto... Me comunicaré cuando tenga más noticias. —Colgó.

—Señor Kingsley —preguntó Greenburg—. ¿están ustedes trabajando aquí en algo especial?

—¿Quiere saber si estamos trabajando en algo tan especial como para que seis personas hayan sido asesinadas? Detective Greenburg, hay más de cien *think tanks* en el mundo, y algunos de ellos están trabajando sobre exactamente los mismos problemas que nosotros. No estamos construyendo bombas atómicas aquí. La respuesta a su pregunta, es "no".

Se abrió la puerta y apareció Andrew Kingsley con una pila de papeles. Éste no se parecía demasiado a su hermano. Sus facciones parecían borrosas. Tenía cada vez menos pelo gris, el rostro arrugado y caminaba ligeramente encorvado. Mientras Tanner Kingsley rebosaba vitalidad e inteligencia, su hermano parecía un poco tonto y apático. Tartamudeaba al hablar y parecía tener problemas para unir las palabras en oraciones.

—Aquí están... bueno, ya sabes... esas notas que me pediste, Tanner. Lamento no haberlas terminado... terminado antes.

—Está muy bien, Andrew. —Se volvió a los dos detectives—. Éste es mi hermano Andrew. Los detectives Greenburg y Praegitzer.

Andrew los miró inseguro y parpadeó.

—Andrew, ¿no quieres contarle acerca del Premio Nobel?

Éste miró a Tanner.

—Sí, el Premio Nobel... el Premio Nobel... —dijo vagamente.

Lo observaron mientras salía lentamente de la oficina.

Tanner lanzó un suspiro.

—Como ya les dije, Andrew fue el fundador de esta empresa, un hombre verdaderamente brillante. Ganó el Premio Nobel hace siete años por sus descubrimientos. Lamentablemente, se involucró en un experimento que salió mal... y eso lo cambió. —Su tono era de amargura.

—Debió de haber sido un hombre notable.

—No tiene idea de cuánto.

Earl Greenburg se puso de pie y extendió la mano.

—Bien, no le vamos a quitar más tiempo, señor Kingsley. Nos mantendremos en contacto.

—Señores —la voz de Tanner se volvió de acero—. Resolvamos esos crímenes... rápido.

Capítulo dieciséis

Todos los diarios de la mañana repetían la misma información. Una sequía en Alemania había causado por lo menos cien muertes y había ocasionado pérdidas de millones de dólares en las cosechas.

Tanner apretó el botón para llamar a Kathy.

—Envíe este artículo a la senadora van Luven, con una nota: "Otra actualización del calentamiento del clima. Sinceramente..."

El menor de los Kingsley no podía dejar de pensar en la noche que había pasado con Princesa. Y cuanto más pensaba en lo insolente que ella había sido y en el modo en que lo había ridiculizado, más crecía su irritación. "Vas a tener que mejorar su estrategia, mi amor. ¿Tienes idea de lo trillado que es esto?... ¿Ya estás excitado, mi amor?... Entonces saca tu libretita negra y tratemos de encontrar a alguien disponible para ti esta noche..." Tenía necesidad de hacer algo respecto de ella. Decidió que la vería una vez más para darle su merecido y luego olvidarse del asunto.

Esperó tres días y llamó por teléfono.

—¿Princesa?

—¿Quién es?

Estuvo a punto de colgar el teléfono violentamente. "Maldición.

¿Cuántos hombres la llamaban 'Princesa'?" Logró mantener un tono calmo en su voz.

—Soy Tanner Kingsley.

—Ah, sí. ¿Cómo estás? —El tono de su voz era del todo indiferente.

"He cometido un error", pensó Tanner. "Jamás debí haberla llamado".

—Pensé que podíamos cenar juntos otra vez, pero seguramente estás muy ocupada. Dejémoslo para…

—¿Qué te parece esta noche?

Una vez más Tanner era sorprendido con la guardia baja. No veía la hora de darle una lección a esa puta.

Cuatro horas más tarde, estaba sentado a una mesa frente a Paula Cooper en un pequeño restaurante francés al este de la avenida Lexington. Le sorprendía sentirse tan complacido de verla otra vez. Había olvidado lo vital y vivaz que era esa mujer.

—Te he extrañado, Princesa.

—Oh, yo también te extrañe —respondió ella con una sonrisa—. Eres muy interesante. Eres muy especial.

Eran sus propias palabras que ella le devolvía burlona. "Maldita sea".

Parecía que la noche iba a ser una reedición de la última que habían compartido. En sus otras noches románticas, Tanner siempre había tenido el control de la conversación. Sin embargo, con esta mujer tenía la desconcertante sensación de que ella estaba siempre un paso más adelante. Ella siempre tenía una respuesta rápida para todo lo que él dijera. Era ingeniosa y rápida, y no toleraba sus tonterías.

Las mujeres con las que él salía eran hermosas y bien dispuestas, pero por primera vez en su vida sintió que tal vez algo había faltado. Habían sido demasiado fáciles. Todas eran complacientes, demasiado complacientes. No presentaban ningún desafío. Paula, por otra parte…

—Cuéntame algo de tu vida —pidió él.

—Mi padre era rico y poderoso —respondió ella encogiéndose de hombros— y crecí como una niña malcriada rodeada de mucamas y mayordomos, con camareros que nos atendían en la pileta de natación, luego los estudios en Radcliffe y la consabida escuela de señoritas... lo que corresponde. Luego mi padre lo perdió todo y murió. Trabajo como asistente ejecutiva de un político.

—¿Te gusta?

—No. Él es aburrido. —Los ojos de ella se encontraron con los de él—. Estoy buscando a alguien más interesante.

Al día siguiente, Tanner volvió a llamar.

—¿Princesa?

—Tenía esperanzas de que me llamaras, Tanner —su voz era cálida.

Él sintió un ligero estremecimiento de placer.

—¿Ah, sí?

—Sí. ¿A dónde me vas a llevar a cenar esta noche?

—Adonde quieras —respondió él riéndose.

—Me gustaría ir a Maxim's, en París, pero me conformaré con cualquier lugar si voy contigo.

Lo había descolocado una vez más, pero por alguna razón, las palabras de ella lo reconfortaron.

Cenaron en La Côte Basque en la Calle 55 y, durante la cena él no dejó de mirarla preguntándose por qué se sentía tan atraído por ella. No era por su aspecto; era algo que tenía que ver con su mente y su personalidad, que eran deslumbrantes. Toda ella rebosaba inteligencia y confianza en sí misma. Era la mujer más independiente que jamás había conocido.

Sus conversaciones giraban en torno a miles de temas y descubrió que era notablemente culta.

—¿Qué quieres hacer con tu vida, Princesa?

Ella lo estudió un momento antes de responder.

—Quiero poder... el poder de hacer que sucedan cosas.

—Entonces —replicó él con una sonrisa—, somos muy parecidos.

—¿A cuántas mujeres les has dicho eso, Tanner?

Se sorprendió a sí mismo al descubrir que aquello lo enojaba.

—¿Podría dejar de decir esas cosas? Cuando digo que eres diferente de todas las mujeres que yo jamás...

—¿Jamás qué?

—Esto es muy frustrante —dijo Tanner, exasperado.

—Pobrecito. Si estás frustrado, ¿por qué no te das una ducha...?

Volvió a sentirse furioso. Ya era suficiente. Se puso de pie.

—No importa. No tiene sentido tratar de...

—...a mi casa.

Apenas si podía creer lo que acababa de escuchar.

—¿Tu casa?

—Sí, tengo un pequeño *pied-à-terre* en Park Avenue —explicó ella—. ¿Quieres llevarme a casa?

No comieron postre.

El pequeño *pied-à-terre* era un suntuoso departamento espléndidamente amueblado. Tanner miró alrededor, sorprendido por lo lujoso y elegante que era. Era un lugar a la medida de ella: una colección de pinturas de diverso origen, una mesa de refectorio, una enorme araña, un sillón italiano, un juego de seis sillas Chippendale y un sofá. Eso fue todo lo que pudo ver antes de que ella volviera a hablar.

—Ven a ver mi dormitorio.

El dormitorio estaba decorado en blanco, incluidos todos los muebles. Un enorme espejo en el techo se extendía sobre la cama.

—Estoy impresionado —comentó él mirando alrededor—. Esto es lo más...

—Shh —interrumpió Paula y comenzó a desvestirlo—. Después podemos hablar.

Lo desvistió. Y cuando terminó, comenzó a quitarse lentamente su propia ropa. Su cuerpo era la perfección erótica. Con sus brazos alrededor de Tanner, se apretó contra él. Acercó los labios a su oreja.

—Basta de preparativos —susurró ella.

Estaban en la cama y ella estaba lista para él, y cuando él estuvo adentro, ella apretó y aflojó caderas y muslos varias veces, excitándolo cada vez más. Ella cambiaba ligeramente la posición de su cuerpo de modo que cada sensación de él era diferente. Ella le ofreció voluptuosos dones que él jamás había imaginado, estimulándolo hasta llevarlo a la máxima excitación y al éxtasis.

Luego hablaron hasta el amanecer.

Después de aquello pasaban juntos todas las noches. Princesa lo sorprendía constantemente con su humor y con su encanto y gradualmente, a los ojos de él, ella llegó a ser hermosa.

—Nunca te he visto sonreír tanto —le dijo Andrew una mañana—. ¿Se trata de una mujer?

—Sí —asintió Tanner con un gesto.

—¿Es algo serio? ¿Te vas a casar con ella?

—Lo he estado pensando.

Su hermano lo miró un instante.

—Tal vez deberías decírselo.

Tanner lo tomó de un brazo y lo apretó.

—Tal vez lo haga.

La noche siguiente, Tanner y Princesa estaban solos en el departamento de ella.

—Princesa —comenzó él—, una vez me pediste que te dijera algo que jamás le hubiera dicho antes a una mujer.

—¿Sí, mi amor?

—Es esto. Quiero que te cases conmigo.

Hubo un momento de vacilación. Ella sonrió y corrió a sus brazos.

—¡Oh, Tanner!

Él la miró a los ojos.

—¿Eso es un "sí"?

—Claro que quiero casarme contigo, querido, pero... me temo que tenemos un problema.

—¿Qué problema?

—Ya te lo dije. Quiero hacer algo importante. Quiero suficiente poder como para hacer que las cosas ocurran... para cambiar las cosas. Y la clave para ello es el dinero. ¿Cómo podemos tener futuro juntos si uno no tiene futuro?

La tomó de la mano.

—No hay problema. Soy dueño de la mitad de una importante empresa, Princesa. Algún día tendré suficiente dinero como para darte todo lo que quieras.

Ella sacudió la cabeza.

—No. Tu hermano Andrew es quien te dice lo que hay que hacer. Lo sé todo respecto de ustedes dos. Él no permitirá que la empresa crezca, y yo necesito más de lo que puedes darme ahora.

—Te equivocas. —Se detuvo un momento para pensar—. Quiero presentarte a Andrew.

Los tres almorzaron juntos al día siguiente. Paula estaba encantadora y era obvio que a Andrew ella le gustó de inmediato. Éste se había preocupado por algunas de las mujeres con las que había salido su hermano. Pero ésta era diferente. Era atractiva, inteligente e ingeniosa. Miró a Tanner e hizo un gesto que significaba "buena elección".

—Creo que lo que está haciendo GKI es maravilloso, Andrew —dijo Paula—, ayudando a toda esa gente en todo el mundo. Tanner me lo ha contado todo.

—Estoy agradecido de poder hacerlo. Y vamos a hacer más todavía.

—¿Quieres decir que la compañía va a expandirse?

—No. No en ese sentido. Lo que quiero decir es que vamos a enviar más gente a más países donde puedan ser de utilidad.

—Luego —intervino Tanner con rapidez—, comenzaremos a obtener contratos para obras aquí y...

Andrew sonrió.

—Mi hermano es tan impaciente. No hay apuro. Hagamos primero lo que nos propusimos primero, Tanner. Ayudar a los demás.

Tanner miró a Princesa. La expresión de ella era imperturbable.

Al día siguiente, la llamó por teléfono.

—Hola, Princesa. ¿A qué hora paso a buscarte?

Se produjo un momento de silencio.

—Mi amor, lo siento mucho. No puedo verte esta noche.

Quedó sorprendido.

—¿Hay algún problema?

—No. Un amigo mío está de visita en la ciudad y tengo que encontrarme con él.

"¿Con él?" Sintió un ataque de celos.

—Comprendo. Entonces nos vemos mañana por la noche...

—No, mañana no puedo. ¿Por qué no lo dejamos para el lunes?

Iba a pasar el fin de semana con alguien. Colgó, preocupado y frustrado.

Lunes a la noche.

—Siento mucho lo del fin de semana, querido —se disculpó Paula—. Pero estuve con este viejo amigo que vino a verme.

En la mente de Tanner brilló por un instante la imagen del hermoso departamento de Princesa. No había manera que ella pudiera mantenerlo con un salario.

—¿Quién es él?

—Lo siento. No puedo decirte su nombre. Es... bueno, es un hombre muy conocido y no quiere publicidad.

—¿Estás enamorada de él?

Ella le tomó la mano y le habló delicadamente.

—Estoy enamorada de ti. Y sólo de ti.

—¿Y él está enamorado de ti?

—Sí —respondió después de vacilar un momento.

"Tengo que encontrar la manera de darle todo lo que ella quiere. No puedo perderla", pensó.

A las 4:58 de la mañana siguiente, a Andrew Kingsley lo despertó el sonido del teléfono.

—Hay una llamada para usted, es de Suecia. Un momento, por favor.

Un instante más tarde, oyó una voz con un ligero acento sueco.

—Felicitaciones, señor Kingsley. El Comité Nobel ha decidido que usted reciba el Premio Nobel de Ciencia de este año, por su innovador trabajo en nanotecnología…

"¡El Premio Nobel!" Cuando terminó la conversación, Andrew se vistió con rapidez y fue directamente a su oficina. Apenas Tanner llegó, el mayor de los Kingsley corrió a contarle la noticia. Se abrazaron.

—¡El Nobel! ¡Eso es maravilloso, Andrew! ¡Maravilloso!

Efectivamente, era estupendo. Porque a partir de ese momento los problemas de Tanner estaban a punto de ser resueltos.

Cinco minutos más tarde, Tanner estaba hablando con Princesa.

—¿Te das cuenta de lo que esto significa, querida? Ahora que GKI tiene un Premio Nobel, podemos tomar todos los negocios que podamos manejar.

—Eso es fabuloso, mi amor.

—¿Te casarás conmigo?

—Tanner, nada hay en este mundo que yo desee más que casarme contigo.

Cuando él colgó el teléfono, estaba eufórico. Corrió a la oficina de su hermano.

—Andrew. Me caso.

El otro lo miró.

—Ésa es una buena noticia —le dijo afectuosamente—. ¿Cuándo es la boda?

—Fijaremos la fecha pronto. Invitaré a todo el personal.

Cuando llegó a su oficina a la mañana siguiente, Andrew lo estaba esperando. Llevaba una flor en la solapa.

—¿Para qué es esa flor?

—Me estoy preparando para tu boda —respondió su hermano sonriendo—. Estoy tan feliz por ti.

—Gracias, Andrew.

La noticia se difundió con rapidez. Dado que la boda no había sido anunciada oficialmente, nadie le decía nada a Tanner, pero había miradas y sonrisas cómplices.

Tanner fue a la oficina de su hermano.

—Andrew, con el Nobel, todos vendrán a nosotros. Además, con el dinero del premio…

—Con el dinero del premio —interrumpió el otro—, podremos contratar más gente para enviar a Eritrea y Uganda.

—Pero vas a usar este premio para levantar este negocio, ¿verdad? —dijo Tanner lentamente.

Andrew sacudió la cabeza.

—Haremos lo que nos propusimos hacer, Tanner.

El menor de los Kingsley miró largamente a su hermano.

—Es tu compañía, Andrew.

Tanner la llamó por teléfono apenas tomó la decisión.

—Princesa, tengo que ir a Washington por negocios. No nos veremos por uno o dos días.

—Nada de rubias, ni morenas, ni pelirrojas —dijo ella bromeando.

—De ninguna manera. Eres la única mujer a la que amo.

—Y yo te amo a ti.

A la mañana siguiente, Tanner Kingsley estaba en el Pentágono, reunido con el jefe de Estado Mayor, general Alan Barton.

—Creo que su propuesta es muy interesante —dijo el general—. Estábamos pensando a quién íbamos a usar para la prueba.

—La prueba de ustedes tiene que ver con nanotecnología, y mi hermano acaba de ganar el Premio Nobel por su trabajo en esa especialidad.

—Lo sabemos muy bien.

—Él está tan entusiasmado con esto que le gustaría hacerlo *ad honorem*.

—Nos sentimos halagados, señor Kingsley. No son muchos los premios Nobel que nos ofrecen sus servicios. —Miró para asegurarse de que la puerta estaba cerrada—. Esto es secreto. Si funciona, se va a convertir en uno de los más importantes componentes de nuestro armamento. La nanotecnología molecular nos puede dar el control del mundo físico en el nivel de los átomos individuales. Hasta ahora, todos los esfuerzos realizados para producir chips todavía más pequeños de lo que son, han sido bloqueados por una interferencia de electrones llamada "conversación cruzada", en la que los electrones se descontrolan. Si este experimento tiene éxito, nos va a proporcionar importantes armas nuevas tanto para la defensa como para el ataque.

—No existe peligro alguno en este experimento, ¿no? No quiero que nada le ocurra a mi hermano.

—No tiene por qué preocuparse. Enviaremos todo el equipo que se necesita, incluidos los trajes de seguridad y dos de nuestros científicos para que trabajen con su hermano.

—¿Tenemos entonces el visto bueno?

—Tienen el visto bueno.

En el viaje de regreso a Nueva York, pensó: "Ahora todo lo que tengo que hacer es convencer a Andrew".

Capítulo diecisiete

Andrew estaba en su oficina mirando un colorido folleto que el Comité Nobel le había enviado junto con una nota: "Esperamos con interés su llegada". Había fotos de la enorme sala de conciertos de Estocolmo con el público aplaudiendo a un galardonado en el momento en que atraviesa el proscenio para recibir su premio de manos del rey Carlos XVI Gustavo de Suecia. "Y pronto yo estaré allí", pensó.

Se abrió la puerta y entró Tanner.

—Tenemos que hablar.

—¿Sí? —Dejó a un lado el folleto.

Tanner respiró hondo.

—Acabo de comprometer a GKI para ayudar al ejército en un experimento que están realizando.

—¿Cómo?

—La prueba tiene que ver con la criogenia. Necesitan tu ayuda.

Andrew sacudió la cabeza.

—No. No puedo involucrarme en esas cosas, Tanner. No es ése el tipo de cosas que hacemos aquí.

—Esto no es un asunto de dinero, Andrew. Se trata de la defensa de los Estados Unidos de América. Es muy importante para el ejército. Estarías haciéndolo por tu país. Ad honorem. Te necesitan.

Tanner pasó una hora más persuadiéndolo. Por fin, Andrew aceptó.

—Está bien. Pero ésta es la última vez que nos salimos de nuestra senda. ¿De acuerdo?

—De acuerdo —replicó el otro sonriendo—. No sabes lo orgulloso que me siento de ti.

Llamó a Princesa. Atendió el contestador automático y él dejó un mensaje:

—Acabo de regresar, querida. Tenemos que ocuparnos de un gran experimento. Te llamaré cuando terminemos. Te amo.

Llegaron dos técnicos del ejército para informarle a Andrew sobre los avances que habían realizado hasta ese momento. El mayor de los Kingsley se había mostrado renuente al principio, pero a medida que analizaban el proyecto, se había ido entusiasmando. Si los problemas podían ser resueltos, sería un avance muy importante.

Una hora más tarde, Andrew observaba el ingreso de un camión del ejército por los portones de entrada de GKI, escoltado por dos transportes de personal militar con soldados armados. Salió a saludar al coronel a cargo de la operación.

—Aquí está todo, señor Kingsley. ¿Qué hacemos, ahora?

—A partir de ahora yo me hago cargo —respondió Andrew—. Descarguen y mis hombres se ocuparán de todo.

—Sí, señor. —El coronel se volvió a dos soldados de pie en la parte posterior del camión—. Descarguen todo. Con cuidado. Con mucho cuidado.

Los hombres se metieron en el camión y sacaron con cuidado un pequeño maletín metálico reforzado.

En pocos minutos, dos asistentes de la empresa llevaron el maletín al laboratorio, con la supervisión de Andrew.

—Sobre esa mesa —indicó—, con mucho cuidado. —Observó mientras lo dejaban en su lugar—. Bien.

—Uno solo podría haberlo transportado. Es muy liviano.

—Ustedes ni se imaginan lo liviano que es —replicó Andrew.

Los dos asistentes lo miraron intrigados.

—¿Cómo?

Andrew sacudió la cabeza.

—No importa.

Dos expertos químicos, Perry Stanford y Harvey Walker, habían sido seleccionados para trabajar en el proyecto con Andrew.

Ambos ya se habían puesto los pesados trajes protectores necesarios para el experimento.

—Me lo pondré —dijo Andrew—. Vuelvo en un momento.

Caminó por el pasillo hasta una puerta cerrada y la abrió. Dentro había percheros llenos de trajes para químicos que parecían trajes espaciales, junto con máscaras antigás, antiparras, zapatos especiales y pesados guantes. Entró en la habitación para ponerse su traje. Tanner estaba allí para desearle buena suerte.

Cuando Andrew regresó al laboratorio, Stanford y Walker estaban esperando. Los tres sellaron meticulosamente la habitación para que quedara herméticamente cerrada, luego con cuidado trabaron la puerta. Se podía sentir el entusiasmo de esos hombres en el aire.

—¿Todo listo?

—Listo —confirmó Stanford con un gesto.

—Listo —repitió Walker.

—Máscaras.

Se pusieron las máscaras protectoras de gas.

—Comencemos —ordenó Andrew; con cuidado levantó la tapa de una caja metálica; adentro había seis frascos pequeños colocados ajustadamente en protectores acolchados—. Con cuidado —advirtió—. Estos genios están a 222 grados bajo cero. —Su voz se distorsionaba por la máscara antigás.

Stanford y Walker lo observaban mientras sacaba lentamente la primera ampolla y la abría. Ésta comenzó a sisear y el vapor que partió de la ampolla se convirtió en una nube helada que pareció saturar la habitación.

—Muy bien —dijo Andrew—. Ahora, lo primero que tenemos que hacer... lo primero... —Sus ojos se abrieron desmesuradamente. Se estaba ahogando, su rostro se volvió blanco como el yeso. Trató de hablar, pero no salió palabra alguna.

Los dos técnicos del ejército vieron horrorizados el cuerpo que caía al suelo. Con rapidez, Walker tapó la ampolla y cerró el maletín. Stanford corrió hacia la pared y apretó un botón y puso en marcha un ventilador gigante que sacó el gas helado del laboratorio.

Cuando el aire se aclaró, los dos científicos abrieron la puerta y rápidamente sacaron a Andrew. Tanner, que se acercaba por el pasillo, vio lo que estaba ocurriendo y su rostro se convirtió en una expresión de pánico. Corrió hacia los dos hombres y miró a su hermano caído.

—¿Qué demonios está ocurriendo?

—Hubo un accidente... —explicó Stanford.

—¿Qué clase de accidente? —interrumpió Tanner gritando como un loco—. ¿Qué le han hecho a mi hermano? —Varias personas comenzaban a reunirse—. Llamen al 911. No. No importa. No hay tiempo para ello. Llevémoslo al hospital en uno de nuestros vehículos.

Veinte minutos más tarde, Andrew estaba en una camilla en una de las salas de la Guardia de Emergencias del Hospital St. Vincent, en Manhattan. Tenía una máscara de oxígeno que latía sobre su rostro y una línea intravenosa en el brazo. Dos médicos se movían sobre él.

Tanner caminaba de un lado a otro frenéticamente.

—¡Tienen que hacer algo con cualquier cosa que le haya ocurrido! —gritaba—. ¡Ahora!

—Señor Kingsley —dijo uno de los médicos—, debo pedirle que salga de esta sala.

—No —replicó Tanner a los gritos—. Me quedo aquí con mi hermano. —Se acercó a la camilla donde estaba Andrew, inconsciente, y le tomó la mano, apretándosela—. Vamos, hermano. Despierta. Te necesitamos.

No hubo respuesta.

Los ojos de Tanner se llenaron de lágrimas.

—Vas a estar bien. No te preocupes. Traeremos a los mejores médicos del mundo. Te vas a poner bien. —Se volvió a los médicos—. Quiero una suite privada y enfermeras privadas veinticuatro horas al día, y quiero una cama extra en su cuarto. Yo me quedaré con él.

—Señor Kingsley, nos gustaría terminar con nuestros exámenes.

—Estaré esperando en el vestíbulo —replicó Tanner desafiante.

Andrew fue trasladado rápidamente al piso inferior para una serie de estudios de resonancia magnética y tomografía computada, así como amplios análisis de sangre. También se había previsto un estudio más complejo, de tomografía por emisión de positrones en imagen tridimensional. Al término de estos exámenes, el paciente fue trasladado a una suite en la que tres médicos se ocuparían de él.

Tanner estaba en el pasillo, sentado en una silla, esperando. Cuando uno de los médicos finalmente salió de la habitación, se puso de pie de un salto.

—Se pondrá bien, ¿no?

El médico vaciló.

—Lo vamos a trasladar de inmediato al Centro Médico Walter Reed del Ejército, en Washington, para nuevos diagnósticos, pero francamente, señor Kingsley, no tenemos muchas esperanzas.

—¿De qué demonios está usted hablando? —gritó Tanner—. Por supuesto que se va a poner bien. Estuvo en ese laboratorio apenas veinte minutos.

El médico estaba a punto de reprenderlo, pero cuando lo miró a la cara, vio que tenía los ojos llenos de lágrimas.

Tanner viajó a Washington en el avión ambulancia junto a su hermano inconsciente. Durante todo el vuelo no dejó de hablarle dándole confianza.

—Los médicos dicen que vas a estar bien... Te van a dar algo que te pondrá bien... Lo que necesitas es un poco de descanso. —Tanner abrazó a su hermano—. Tienes que ponerte bien a tiempo para poder ir a Suecia a recibir tu Premio Nobel.

Durante los siguientes tres días, Tanner durmió en una cama auxiliar en el cuarto de Andrew y estuvo al lado de su hermano todo el tiempo que los médicos lo permitieron. Estaba en la sala de espera en el Walter Reed cuando uno de los médicos de turno se le acercó.

—¿Cómo está? —quiso saber Tanner—. ¿Está...? —Vio la expresión en el rostro del médico—. ¿Qué ocurre?

—Me temo que la situación es muy mala. Su hermano tiene suerte de estar vivo. Sea lo que fuere ese gas experimental, lo cierto es que es muy tóxico.

—Podemos traer médicos de...

—No tiene sentido. Me temo que las toxinas ya han afectado las células del cerebro de su hermano.

Tanner dio un respingo.

—¿Pero no hay cura para... para lo que sea que tenga?

—Señor Kingsley —respondió el médico en tono cáustico—, el ejército ni siquiera tiene un nombre para ese gas todavía, ¿y usted quiere saber si tiene cura? No. Lo siento. Me temo que él... bueno, él no va a volver a ser el mismo.

El menor de los Kingsley se quedó inmóvil, con los puños apretados y el rostro blanco.

—Su hermano ya está despierto. Puede entrar a verlo, pero sólo por unos pocos minutos.

Cuando entró en el cuarto en el que estaba Andrew, éste tenía los ojos abiertos. Miró al visitante sin expresión alguna en el rostro.

Sonó el teléfono y Tanner se acercó para atender. Era el general Barton.

—Siento muchísimo lo ocurrido a...

—¡Bastardo! Usted me dijo que mi hermano no correría peligro alguno.

—No sé qué salió mal, pero le aseguro...

Tanner colgó el teléfono. Oyó la voz de su hermano, y se volvió.

—¿Dónde... dónde estoy? —balbuceó Andrew.

—Estás en el Hospital Walter Reed, en Washington.

—¿Por qué? ¿Quién está enfermo?

—Tú, Andrew.

—¿Qué ocurrió?

—Algo salió mal con el experimento.

—No recuerdo…

—Está bien. No te preocupes. Te vamos a cuidar. Yo me ocuparé de que así sea.

Tanner vio que su hermano cerraba los ojos. Miró una vez más a su hermano, en la cama, y abandonó la habitación.

Princesa envió flores al hospital. Tanner pensaba llamarla, pero su secretaria le informó que ella había llamado.

—Dijo que tenía que salir de la ciudad. Lo llamará apenas regrese.

Una semana más tarde, Andrew y Tanner estaban de regreso en Nueva York. Ya se había corrido la voz en todo el GKI de lo que había ocurrido con Andrew. Sin él al frente, ¿continuaría existiendo el *think tank*? Cuando la noticia del accidente se hiciera pública, seguramente la reputación de la empresa se vería dañada.

"Eso no importa", pensó Tanner. "Voy a hacer de éste el más grande *think tank* del mundo. Ahora podré darle a Princesa más de lo que ella jamás podría soñar. En unos pocos años…" La voz de la secretaria lo interrumpió.

—Hay un chofer de limosina que quiere verlo, señor Kingsley.

—Hágalo pasar. —Estaba intrigado.

Entró un chofer uniformado con un sobre en la mano.

—¿Tanner Kingsley?

—Sí.

—Me ordenaron entregarle esto personalmente.

Le entregó el sobre y se retiró.

Con el sobre en las manos, Tanner sonrió. Reconoció la letra manuscrita de Princesa. Seguro que ella le había preparado alguna sorpresa. La nota decía: "Lo nuestro no va a funcionar, mi querido. En este momento, necesito mucho más de lo que tú puedes darme, de modo que me casaré con alguien que pueda hacerlo. Te amo y siempre te amaré. Sé que te costará creerlo, pero lo que hago es por el bien de los dos".

Se puso pálido. Su mirada quedó fija en la nota durante un buen rato y luego la arrojó serenamente al cesto de los papeles.

Su triunfo le llegaba un día demasiado tarde.

Capítulo dieciocho

Tanner estaba sentado tranquilamente ante su escritorio cuando su secretaria lo llamó por el intercomunicador.

—Señor Kingsley, hay aquí una comisión que quiere hablar con usted.

—¿Una comisión?

—Sí, señor.

—Que pasen.

Los supervisores de varios departamentos de GKI entraron en su oficina.

—Querríamos hablar con usted, señor Kingsley.

—Tomen asiento.

Se sentaron.

—¿Cuál es el problema?

Uno de los jefes tomó la palabra.

—Bueno, estamos un poco preocupados. Después de lo que ocurrió con su hermano… ¿GKI seguirá en operaciones?

Tanner sacudió la cabeza.

—No lo sé. En este momento todavía estoy conmocionado. No puedo creer lo que le ha ocurrido a Andrew. —Se quedó pensativo por un momento—. Les diré qué voy a hacer. No puedo predecir qué pasará con nosotros, pero haré todos los esfuerzos necesarios para ver si podemos mantenernos a flote. Lo prometo. Los mantendré informados.

Se oyeron murmullos de agradecimiento y él los despidió.

El día en que Andrew salió del hospital, su hermano lo instaló en una pequeña casa para el personal dentro del predio de la empresa. Allí estaría bien cuidado. Además le dio una oficina cerca de la suya. Los empleados no salían de su asombro al ver lo que le había ocurrido. De un brillante científico con la mente siempre alerta, había pasado a ser un zombi. Andrew pasaba la mayor parte del día sentado en su silla, mirando por la ventana, medio dormido, pero parecía contento de estar de nuevo en GKI, aunque no tenía idea de lo que allí se hacía. Todos los que trabajaban en la empresa se sentían conmovidos por lo bien que Tanner trataba a su hermano, y de lo solícito y atento que se mostraba con él.

La atmósfera en GKI cambió casi de la noche a la mañana. Cuando Andrew dirigía la empresa, el clima había sido distendido. Pero súbitamente, todo se volvió más formal y la organización comenzó a ser manejada como un negocio más que como una entidad filantrópica. Tanner envió agentes en busca de clientes para la compañía y los negocios comenzaron a florecer a un ritmo extraordinario.

La noticia de la nota de despedida de Princesa se había difundido rápidamente por GKI. Los empleados se habían enterado de los planes de casamiento y se preguntaban cómo tomaría Tanner ese golpe. Todos hacían conjeturas acerca de lo que haría después de esa ruptura no querida por él. A dos días de recibida la carta, había aparecido en los diarios la noticia de que la ex prometida del menor de los Kingsley se había casado con Edmond Barclay, un multimillonario empresario, magnate de los medios. Los únicos cambios aparentes en Tanner Kingsley fueron un estado de ánimo cada vez más sombrío y una dedicación al trabajo todavía más severa de lo que era antes. Todas las mañanas pasaba dos horas en el edificio de ladrillos rojos, trabajando en un proyecto rodeado de un estricto secreto.

Una noche, Tanner fue invitado a hablar a MENSA, la sociedad de los más altos índices de inteligencia. Dado que muchos de los empleados de GKI eran miembros de esa sociedad, aceptó la invitación.

Cuando volvió a trabajar a la mañana siguiente, lo hizo acompañado por una de las mujeres más bellas que sus empleados jamás le habían conocido. Era de aspecto latino, con ojos oscuros, cutis oliváceo y una figura sensacional.

La presentó a su equipo de trabajo.

—Ésta es Sebastiana Cortez. Habló en MENSA anoche. Estuvo brillante.

Toda la actitud de Tanner pareció aligerarse. Llevó a Sebastiana a su oficina y no salieron de allí hasta después de más de una hora y media. Luego almorzaron en el comedor privado.

Uno de los empleados buscó a Sebastiana Cortez en Internet. Era una ex Miss Argentina, y vivía en Cincinnati, donde se había casado con un importante empresario.

Cuando regresaron a la oficina después del almuerzo, en la recepción se pudo oír la voz de él por el intercomunicador que había quedado abierto.

—No te preocupes, querida. Encontraremos la manera de que funcione.

Las secretarias comenzaron a reunirse alrededor del intercomunicador, escuchando ansiosamente la conversación.

—Tenemos que tener mucho cuidado. Mi marido es muy celoso.

—No hay problema. Yo haré los arreglos para que nos mantengamos en contacto.

No hacía falta ser un genio para darse cuenta de lo que estaba ocurriendo. Grande era el esfuerzo de las secretarias para contener las risitas de colegialas.

—Lamento que tengas que regresar a tu casa ahora precisamente.

—Yo también lo siento. Me gustaría quedarme, pero... es imposible.

Al abandonar la oficina, la pareja era la imagen misma del decoro. Las empleadas estaban encantadas con la idea de que él no tuviera idea de que ellas sabían lo que estaba ocurriendo.

Al día siguiente de aquella visita, Tanner ordenó la instalación de un teléfono enchapado en oro en su oficina con un desmodulador digital. Tanto su secretaria como los asistentes recibieron órdenes de nunca atenderlo.

A partir de ese momento, hablaba por ese teléfono de oro casi todos los días, y al final de cada mes, hacía un viaje de fin de semana largo, del que regresaba renovado. Jamás les dijo a sus empleados dónde había estado, pero ellos lo sabían muy bien.

Dos de sus ayudantes estaban hablando y una de ellas le dijo a la otra:

—¿Te resulta conocida la expresión "encuentro romántico"?

La vida amorosa de Tanner había comenzado de nuevo, y el cambio que se advertía en él era notable. Todos estaban contentos.

Capítulo diecinueve

Las palabras seguían resonando como un eco en el cerebro de Diana Stevens. "Habla Ron Jones. Sólo quería confirmarle que ya se hizo el cambio, tal como lo ordenó su secretaria... Cremamos el cuerpo de su esposo hace una hora".

¿Cómo era posible que la funeraria hubiera cometido un error semejante? ¿Podría ella, perdida en su dolor, haber llamado y pedido que cremaran a Richard? De ninguna manera. Además, ella no tenía secretaria. Nada de todo aquello tenía sentido. Alguien en la funeraria había interpretado mal las cosas, había confundido el nombre de Richard con algún nombre similar, de otro cadáver, en el depósito.

Le habían entregado una urna con las cenizas de Richard en ella. Diana quedó inmóvil, mirándola. ¿Realmente Richard estaba allí?... ¿Estaba su risa allí? ¿Los brazos que la habían sostenido cerca de él... los tibios labios que se habían apretado contra los de ella... la mente que había sido tan brillante y divertida... la voz que decía: "Te amo...", estaban todos sus sueños y pasiones y mil cosas más en esa urna tan pequeña?

Los pensamientos de Diana se vieron interrumpidos por el sonido del teléfono.

—¿Señora Stevens?

—Sí...

—Ésta es la oficina de Tanner Kingsley. El señor Kingsley le agradecería que pudiera venir a verlo cuando usted disponga.

Dos días después de que eso hubiera ocurrido, Diana atravesaba la entrada de GKI para dirigirse a la recepción.

—¿En qué puedo ayudarla? —dijo la recepcionista.

—Soy Diana Stevens. Tengo una cita para ver a Tanner Kingsley.

—¡Oh, señora Stevens! Todos lamentamos mucho lo ocurrido al señor Stevens. Fue una cosa terrible. Terrible.

—Efectivamente —replicó Diana después de tragar saliva.

Tanner estaba hablando con Retra Tyler.

—Tengo dos reuniones luego. Hagamos un registro completo de ambas.

—Sí, señor.

Esperó a que su asistente se retirara.

Sonó el intercomunicador.

—La señora Stevens está aquí, señor Kingsley.

Tanner apretó uno de los botones del panel electrónico y Diane Stevens apareció en una pantalla de televisión de pared. Tenía el pelo rubio recogido y vestía una falda blanca con finas rayas azul marino y una blusa blanca. Se la veía pálida.

—Que pase, por favor.

Cuando la vio aparecer en la puerta de su oficina se puso de pie.

—Gracias por venir, señora Stevens.

—Buenos días —saludó ella con un movimiento de cabeza.

—Por favor, tome asiento

Diana eligió una silla frente al escritorio.

—No tengo que decirle que todos aquí estamos conmocionados por el brutal asesinato de su marido. Puedo asegurarle que quienquiera que sea el responsable será llevado a la justicia tan pronto como sea posible.

"Cenizas..."

—Si no le molesta, me gustaría hacerle algunas preguntas

—¿Sí?

—¿Hablaba su marido a menudo con usted del trabajo que realizaba?

La mujer sacudió la cabeza.

—En realidad, no. Era una parte separada de nuestra vida en común ya que era demasiado técnica.

En la sala de control, el otro lado del vestíbulo, Retra Tyler había encendido la máquina para reconocimiento de la voz, un analizador de tensión en la voz y una grabadora de televisión. Estaba registrando la escena que se desarrollaba en la oficina de Tanner.

—Sé lo difícil que debe resultarle todo esto —dijo él—, pero ¿qué es lo que sabe usted sobre la relación de su marido con las drogas?

Diane lo miraba fijo, demasiado estupefacta como para hablar. Hasta que finalmente pudo articular las palabras.

—¿Qué... qué es lo que me está preguntando? Richard jamás habría tenido nada que ver con las drogas.

—Señora Stevens, la policía encontró una amenaza escrita de la mafia en sus bolsillos, y...

La idea de que Richard estuviera involucrado con la droga era impensable. ¿Podía Richard haber tenido una vida secreta de la que ella lo ignorara todo? "No, no, no".

El corazón de Diane comenzó a latir con fuerza y sintió que la sangre le subía a la cara. "Lo mataron para castigarme a mí".

—Señor Kingsley, Richard no...

—Lamento hacerla pasar por todo esto —la interrumpió en tono comprensivo, pero al mismo tiempo, decidido—, pero tengo toda la intención de llegar al fondo de lo que le ocurrió a su marido.

"Yo soy el fondo", pensó Diane, sintiéndose muy desdichada. "Yo soy lo que usted está buscando. Richard murió porque yo declaré como testigo contra Altieri". Comenzó a sentir que le faltaba el aire.

Tanner Kingsley la observaba.

—No la detendré más, señora Stevens. Puedo darme cuenta de que está muy alterada. Hablaremos más adelante. Tal vez haya algo que usted pueda recordar. Si piensa que algo puede ser de ayuda, le agradecería que me llamara. —Metió la mano en un cajón de su escritorio y sacó una tarjeta de visita grabada en relieve—. Éste es el número de mi teléfono celular privado. Puede llamarme en cualquier momento, de día o de noche.

Diane tomó la tarjeta. Lo único que contenía era el nombre de Tanner y un número. Se puso de pie. Le temblaban las piernas.

—Me disculpo por haberla puesto en esta situación —dijo él—. Mientras tanto, si hay algo que yo pueda hacer por usted... cualquier cosa que necesite, estoy a su servicio.

Diane apenas si podía articular palabra.

—Gracias... gracias...

Giró sobre sí misma y salió de la oficina, aturdida.

Al pasar por la recepción Diane oyó a la mujer detrás del escritorio.

—Si yo fuera supersticiosa, pensaría que alguien le ha echado una maldición a GKI. Y ahora le tocó a su marido, señora Harris. A todos nos impresionó mucho lo ocurrido con él. Morir así, es terrible.

Esas palabras resonaron en la cabeza de Diane con una ominosa sensación de haberlas ya oído. ¿Qué le había ocurrido al marido de esa mujer? Se dio vuelta para mirar a la persona a la que la recepcionista se dirigía. Era una mujer afroamericana, de notable presencia, joven, vestida con pantalones negros y un suéter de cuello alto. En el dedo llevaba un enorme anillo de esmeraldas y un anillo de casamiento de brillantes. Diane tuvo la súbita sensación de que era importante que hablara con ella.

Cuando Diane comenzó a acercarse a la mujer, entró la secretaria de Tanner.

—El señor Kingsley la verá ahora.

Diane vio cómo Kelly Harris desaparecía tras la puerta de la oficina principal.

Se puso de pie cuando Kelly entró.

—Gracias por venir, señora Harris. ¿Tuvo un buen viaje?

—Sí. Gracias.

—¿Le puedo ofrecer algo? ¿Café o...?

Kelly sacudió la cabeza.

—Sé lo difícil que debe ser este momento para usted, señora Harris, pero debo hacerle algunas preguntas.

En la sala de control, Retra Tyler observaba a Kelly en un aparato de televisión mientras grababa la escena.

—¿Usted y su marido tenían una relación estrecha? —preguntó él.

—Muy estrecha.

—¿Diría usted que él era honesto con usted?

Kelly lo miró intrigada.

—No teníamos secretos entre nosotros. Mark era el ser humano más honesto y abierto que jamás he conocido. Él... —Le resultaba difícil continuar.

—¿Hablaba con frecuencia de su trabajo con usted?

—No. Lo que Mark hacía era muy... complicado. No hablábamos mucho sobre esos temas.

—¿Usted y su marido tenían muchos amigos rusos?

Kelly lo miró, confundida.

—Señor Kingsley, no sé qué tienen que ver estas preguntas...

—¿Le dijo su marido que tenía un gran negocio entre manos y que iba a ganar mucho dinero?

La mujer comenzaba a enojarse.

—No. Si fuera así. Mark me lo habría dicho.

—¿Le habló Mark alguna vez de Olga?

Ella sintió una súbita desconfianza.

—Señor Kingsley, ¿de qué se trata todo esto?

—La policía de París encontró una nota en los bolsillos de su marido. En ella se mencionaba una retribución por cierta información y estaba firmada "con amor, Olga".

—No sé... —estaba aturdida— no sé qué...

—¿No dijo usted que él hablaba todo con usted?

—Sí, pero...

—Por lo que hemos podido saber, su marido estaba aparentemente relacionado con esta mujer y...

—¡No! —Se puso de pie—. No estamos hablando de mi Mark. Ya se lo dije. No teníamos secretos entre nosotros.

—Salvo en lo que se refiere al secreto, cualquiera que sea, que provocó la muerte de su marido.

Ella sintió que se desvanecía.

—Tendrá... tendrá que disculparme, señor Kingsley. No me siento bien.

De inmediato él adoptó una actitud de disculpa.

—Lo entiendo. Quisiera ayudarla de cualquier manera que pueda. —Le entregó su tarjeta grabada en relieve—. Puede comunicarse conmigo a este número. A cualquier hora, señora Harris.

Kelly asintió con un gesto, incapaz de pronunciar una sola palabra, y a ciegas salió de la oficina.

La cabeza le daba vueltas mientras salía del edificio. "¿Quién era Olga? ¿Y por qué Mark se había relacionado con los rusos? ¿Por qué él...?"

—Disculpe. ¿Señora Harris?

—Sí —respondió a la vez que se daba vuelta.

Una atractiva rubia estaba allí, afuera del edificio.

—Me llamo Diane Stevens. Quisiera hablar con usted. No lejos de aquí hay un café y podríamos...

—Lo siento. Ahora... no puedo hablar ahora. —Comenzó a alejarse.

—Se trata de su marido.

Kelly se detuvo abruptamente y la miró.

—¿Mark? ¿Qué hay con él?

—¿Podemos hablar en un lugar más privado?

En la oficina de Tanner, se escuchó la voz de su secretaria por el intercomunicador.

—El señor Higholt está aquí.

—Hágalo pasar.

—Buenas tardes, John —lo saludaba un instante después.

—¿Buenas? Es una tarde del demonio, Tanner. Parece que están asesinando a todo el mundo en nuestra empresa. ¿Qué está pasando?

—Eso es lo que estamos tratando de descubrir. No creo que las muertes inesperadas de tres de nuestros empleados sean una coincidencia. Alguien se ha propuesto dañar la reputación de esta empresa, pero lo encontraremos y lo detendremos. La policía estuvo de acuerdo en cooperar con nosotros y tengo algunos hombres investigando los movimientos de los empleados asesinados. Me gustaría que escucharas dos entrevistas que acabo de grabar. Se trata de las viudas de Richard Stevens y Mark Harris. ¿Listo?

—Adelante.

—Ésta es Diane Stevens. —Tanner apretó un botón y en la pantalla apareció su reunión con la mujer. En la esquina de la derecha de la pantalla había un gráfico. En él se trazaba una línea que subía y bajaba mientras ella hablaba.

"—¿Qué es lo que sabe usted sobre la relación de su marido con las drogas?

"—¿Qué… qué es lo que me está preguntando? Richard jamás habría tenido nada que ver con las drogas".

La línea del gráfico permaneció constante.

Tanner apretó el botón para adelantar la grabación.

—Ésta es la señora Harris, cuyo marido fue empujado o cayó desde lo alto de la Torre Eiffel.

La imagen de Kelly brilló en la pantalla de televisión.

"—¿Le habló Mark alguna vez de Olga?

"—Señor Kingsley, ¿de qué se trata todo esto?

"—La policía de París encontró una nota en los bolsillos de su marido. En ella se mencionaba una retribución por cierta información y estaba firmada 'con amor, Olga'.

"—No sé… no sé qué…

"—Por lo que hemos podido saber, su marido estaba aparentemente relacionado con esta mujer y…

"—¡No! No estamos hablando de mi Mark. Ya se lo dije. No teníamos secretos entre nosotros".

La línea en el gráfico que analizaba el estrés en la voz permaneció inalterada. La imagen de Kelly desapareció.

—¿Qué es esa línea en la pantalla? —quiso saber John Higholt.

—Es un analizador de estrés en la voz, un CVSA. Registra minitemblores en la voz humana. Si el sujeto miente, las modulaciones de las frecuencias de audio aumentan. Es lo último en este tipo de tecnología. A diferencia del detector de mentiras, no requiere cables. Estoy convencido de que ambas mujeres han dicho la verdad. Hay que protegerlas.

El otro frunció el ceño.

—¿Qué quiere decir? ¿Protegerlas de qué?

—Creo que están en peligro, creo que en el subconsciente tienen más información de la que se dan cuenta. Ambas tenían una muy estrecha relación con el marido. Estoy seguro de que en algún punto, algo revelador podría haber sido dicho que se les escapó en su momento, pero está allí, en sus bancos de memoria. Es muy posible que cuando comiencen a pensar en ello, comiencen a recordar de qué se trataba. Y en el momento en que eso ocurra, sus vidas podrían estar en peligro, porque quienquiera que asesinó a sus maridos podría estar planeando matarlas a ellas. Me ocuparé de que no les ocurra nada malo.

—¿Harás que las sigan?

—Eso fue ayer, John. Hoy ya usamos la electrónica. Hice equipar el departamento de Stevens para vigilarlo: cámaras, teléfonos, micrófonos. De todo. Estamos usando toda la tecnología de la que disponemos para protegerla. En el momento en que alguien trate de atacarla, lo sabremos.

El otro se quedó un instante pensativo.

—¿Y qué harás con Kelly Harris?

—Está en un hotel. Lamentablemente no pudimos ingresar en su suite para prepararla. Pero tengo hombres apostados en el vestíbulo, y si surge algo que pueda provocar problemas, ellos se ocuparán de evitarlo. —Tanner vaciló—. Quiero que GKI ofrezca una recompensa de cinco millones de dólares por información que conduzca al arresto de...

—Un momento, Tanner —objetó Higholt—. Eso no es necesario. Lo resolveremos y...

—Muy bien. Si GKI no lo quiere hacer, yo personalmente ofrezco una recompensa de cinco millones. Mi nombre está identificado con esta empresa. —Su voz se endureció—. Quiero atrapar a quienquiera que esté detrás de todo esto.

Capítulo veinte

En el café frente al edificio de GKI, Diane Stevens y Kelly Harris se sentaron en un apartado en un rincón. Kelly esperaba que Diane hablara. Ésta no estaba segura de cómo comenzar. "¿Qué fue lo terrible que le ocurrió a su marido, el señor Harris? ¿Fue asesinado, igual que Richard?"

—¿Bien? —dijo Kelly impaciente—. Usted me iba a hablar de mi marido. ¿Conocía usted a Mark?

—No lo conocía, pero...

—Pero usted dijo... —estaba furiosa.

—Lo que dije fue que quería hablar de él.

Kelly se puso de pie.

—No tengo tiempo para estas cosas, señora. —Comenzó a alejarse.

—¡Espere! Creo que ambas tenemos el mismo problema, y que podríamos ayudarnos mutuamente.

—¿De qué está usted hablando? —replicó la otra, deteniéndose.

—Por favor, siéntese.

De mala gana, Kelly regresó a su asiento en el apartado.

—Siga.

—Quería preguntarle si...

Un camarero se acercó a la mesa con un menú en la mano.

—¿Qué van a querer las señoras?

—Nada —respondió Kelly, "aunque lo que yo quisiera, sería estar en otro lugar".

—Dos cafés —pidió Diane.

Kelly la miró.

—Que el mío sea té —dijo desafiante.

—Sí, señora. —El camarero se alejó.

—Creo que usted y yo...

Una niña se acercó a la mesa y se dirigió a Kelly.

—¿Me puede dar su autógrafo?

—¿Sabes quién soy yo? —replicó mirándola.

—No, pero mi madre dice que usted es importante.

—No soy importante.

Ambas observaron a la niña mientras se alejaba.

Diane miró a Kelly, intrigada.

—¿Yo debería saber quién es usted?

—No. —Y añadió con firmeza—: No me gustan las entrometidas que se meten en mi vida. ¿De qué se trata todo esto, señora Stevens?

—Tutéeme, por favor. Me llamo Diane. Me enteré que algo terrible le sucedió a su marido y...

—Sí. Fue asesinado. "¿Le habló Mark alguna vez de Olga?"

—Mi marido también fue asesinado. Y ambos trabajaban para GKI.

Kelly se mostró impaciente.

—¿Eso es todo? Bueno, igual que miles de personas. Si dos de ellas tienen un resfrío, ¿pensaría que es una epidemia?

—Mire, esto es importante —dijo Diane, inclinándose hacia adelante—. En primer lugar...

—Lo siento —interrumpió Kelly—. No estoy de humor para escuchar estas cosas. —Tomó su cartera.

—No estoy de humor para hablar de esto —replicó Diane—, pero podría ser muy...

La voz de Diane de pronto resonó en todo el café.

"—Había cuatro hombres en la habitación..."

Sorprendidas, ambas mujeres se volvieron hacia el lugar de donde venía el sonido. La voz de Diane provenía de un televisor arriba del bar. Estaba en la corte, en el estrado de los testigos.

"—…Uno de ellos estaba sentado, atado a una silla. El señor Altieri parecía estar interrogándolo mientras los otros dos permanecían junto a él. El señor Altieri sacó un revólver, gritó algo y... y le disparó al hombre en la nuca".

En la pantalla apareció el conductor del noticiario.

"—Ésa fue Diane Stevens dando testimonio en el juicio por asesinato al jefe de la mafia Anthony Altieri. El jurado acaba de dar su veredicto de inocencia".

Diane quedó confundida. "¿Inocente?"

"—El asesinato que ocurrió hace casi dos años hizo que se acusara a Anthony Altieri de matar a uno de sus empleados. A pesar del testimonio de Diane Stevens, el jurado le creyó a otro testigo que la contradecía".

Kelly miraba el televisor con los ojos muy abiertos. En el estrado de los testigos, apareció otra persona.

Las preguntas las hacía Jack Rubenstein.

"—¿Doctor Russell, ejerce usted en Nueva York?

"—No. Vivo en Boston.

"—El día en cuestión, ¿atendió usted al señor Altieri por un problema cardíaco?

"—Sí. A eso de las nueve de la mañana. Lo tuve en observación durante todo el día.

"—De modo que no pudo haber estado en Nueva York el 14 de octubre, ¿correcto?

"—Efectivamente".

Apareció otro testigo en la pantalla.

"—¿Puede decirnos cuál es su ocupación, señor?

"—Soy el gerente del Boston Park Hotel.

"—¿Estaba usted trabajando el 14 de octubre?

"—Sí. Estaba trabajando.

"—¿Ocurrió algo diferente ese día?

"—Sí. Recibí una llamada urgente de la suite del *penthouse* pidiendo un médico inmediatamente.

"—¿Y qué ocurrió luego?

"—Llamé al doctor Joseph Russell y él acudió de inmediato. Subimos a la suite del *penthouse* para revisar al huésped Anthony Altieri.

"—¿Qué vio cuando llegaron?

"—Vi al señor Altieri, tendido en el suelo. Creí que se iba a morir en nuestro hotel".

Diane se puso pálida.

—Están mintiendo —dijo con aspereza—. Los dos están mintiendo.

Luego entrevistaron a Anthony Altieri. Se lo veía frágil y enfermizo.

"—¿Tiene planes para el futuro inmediato, señor Altieri?

"—Ahora que se ha hecho justicia, voy a descansar por un tiempo".

Altieri sonrió débilmente y agregó:

"—Tal vez me ocupe de algunas deudas antiguas".

Kelly había quedado estupefacta. Se volvió a Diane.

—¿Usted declaró en contra de ese hombre?

—Sí. Yo vi cómo mataba…

Las manos temblorosas de Kelly volcaron un poco de té.

—Me voy de este lugar.

—¿Por qué está tan nerviosa?

—¿Por qué estoy tan nerviosa? Usted trató de enviar a prisión al jefe de la mafia y él está libre, ha dicho que se va a ocupar de algunas deudas antiguas, y usted me pregunta por qué me pongo nerviosa? —Se levantó y dejó un poco de dinero sobre la mesa—. Yo pago. Usted mejor guarde su dinero para gastos de viaje, señora Stevens.

—¡Espere! No hemos hablado de nuestros maridos ni…

—Olvídelo. —Kelly se dirigió a la puerta y Diane la siguió de mala gana.

—Creo que está exagerando —la intimó.

—¿Le parece?

—No entiendo cómo pudo usted ser tan estúpida como para… —dijo Kelly cuando llegaron a la salida.

Entró un anciano que se movía con muletas. Resbaló y comenzó a perder el equilibrio. Por un instante Kelly se sintió en París y el que caía era Mark. Estiró las manos para salvarlo. Al mismo tiempo

Diane se movió para sostenerlo. En ese momento, se oyeron dos fuertes disparos que venían desde el otro lado de la calle. Los proyectiles se estrellaron en la pared detrás de las dos mujeres. La explosión devolvió de inmediato a Kelly a la realidad. Estaba en Manhattan y acababa de tomar té con una mujer que estaba loca.

—¡Dios mío! —exclamó Diane—. Nosotros...

—No es momento para plegarias. ¡Salgamos de este maldito lugar!

Kelly arrastró a Diane hasta el borde de la acera, donde Colin estaba esperando. Éste abrió la puerta del coche y las dos mujeres se arrojaron sobre el asiento trasero.

—¿Qué fue ese ruido? —preguntó Colin.

Ambas estaban allí sentadas, acurrucadas en el asiento, demasiado asustadas como para hablar.

Finalmente Kelly habló.

—Este... debió ser algún escape. —Se volvió a Diane, que luchaba por recuperar la compostura—. Espero no estar exagerando —dijo sarcásticamente—. La llevo a su casa. ¿Dónde vive?

Diane respiró hondo y le dio su dirección al chofer. Viajaron en absoluto silencio, conmocionadas por lo que había ocurrido.

Cuando el coche se detuvo frente al edificio donde vivía, Diane miró a Kelly.

—¿Entrará conmigo? Estoy un poco nerviosa. Tengo la sensación de que algo más puede ocurrir.

—Yo tengo la misma sensación —replicó Kelly con frialdad—. Pero no me va a pasar a mí. Adiós, señora Stevens.

Diane la miró un instante, comenzó a decir algo, y luego sacudió la cabeza. Bajó del vehículo.

Kelly se quedó mirando mientras Diane ingresaba en el vestíbulo para luego entrar en su departamento en planta baja. Respiró aliviada.

—¿A dónde quiere que la lleve, señora Harris?

—De vuelta al hotel, Colin y...

Se oyó un fuerte grito que venía del departamento. Kelly vaciló un instante, luego abrió la puerta del coche y corrió hacia el edificio. Diane había dejado la puerta de su departamento abierta de par en par. Estaba de pie en medio de la sala, temblando.

—¿Qué ocurrió?

—Alguien... alguien entró aquí. El maletín de Richard estaba sobre esa mesa y ha desaparecido. Estaba lleno con sus papeles. Dejaron su anillo de casamiento a cambio.

Kelly miró nerviosamente a su alrededor.

—Será mejor que llame a la policía.

—Sí. —Diane recordó la tarjeta que el detective Greenburg había dejado en la mesa de la sala. Se acercó y la tomó. Un minuto después estaba al teléfono.

—El detective Earl Greenburg, por favor,

Se produjo una breve espera.

—Hola, soy Greenburg.

—Hola. Diane Stevens. Algo ha ocurrido aquí. ¿Podría usted venir al departamento y...? Gracias.

Respiró hondo y se volvió a Kelly.

—Ahora viene. ¿Le molestaría esperar hasta que...?

—Claro que me molestaría. Éste es su problema y yo no quiero tener nada que ver con ello. Además, no se olvide de mencionar que alguien hace un momento casi la mata. Yo regreso a París. Adiós, señora Stevens.

Diane la vio salir y dirigirse a la limusina.

—¿A dónde? —preguntó Colin.

—De regreso al hotel, por favor.

Allí estaría a salvo.

Capítulo veintiuno

Cuando Kelly regresó a su habitación en el hotel estaba todavía bajo los efectos paralizantes de lo que había ocurrido. La experiencia de haber estado tan cerca de que la mataran la había aterrorizado. "Lo último que necesito en este momento es que una rubia cabeza hueca haga que me maten".

Se hundió en el sofá para tranquilizarse y cerró los ojos. Trató de meditar y concentrarse en un mantra, pero fue inútil. Estaba demasiado alterada. Tenía una sensación de vacío y soledad muy dentro de sí. "Mark, te extraño mucho. La gente dice que a medida que el tiempo pase me voy a sentir mejor. Pero no es cierto, mi amor. Cada día es peor".

El ruido de un carrito de comida rodando por el pasillo hizo que se diera cuenta de que no había comido en todo el día. No tenía hambre, pero sabía que debía mantener sus fuerzas.

Llamó por teléfono al Servicio de Habitaciones.

—Envíenme una ensalada de langostinos y un té caliente, por favor.

—Gracias. Estará allí en veinticinco o treinta minutos, señora Harris.

—Bien.

Colgó. Se quedó sentada repasando en su mente la reunión con Tanner Kingsley, y sintió algo parecido a ser arrojada a una escalofriante pesadilla. ¿Qué estaba ocurriendo?

"¿Por qué Mark nunca había mencionado a Olga? ¿Era alguna

relación comercial? ¿Un romance? Mark, querido, quiero que sepas que si tuviste un romance, te perdono porque te amo. Siempre te amaré. Tú me enseñaste a amar. Yo estaba fría y tú me diste calor. Me devolviste mi orgullo, y me hiciste sentir que era una mujer".

Pensó en Diane. "Esa entrometida puso en peligro mi vida. Hay que alejarse de ella. Lo cual no será difícil. Mañana estaré en París. Con Ángela".

Sus ensoñaciones fueron interrumpidas por el ruido de un golpe en la puerta.

—Servicio de Habitaciones.

—Ya va. —Mientras Kelly se dirigía a la puerta, se detuvo, intrigada. Había hecho su pedido hacía apenas unos minutos. "Es demasiado pronto".

—Un momento —gritó.

—Bien, señora.

Tomó el teléfono y llamó al Servicio de Habitaciones.

—Mi pedido no ha llegado todavía.

—Estamos preparándolo, señora Harris. Lo tendrá en quince o veinte minutos.

Colgó. El corazón le latía con fuerza. Llamó a la operadora.

—Hay… hay un hombre tratando de entrar a mi habitación.

—Enviaré de inmediato a un oficial de seguridad, señora Harris.

Dos minutos más tarde, oyó otro golpe a la puerta. Se acercó, preocupada.

—¿Quién es?

—Seguridad.

Miró el reloj. "Demasiado rápido".

—Un momento. —Corrió al teléfono y llamó otra vez a la operadora—. Llamé recién por seguridad. ¿Está…?

—Está subiendo, señora Harris. Debe de estar llegando.

—¿Cuál es su nombre? —La voz se le estrangulaba por el miedo.

—Thomas.

Kelly pudo escuchar murmullos junto a su puerta. Puso el oído contra la madera, hasta que las voces se desvanecieron. Se quedó allí, inmóvil. Muy asustada.

Un minuto más tarde, volvieron a golpear la puerta.

—¿Quién es?

—Seguridad.

—¿Bill? —preguntó ella, conteniendo la respiración.

—No, señora Harris. Soy Thomas.

Abrió rápidamente la puerta y lo hizo entrar.

El oficial la miró un momento.

—¿Qué ocurrió?

—Algunos… algunos hombres trataron de entrar.

—¿Pudo verlos?

—No. Los oí. ¿Podría acompañarme a tomar un taxi?

—Por supuesto, señora Harris.

Kelly se esforzaba por mantenerse tranquila. Estaban ocurriendo demasiadas cosas, con demasiada rapidez.

Thomas se mantuvo junto a ella mientras se dirigían al ascensor.

Cuando llegaron al vestíbulo, Kelly miró alrededor, pero no pudo ver nada sospechoso. Ambos salieron.

—Muchas gracias. Le agradezco mucho —dijo cuando llegaron al puesto de taxis.

—Me aseguraré de que todo esté bien para cuando regrese. Quienquiera que haya intentado entrar en su habitación ya se ha ido.

Subió al taxi. Cuando miró por la ventanilla trasera, vio que dos hombres corrían hacia una limusina estacionada.

—¿A dónde? —preguntó el chofer del taxi.

La limusina estaba detrás de ellos. Adelante, en la esquina, un policía dirigía en tránsito.

—Siga derecho —ordenó Kelly.

—Muy bien.

—Quiero que baje la velocidad —pidió al acercarse a la luz verde—, y espere hasta que las luces cambien a amarillo, luego gire rápidamente a la izquierda.

El chofer la miró por el espejo retrovisor.

—¿Cómo?

—No avance con la luz verde hasta que se ponga amarilla. —Vio la expresión en el rostro del chofer.

Kelly se esforzó por sonreír.

—Estoy tratando de ganar una apuesta.

—Ah. —"Malditos pasajeros locos", pensó el hombre.

—¡Ahora! —exclamó ella cuando la luz pasó de verde a amarillo.

El taxi giró rápidamente a la izquierda mientras la luz pasaba al rojo. Detrás de ellos, el tránsito en esa dirección era detenido por el policía. Los hombres en la limusina se miraron uno al otro, frustrados.

—Oh, me olvidé de algo. Tengo que bajar aquí —dijo Kelly cuando el taxi había recorrido poco menos de cien metros.

El chofer detuvo junto a la acera y ella bajó. Le dio el dinero.

—Tome.

El hombre vio que su pasajera entraba por la puerta de un edificio que era una clínica. "Espero que vaya a ver al psiquiatra".

En la esquina, en el instante en que la luz pasó a verde, la limusina giró a la izquierda. El taxi estaba ya a dos cuadras y corrieron tras él.

Cinco minutos más tarde, Kelly llamó otro taxi.

—Señora Stevens —estaba diciendo el detective Greenburg en el departamento de Diane—, ¿pudo ver a la persona que le disparó?

Ella sacudió la cabeza.

—No. Todo fue muy rápido...

—Quienquiera que haya sido, esto es serio. Balística sacó los proyectiles de la pared. Eran calibre 45, capaces de atravesar un chaleco antibalas. Tuvo suerte. ¿Tiene alguna idea de quién podría querer matarla?

"Voy a descansar por un tiempo. Tal vez me ocupe de algunas deudas antiguas".

Greenburg esperaba una respuesta.

Diane vaciló. El hecho de expresarlo con palabras lo hacía demasiado real.

—La única persona en la que puedo pensar que podría tener un motivo es Anthony Altieri.

Greenburg la estudió un momento.

—Comprendo. Nos ocuparemos de eso. En cuanto al maletín que falta, ¿tiene idea de lo que contenía?

—No estoy segura. Richard lo llevaba consigo al laboratorio todas las mañanas y lo traía a casa todas las noches. Vi los papeles alguna vez, pero eran demasiado técnicos.

El detective tomó el anillo de bodas que estaba sobre la mesa.

—¿Me dice usted que su esposo nunca se sacaba el anillo de casamiento?

—Efectivamente… así es.

—Los días antes de su muerte, ¿actuaba su marido de manera diferente, como si estuviera bajo algún tipo de presión, o como si estuviera preocupado por algo? ¿Recuerda algo que él haya dicho o hecho la última noche que lo vio?

"Era todavía la madrugada. Estaban en la cama. Desnudos. Delicadamente Richard le acarició los muslos.

"—Trabajaré hasta más tarde, esta noche. Pero guárdame una o dos horas para mí, cuando regrese a casa, querida.

"Ella lo tocó donde a él le gustaba que lo tocara.

"—Fanfarrón".

—Señora Stevens…

Diane volvió a la realidad.

—No. Nada inusual.

—Veré que se le brinde protección —aseguró Greenburg—. Y si…

Sonó el timbre de la puerta.

—¿Espera a alguien?

—No.

El detective hizo un gesto.

—Atenderé yo.

Se acercó a la puerta y abrió. Kelly Harris entró como una tromba y lo empujó. Se dirigió a Diane.

—Tenemos que hablar.

Diane la miró sorprendida.

—Creí que ya estaba volando a París.

—Tuve que hacer un desvío.

El policía se había acercado a ellas.

—Éste es el detective Greenburg. Kelly Harris.

Kelly se dirigió a él.

—Alguien trató de entrar en mi habitación en el hotel, detective.

—¿Lo denunció a la seguridad del hotel?

—Sí. Pero los hombres desaparecieron. Un guardia me acompañó hasta la salida.

—¿Tiene idea de quiénes pueden ser?

—No.

—Cuando dice que alguien trató de entrar, ¿quiere decir que trataron de forzar la puerta?

—No, sólo... se quedaron junto a la puerta, en el pasillo. Simulaban ser del Servicio de Habitaciones.

—¿Usted había pedido algo?

—Sí.

—Entonces —intervino Diane—, es muy probable que esté imaginando cosas después de lo que ocurrió esta mañana y...

—Escúcheme —interrumpió Kelly—. Ya se lo dije. No quiero saber nada de esto, ni de usted. Ahora voy a empacar y me iré a París esta misma tarde. Y dígales a sus amigos de la mafia que me dejen tranquila.

Se quedaron mirando cómo la mujer daba media vuelta y partía.

—¿Qué fue todo eso? —quiso saber Greenburg.

—Su marido fue... fue asesinado. Trabajaba para la misma empresa que Richard, el Grupo Kingsley Internacional.

Cuando Kelly regresó al vestíbulo de su hotel, se dirigió al mostrador.

—Me voy —dijo—. ¿Puede hacerme una reserva en el próximo avión a París?

—Por supuesto, señora Harris. ¿Alguna línea en particular?

—Lo único que quiero es irme de aquí.

Atravesó el vestíbulo, subió al ascensor y apretó el botón del cuarto piso. Cuando las puertas estaban ya cerrándose, dos hombres las abrieron a la fuerza y subieron. Kelly los estudió por un instante, y decidió retroceder hacia el vestíbulo. Esperó a que las puertas se cerraran y se dirigió a las escaleras. Comenzó a subir. "No tiene sentido correr riesgos", pensó.

Al llegar al descanso del cuarto piso, un hombre de gran tamaño le bloqueaba el camino.

—Permiso —dijo Kelly. Trató de pasar junto a él.

—¡Shh! —La apuntaba con una pistola con silenciador.

Ella palideció.

—¿Qué demonios cree...?

—Silencio. Seguro que usted tiene la cantidad adecuada de agujeros en el cuerpo, señora. Salvo que quiera uno más, cállese la boca. Y bien calladita. Usted y yo vamos a ir abajo.

El hombre sonreía, pero cuando ella miró más detenidamente, vio que una cicatriz de arma blanca sobre su labio superior le estiraba la boca en una sonrisa permanente. Tenía los ojos más fríos que ella jamás había visto.

—Vamos.

"¡No! No pienso morir por culpa de esa estúpida".

—Espere un momento. Usted se equivoca... —Sintió que la pistola la golpeaba tan fuerte en las costillas que quiso gritar.

—¡Le dije que se callara la boca! Bajemos.

La había tomado por el brazo con una mano que apretaba dolorosamente como si fuera una tenaza. Llevaba el arma en la otra mano y la ocultaba detrás del cuerpo de Kelly, que luchaba para no perder el control y ponerse a gritar.

—Por favor —dijo en voz baja—, yo no soy...

El dolor producido por el caño de la pistola que el hombre empujaba con fuerza contra su espalda era terrible. Le apretaba el brazo con tanta presión que podía sentir que la sangre ya casi no circulaba.

Comenzaron a bajar. Llegaron al vestíbulo. Estaba lleno de gente.

—Ni siquiera se le ocurra hacerlo —murmuró él mientras ella se debatía si gritaba o no pidiendo auxilio.

Salieron. Había una camioneta esperando en el borde. Dos vehículos más adelante, un policía estaba escribiendo una multa de estacionamiento. El hombre que se había apoderado de Kelly la llevó hasta la puerta de atrás de la camioneta.

—Suba —le ordenó.

Ella miró hacia el policía.

—Está bien —dijo, en voz alta y enojada—. Subiré, pero quiero decirte algo. Lo que quieres que te haga te va a costar cien dólares más. Creo que es asqueroso.

El policía se volvió para observar.

El grandote se quedó mirándola.

—¿Qué demonios está...?

—Si no vas a pagarme, entonces olvídalo, bastardo del demonio.

Kelly comenzó a caminar rápidamente hacia el policía. El hombre la siguió con la mirada. Sus labios parecían sonreír, pero sus ojos eran mortíferos.

—Ese degenerado me ha estado molestando —dijo Kelly señalándolo con el dedo.

Miró hacia atrás y vio que el policía se dirigía al maleante. Se subió a un taxi que estaba detenido.

—Un momento, señor —dijo el oficial en el momento en que Flint comenzaba a subir a la camioneta—. En este estado está prohibido buscar prostitutas.

—Yo no...

—Muéstreme alguna identificación. ¿Cómo se llama?

—Harry Flint.

El hombre vio cuando el taxi de Kelly se alejaba a toda velocidad. "¡Maldita puta! La mataré. Lentamente".

Capítulo veintidós

Kelly bajó del taxi frente al edificio de departamentos donde vivía Diane, corrió como una tromba hasta la puerta y apretó con fuerza el timbre.

El detective Greenburg abrió la puerta.

—¿Puedo…?

La mujer vio a Diane en la sala y fue hacia ella pasando junto al policía.

—¿Qué ocurre? —preguntó Diane—. Usted dijo…

—Usted es la que tiene que decirme qué está pasando. Trataron de secuestrarme otra vez. ¿Por qué sus amiguitos de la mafia quieren matarme a mí?

—No… no tengo la menor idea. Ellos no harían… o tal vez nos vieron juntas y creyeron que éramos amigas y…

—Pues nosotras no somos amigas, señora Stevens. Sáqueme de este asunto.

—¿De qué está hablando? ¿Cómo puedo…?

—De la misma manera en que me metió en esto. Quiero que le diga a su compinche, Altieri, que usted y yo apenas si nos conocemos y no tenemos nada que ver una con otra. No voy a dejar que alguien me asesine porque usted hizo alguna estupidez.

—Yo no puedo… —intentó decir Diane.

—Claro que puede. Usted va a hablar con Altieri, y lo va a hacer ya mismo. No me moveré de aquí hasta que lo haga.

—Lo que usted me pide es imposible —explicó Diane—. Lamento haberla mezclado en esto, pero... —Pensó un momento bastante largo y luego se dirigió a Greenburg—. ¿Cree que si yo hablara con Altieri, nos dejaría tranquilas a ambas?

—Interesante pregunta —replicó el detective—. Tal vez. En particular si piensa que lo estamos vigilando. ¿Le gustaría hablar con él personalmente?

—No, yo... —contestó Diane.

—Quiere decir que sí —interrumpió la otra.

La casa de Anthony Altieri era una clásica mansión de estilo colonial de piedra y madera en Hunterdon County, Nueva Jersey. La enorme residencia estaba al final de un callejón sin salida, en un terreno de treinta hectáreas, rodeado por una enorme y alta verja de hierro. Los terrenos albergaban altos y umbrosos árboles, lagos y un colorido jardín.

Había un guardia sentado en una casilla en el portón de entrada. Cuando llegó el automóvil que llevaba a Greenburg, Kelly y Diane, el guardia se acercó.

Reconoció a Greenburg.

—Buenas tardes, teniente.

—Hola, César. Queremos ver al señor Altieri.

—¿Tiene la orden de allanamiento?

—No es ese tipo de visita. Éste es un encuentro social.

El guardia observó a las dos mujeres.

—Esperen aquí. —Ingresó en la casilla y minutos más tarde salió y abrió el portón—. Pueden pasar.

—Gracias. —Se detuvieron frente a la residencia.

Mientras los tres bajaban del coche, apareció otro guardia.

—Síganme.

Los condujo al interior. La enorme sala era una variada combinación de antigüedades con muebles modernos y franceses. A pesar de que el día era tibio, había un enorme fuego encendido en la gran chimenea de piedra. Los tres siguieron al guardia por la sala hasta entrar en un dormitorio en penumbras. Anthony Altieri estaba en la cama, conectado a un respirador. Estaba pálido y demacrado y parecía haber envejecido mucho desde su breve aparición en la corte. Un cura y una enfermera estaban junto a él.

Altieri observó a Diane, Kelly y Greenburg, luego fijó su mirada en Diane. Cuando habló, su voz era áspera y débil.

—¿Qué demonios quieren?

—Señor Altieri —dijo Diane—, quiero que nos deje tranquilas a la señora Harris y a mí. Ordene a sus hombres que no nos molesten. Es suficiente con que haya matado a mi marido y...

—¿De qué me está hablando? —la interrumpió—. No tengo idea de quién es su marido. Leí que habían encontrado esa nota falsa en su ropa. —Sonrió con desprecio—. "Nadarás con los peces". Alguien ha visto demasiadas veces *Los Sopranos*. Le diré algo sin cobrarle, señora. Ningún italiano escribió eso. No la estoy persiguiendo a usted. Me importa un comino si usted vive o muere. No estoy persiguiendo a nadie. Yo... —Hizo un gesto de dolor—. Estoy muy ocupado haciendo las paces con Dios. Yo... —Comenzó a ahogarse.

El sacerdote se volvió a Diane.

—Creo que lo mejor es que se retiren.

—¿Qué tiene? —preguntó Greenburg.

—Cáncer—respondió el cura.

Diane miró fijo al hombre en el lecho. "No la estoy persiguiendo a usted... Me importa un comino su usted vive o muere. No estoy persiguiendo a nadie. Estoy muy ocupado haciendo las paces con Dios". Estaba diciendo la verdad. Sintió que de pronto la dominaba una poderosa sensación de pánico.

En el viaje de regreso de la casa de Altieri, el detective Greenburg parecía preocupado.

—Debo decir que estoy seguro de que Altieri decía la verdad.

De mala gana, Kelly estuvo de acuerdo.

—Yo también. El hombre se está muriendo.

—¿Saben de alguna razón por la que alguien quisiera matarlas a ustedes dos?

—No —respondió Diane—. Si no es Altieri... —Sacudió la cabeza—. No tengo idea.

—Yo tampoco. —Kelly tragó saliva.

El detective acompañó a las dos mujeres al departamento de Diane.

—Me pondré a trabajar en esto de inmediato —les dijo—, pero aquí estarán a salvo. En quince minutos llegará un patrullero policial que se quedará en la puerta del edificio y estará allí las próximas veinticuatro horas. Veremos qué podemos encontrar mientras tanto. Si me necesitan, llámenme.

Se fue.

Diane y Kelly se miraron la una a la otra en un incómodo silencio.

—¿Quiere una taza de té? —ofreció la dueña de casa.

—Café —respondió perversamente la otra.

Diane la miró un instante con irritación y suspiró.

—Muy bien.

Fue a la cocina a prepararlo. Kelly caminó por la sala, mirando los cuadros en las paredes.

Cuando Diane regresó de la cocina, su huésped estaba observando detenidamente uno de sus cuadros.

—"Stevens" —leyó; se volvió a ella—. ¿Usted pintó esto?

—Sí —asintió ella con un gesto.

—Agradable —comentó su visitante con tono de voz indiferente.

Diane apretó los labios.

—Ah. Usted sabe mucho de arte, ¿no?

—No mucho, señora Stevens.

—¿Qué pintura le gusta? Granma Moses, supongo.

—Ella es interesante.

—¿Y qué otros pintores primitivos llegan a su corazón?

Kelly se dio vuelta y quedó frente a ella.

—Para ser honesta, prefiero las formas curvilíneas, no figurativas. Hay excepciones, por supuesto. Por ejemplo, en la *Venus de Urbino* de Tiziano, el movimiento diagonal de su forma es conmovedora y...

Desde la cocina llegó el ruido de la cafetera.

—El café está listo —dijo secamente Diane.

Estaban ambas sentadas una frente a otra en el comedor, taciturnas, esperando a que el café se enfriara un poco.

Fue Diane quien rompió el silencio.

—¿Sabe de alguna razón por la que alguien quiera matarnos?

—No. —Kelly permaneció en silencio por un momento—. La única conexión que hay entre usted y yo es el hecho de que nuestros maridos trabajaban para GKI. Tal vez estaban trabajando en algún proyecto secreto. Y quienquiera que los haya matado cree que ellos podrían habernos dicho algo sobre el tema.

Diane se puso pálida.

—Sí.

Se miraron la una a la otra con desaliento.

En su oficina, Tanner observaba la escena que se estaba desarrollando en el departamento de Diane en uno de las pantallas de televisión en la pared. Su jefe de seguridad estaba sentado junto a él.

"—No. La única conexión que hay entre usted y yo es el hecho de que nuestros maridos trabajaban para GKI. Tal vez estaban trabajando en algún proyecto secreto. Y quienquiera que los haya matado cree que ellos podrían habernos dicho algo sobre el tema.

" —Sí".

En el departamento de Stevens habían instalado lo más moderno en televisión y sonido. Tal como Tanner le había dicho a su socio, el lugar estaba lleno de lo último en tecnología. Había sistemas de video ocultos en cada habitación del departamento, con una cámara del tamaño de un botón conectada a Internet e instalada entre los libros, cables de fibra óptica doblados por debajo de las puertas y una cámara fotográfica inalámbrica. En el ático, habían instalado un servidor de video del tamaño de una computadora portátil del que dependían seis cámaras. Conectado al servidor había un módem inalámbrico que le permitía al equipo funcionar con tecnología celular.

Tanner se inclinó hacia adelante, mirando atentamente.

"—Tenemos que descubrir qué estaban haciendo nuestros maridos" —estaba diciendo Diane.

"—De acuerdo. Pero vamos a necesitar ayuda. ¿Cómo la conseguiremos?

"—Llamaremos a Tanner Kingsley. Él es el único que puede ayudarnos. Además, él está tratando de descubrir quién está detrás de todo esto.

"—Llamémoslo".

—Puede pasar la noche aquí —ofreció Diane—. Estaremos a salvo. Hay un vehículo de la policía estacionado afuera. —Se acercó a la ventana y corrió la cortina. No vio vehículo alguno. Miró un poco más y sintió un súbito escalofrío—. Es extraño —comentó—. Se suponía que habría un patrullero allí. Haré una llamada telefónica.

Sacó la tarjeta del detective Greenburg de su cartera, fue hasta el teléfono y marcó un número.

—Con el detective Greenburg, por favor. —Escuchó un momento—. ¿Está seguro?... Ya veo. ¿Podría entonces hablar con el detective Praegitzer?... —Se produjo otro momento de silencio—. Sí, gracias. —Lentamente colgó el teléfono.

—¿Qué ocurre?

—Los detectives Greenburg y Praegitzer han sido trasladados a otra comisaría.

Kelly tragó saliva.

—Es una gran coincidencia, ¿no?

—Acabo de recordar algo.

—¿Qué cosa?

—El detective Greenburg me preguntó si Richard había hecho o dicho algo diferente de su rutina usual últimamente. Hay algo que olvidé mencionarle. Richard iba a viajar a Washington, a ver a alguien. A veces viajo con él, pero esta vez insistió en que sería mejor que él fuera solo.

—Eso sí que es extraño —dijo Kelly con expresión de sorpresa—. Mark también me dijo que debía viajar a Washington y que iba a hacerlo solo.

—Tenemos que descubrir por qué.

Kelly se acercó a la ventana y descorrió las cortinas.

—Todavía no llegó el patrullero. —Se volvió a Diane—. Salgamos de aquí.

—De acuerdo —coincidió—. Conozco un pequeño hotelito fuera del circuito habitual en Chinatown que se llama El Mandarín. A nadie se le ocurriría ir a buscarnos allí. Desde allí llamaremos al señor Kingsley.

"Conozco un pequeño hotelito fuera del circuito habitual en Chinatown que se llama El Mandarín. A nadie se le ocurriría ir a buscarnos allí. Desde allí llamaremos al señor Kingsley".

Tanner se volvió hacia su jefe de seguridad, Harry Flint, el de la perpetua media sonrisa.

—Mátalas.

Capítulo veintitrés

"Harry Flint se ocupará eficientemente de las mujeres", pensó Tanner satisfecho. El hombre jamás le había fallado.

Le divertía recordar la manera en que Flint había entrado en su vida. Muchos años atrás, su hermano Andrew, el salvador de los corazones sangrantes del mundo había creado un hogar de transición para presos recién liberados, para ayudarlos a ajustarse a la vida civil. Luego les buscaba trabajo.

Tanner tenía planes más prácticos para los ex delincuentes, aunque para él los "ex delincuentes" no existían. A través de contactos propios, conseguía información no pública sobre los antecedentes de los presos recién liberados, y si reunían las condiciones requeridas, pasaban del hogar de transición a trabajar con él directamente, ocupándose de lo que él llamaba "delicadas tareas privadas".

Había hecho arreglos para que un ex preso llamado Vince Carballo fuera a trabajar para GKI. Carballo era un tipo enorme con barba rala y ojos azules que eran como dagas. Tenía una larga historia carcelaria. Había sido juzgado por asesinato. Las pruebas contra él eran abrumadoras, pero un miembro del jurado se mantuvo obcecadamente en su voto de inocencia, de modo que todo terminó sin definición. Lo que casi nadie sabía era que la hijita del miembro del jurado había desaparecido, y en su lugar había una nota: "Si no dice nada de esto, el destino de su hija será definido por el veredicto del jurado". El tipo de hombre que Tanner Kingsley admiraba.

También se había enterado de la existencia de un ex delincuente llamado Harry Flint. Hizo investigar su vida cuidadosamente, y decidió que era perfecto para lo que él necesitaba.

Había nacido en Detroit, en una familia de clase media. Su padre era un amargado vendedor fracasado que pasaba el tiempo sentado en su casa quejándose. Era un mandón sádico que disfrutaba castigando a su hijo en cada ocasión que podía. Le encantaba golpearlo con una regla, con un cinturón o con cualquier cosa que tuviera a mano, como si quisiera meter a golpes la idea del éxito en su hijo para compensar su propio fracaso.

La madre del muchacho trabajaba como manicura en una peluquería para hombres. Así como el padre era un tirano, su madre era cariñosa y condescendiente, de modo que a medida que fue creciendo, se sintió emocionalmente tironeado entre ellos.

Los médicos le habían dicho que era demasiado vieja como para tener un hijo, de modo que para ella aquel embarazo fue un milagro. Desde el momento en que nació comenzó a acariciarlo cariñosamente y estaba constantemente abrazándolo, haciéndole cariños y besándolo, hasta que finalmente el niño se sintió asfixiado por su amor. Cuando se hizo mayor, odiaba que lo tocaran.

A los catorce años, atrapó una rata en el sótano de su casa y zapateó sobre ella. Mientras la miraba en su lenta y dolorosa agonía, tuvo una revelación. De pronto se dio cuenta de que tenía el impresionante poder de quitar la vida, de matar. Se sintió como si fuera un dios. Era omnipotente, lo podía todo. Tenía que experimentar esa sensación una vez más y comenzó a acechar a los pequeños animales del barrio que se convirtieron en sus presas. No había nada personal o malicioso en lo que estaba haciendo. Sólo estaba usando el don que Dios le había concedido.

Los furiosos vecinos cuyas mascotas estaban siendo torturadas y matadas se quejaron a las autoridades. Pusieron una trampa. La policía dejó un terrier escocés en el jardín delantero de una casa, atado para evitar que saliera corriendo. El sitio estaba vigilado y una noche, mientras la policía observaba, Harry Flint se acercó al animal. Abrió a la fuerza la boca del perro y se preparó para meterle un cohete encendido. La policía intervino. Cuando Harry fue cacheado le encontraron un trozo de piedra ensangrentado y un cuchillo de cocina en los bolsillos.

Lo enviaron al Centro para la Juventud Challenger Memorial por doce meses.

Una semana después de ser internado, Harry Flint atacó a uno de los otros muchachos internos, hiriéndolo gravemente. El psiquiatra que lo examinó lo diagnosticó como esquizofrénico paranoide.

—Es un psicótico —les advirtió el médico a los guardias que se ocupaban de él—. Tengan cuidado. Manténgalo alejado de los demás.

Cuando Harry cumplió con su castigo, ya tenía quince años y se le concedió la liberad condicional. Regresó a la escuela. Varios de sus compañeros lo consideraron un héroe. Ellos ya habían incursionado en el delito como arrebatadores, carteristas y rateros. Pronto Flint se convirtió en el líder.

En una pelea de callejón, un cuchillo le abrió un extremo del labio, lo que le dejó el rostro con una perpetua semisonrisa.

A medida que los muchachos crecían, fueron volcándose hacia el robo de automóviles, asaltos y robos. Uno de éstos se volvió violento y murió el dueño de un negocio. Harry Flint fue condenado a diez años de prisión por robo a mano armada e instigación al asesinato. Fue el preso más maligno que jamás tuvieron los guardias.

Había algo en sus ojos que hacía que los demás prisioneros lo dejaran tranquilo. Constantemente los aterrorizaba, pero nadie se atrevía a denunciarlo.

Un día, un guardia, al pasar junto a la celda de Harry Flint, no pudo creer lo que veía. El compañero de Harry estaba tendido en el piso, en medio de un charco de sangre. Había muerto de una paliza.

El guardia miró a Flint y una sonrisa le cubrió el rostro.

—Muy bien, bastardo. De ésta no te vas a salvar. Ya pueden ir calentando la silla para que te sientes.

Flint lo miró fijo y levantó el brazo izquierdo. Tenía clavado profundamente un ensangrentado cuchillo de carnicero.

—Defensa propia —dijo Harry con frialdad.

El preso de la celda frente a la de Flint jamás le dijo a nadie que lo había visto cuando golpeaba salvajemente a su compañero hasta matarlo para luego sacar de abajo de su propio colchón el cuchillo de carnicero que clavó en su brazo.

La característica que más admiraba Tanner en Flint era que éste disfrutaba enormemente de su trabajo.

Recordó la primera vez que le demostró lo útil que podía resultarle. Fue durante un viaje de emergencia a Tokio...

—Avísele al piloto que caliente el Challenger. Nos vamos a Japón. Seremos dos.

La información llegó en un mal momento, pero había que ocuparse de ello inmediatamente, y se trataba de algo demasiado delicado como para encomendárselo a otra persona. Tanner había citado a Akira Iso para un encuentro en Tokio y le pidió que reservara habitación en el Hotel Okura.

Mientras el avión cruzaba el océano Pacífico, Tanner planeaba su estrategia. Cuando el avión aterrizó ya tenía resuelta una situación en la que todos ganarían.

El viaje en automóvil desde el aeropuerto Narita duraba una hora, y se sorprendió al ver que Tokio parecía no cambiar nunca. En tiempos de bonanza tanto como en las depresiones, la ciudad siempre parecía tener la misma cara inmutable.

Akira Iso lo estaba esperando en el restaurante Fumiki Mashimo. Era un hombre de unos cincuenta y tantos años, delgado, de pelo gris y brillantes ojos castaños. Se puso de pie para saludar a Tanner.

—Es un honor conocerlo, señor Kingsley. Francamente, me sorprendió su mensaje. No puedo imaginarme por qué ha hacho usted este largo viaje para conocerme.

Tanner sonrió.

—Soy portador de buenas noticias que pensé que eran demasiado importantes como para hablarlas por teléfono. Creo que haré que usted sea feliz, además de muy rico.

—¿Sí?

Un camarero con chaqueta blanca se había acercado a la mesa.

—Antes de hablar de negocios, mejor pedimos la comida.

—Como usted quiera, señor Kingsley. ¿Conoce los platos japoneses o quiere que yo pida para usted?

—Gracias. Puedo hacerlo yo. ¿Le gusta el sushi?

—Sí.

Tanner se dirigió al camarero.

—Yo quiero *hamachi-temaki*, *kaibashira* y *ama-ebi*.

—Me parece bien —dijo Akira Iso, y miró al camarero—. Para mí lo mismo.

—Usted trabaja para una muy buena empresa, el Tokio First Industrial Group —comentó mientras comían.

—Gracias.

—Cuánto tiempo ha estado trabajando con ellos.

—Diez años.

—Eso es mucho tiempo. —Miró a Akira Iso a los ojos y le dijo—: En realidad, sería ya tiempo de hacer un cambio.

—¿Y por qué habría yo de hacerlo, señor Kingsley?

—Porque voy a hacerle un ofrecimiento que usted no podrá rechazar. No sé cuánto dinero gana, pero estoy dispuesto a pagarle el doble para que los deje y venga a trabajar para GKI.

—Señor Kingsley, eso no es posible.

—¿Por qué no? Si es por algún contrato, puedo arreglar...

Akira Iso dejó sus palillos.

—Señor Kingsley, en Japón, cuando trabajamos para una empresa, es como una familia. Y cuando ya no podemos trabajar, ellos se ocupan de nosotros.

—Pero el dinero que le estoy ofreciendo…

—No. *Ai-shya-sei-shin.*

—¿Cómo?

—Quiere decir que nosotros ponemos la lealtad por encima del dinero. —Akira Iso lo miró con curiosidad—. ¿Por qué me eligió a mí?

—Porque he oído decir cosas muy halagadoras de usted.

—Me temo que ha hecho un largo viaje para nada, señor Kingsley. Jamás dejaré al Tokyo First Industrial Group.

—Valía la pena intentarlo.

—¿Sin resentimientos?

Tanner se echó hacia atrás y rió.

—Por supuesto. Ojalá todos mis empleados fueran tan leales como usted. —Recordó algo—. A propósito, les traje a usted y su familia un pequeño presente. Uno de mis funcionarios se lo entregará. Estará en su hotel en una hora. Se llama Harry Flint.

Una camarera nocturna encontró el cuerpo de Akira Iso colgado de un gancho en un guardarropa. El veredicto oficial fue suicidio.

Capítulo veinticuatro

El Hotel Mandarín era un viejo edificio de dos pisos en el corazón de Chinatown, a tres cuadras de la calle Mott.

Cuando Kelly y Diane bajaron del taxi, ésta vio un enorme cartel al otro lado de la calle con una foto de Kelly en un hermoso vestido de noche y sosteniendo un frasco de perfume. Lo miró sorprendida.

—Ésa es usted.

—Se equivoca —la corrigió Kelly—. Eso es lo que yo hago, señora Stevens, no lo que soy. —Se volvió y entró en el vestíbulo, seguida por la otra, bastante molesta.

Un empleado chino estaba sentado detrás del escritorio en el pequeño vestíbulo del hotel, leyendo *The China Post*.

—Queremos una habitación para esta noche —dijo Diane.

El empleado miró a las dos mujeres tan elegantemente vestidas que estuvo a punto de replicar: "¿En este lugar?". Se puso de pie.

—Seguro. —Miró los detalles de sus ropas de diseñadores exclusivos—. Son cien dólares por noche.

Kelly lo miró asombrada.

—¿Cien...?

—Está bien —intervino su compañera con rapidez.

—Adelantados.

Diane abrió su cartera, sacó unos billetes y se los entregó al empleado. Éste le dio una llave.

—Habitación diez, derecho por el pasillo, a la izquierda. ¿Tienen equipaje?

—Lo estamos esperando —replicó Diane.

—Si necesitan algo, pídanselo a Ling.

—¿Ling? —preguntó Kelly.

—Sí. Es la camarera.

—Muy bien —dijo ella mientras lo miraba con escepticismo.

Las dos mujeres avanzaron por el deprimente y mal iluminado pasillo.

—Pagó demasiado —señaló Kelly.

—¿Cuánto vale un techo seguro encima de su cabeza?

—No estoy muy segura de que éste sea el lugar adecuado.

—Tendrá que serlo hasta que pensemos en algo mejor. No se preocupe. El señor Kingsley se ocupará de nosotras.

Cuando llegaron al número diez, Diane abrió con la llave y entraron. La pequeña habitación tenía el aspecto de no haber sido ocupada durante mucho tiempo, y olía de la misma manera. Había dos camas gemelas con ajados cubrecamas y dos gastadas sillas junto a un destartalado escritorio.

Kelly miró alrededor.

—Será pequeña, pero seguramente es fea. Apuesto a que nunca ha sido limpiada. —Tocó un almohadón y vio cómo volaba el polvo—. Vaya a saber cuánto tiempo hace que Ling no pasa por aquí.

—Es sólo por esta noche —le aseguró Diane—. Llamaré por teléfono ahora mismo al señor Kingsley.

Kelly observó a su compañera que iba al teléfono y marcaba el número de la tarjeta que Kingsley le había dado.

—Tanner Kingsley. —La llamada fue respondida de inmediato.

—Señor Kingsley, soy Diane Stevens —dijo suspirando aliviada—. Lamento molestarlo, pero la señora Harris y yo necesitamos su ayuda. Alguien está tratando de matarnos y no tenemos idea de qué es lo que está ocurriendo. Estamos escapando.

—Me alegra que haya llamado, señora Stevens. Quédese tranquila. Acabamos de descubrir qué es lo que hay detrás de todo esto. Ya no tendrá más problemas. Puedo asegurarle que a partir de este momento, tanto usted como la señora Harris estarán perfectamente a salvo.

Ella cerró los ojos por un instante. "Gracias a Dios".

—¿Puede decirme quién…?

—Se lo diré cuando la vea. Quédense donde están. Haré que alguien pase a buscarlas en treinta minutos.

—Eso es… —Se interrumpió la comunicación. Diane volvió a poner el teléfono en su lugar y se volvió a Kelly, sonriendo—. ¡Buenas noticias! Se acabaron nuestros problemas.

—¿Qué dice?

—Él sabe qué hay detrás de todo esto y dice que a partir de ahora, estamos a salvo.

Kelly suspiró hondo.

—¡Qué alivio! Ahora podré regresar a París y comenzar de nuevo mi vida.

—Enviará a alguien a recogernos en media hora.

—Será difícil abandonar todo esto —dijo Kelly recorriendo con la mirada la sórdida habitación.

Diane se volvió hacia ella.

—Va a ser muy raro —dijo en tono de nostalgia.

—¿Qué cosa?

— Volver a vivir sin Richard. No puedo imaginar cómo podré hacerlo…

—Entonces no hablemos de ello —reaccionó Kelly. "No entremos en ese terreno, señora, o me derrumbaré. Ni siquiera puedo pensar en ello. Mark lo era todo en mi vida, mi única razón para vivir…"

"Es como una obra de arte sin vida… bella y fría", pensó Diane mirando el rostro inexpresivo de su compañera.

Kelly estaba sentada en una de las camas, de espaldas a Diane. Cerró los ojos para evitar el dolor dentro de ella y lentamente… lentamente… lentamente…

Caminaba por la Orilla Izquierda con Mark, conversando sobre todo y sobre nada. Sentía que jamás se había sentido tan plenamente cómoda con nadie antes.

—Mañana por la noche se inaugura una galería de arte, si te interesa...

—Oh, lo siento, Kelly. Mañana por la noche estaré ocupado.

Ella sintió una inesperada sensación de celos.

—¿Tienes otra cita? —Trató de mantener un tono juguetón.

—No. No. Iré solo. Se trata de un banquete... —Él vio la expresión de Kelly—. Es sólo una comida para científicos. Te aburrirías.

—¿Te parece?

—Me temo que sí. Habrá... habrá muchas palabras que ni siquiera conoces y...

—Creo que las conozco a todas —replicó ella, molesta—. Trata de sorprenderme.

—Bueno, no creo realmente...

—Ya soy una mujer grande. Vamos...

—Está bien —aceptó él con un suspiro—. "Anatripsología"... "malacostracología"... "aneroidografía"...

—Ah —reaccionó Kelly, sorprendida—. Ese tipo de palabras.

—Sabía que no estarías interesada. Yo...

—Te equivocas. Me interesa. —"Porque tú estás interesado".

El banquete se desarrollaba en el Hotel Prince de Galles y resultó ser un gran acontecimiento. Había trescientas personas en el salón de baile, entre ellas, algunos de los más importantes dignatarios de Francia. Uno de los invitados en la mesa principal en la que Kelly y Mark estaban sentados, era un hombre atractivo con una personalidad cálida y encantadora.

—Soy Sam Meadows —se presentó a Kelly—. He oído hablar mucho de usted.

—Yo también he oído mucho acerca de usted —correspondió ella—. Mark dice que usted es su mentor y su mejor amigo.

—Me honra ser su amigo —dijo Meadows sonriendo—. Mark es

una persona muy especial. Hemos trabajado juntos durante mucho tiempo. Es la persona más dedicada...

Mark, que escuchaba, se sentía incómodo.

—¿Quieren un poco de vino? —interrumpió.

En el escenario apareció el maestro de ceremonias y comenzaron los discursos. Mark tenía razón cuando dijo que la velada no sería interesante para ella. Se entregaban premios para ciencia y tecnología, y en lo que a Kelly se refería, los oradores podrían haber estado hablando en swahili. Pero ella observaba el entusiasmo en el rostro de Mark, y se sentía feliz de estar allí. Cuando se levantaron las mesas después de la comida, en el escenario apareció el presidente de la Academia Francesa de Ciencias. Comenzó elogiando los avances científicos que Francia había realizado el año anterior, y no fue sino hasta el final de su discurso, cuando alzó una estatuilla dorada y pronunció el nombre de Mark Harris, que ella se dio cuenta de que Mark era la estrella de la noche. Había sido demasiado modesto como para decírselo. "Es por eso que trató de convencerme para que no lo acompañara". Lo siguió con la mirada cuando él se puso de pie y se dirigió al escenario, mientras el público aplaudía con entusiasmo.

—En ningún momento me dijo una palabra de esto —le comentó Kelly a Sam Meadows.

Éste sonrió.

—Así es Mark. —La estudió por un momento—. Usted sabe que está perdidamente enamorado de usted. Quiere casarse. —Hizo una pausa y agregó significativamente—: Espero que no resulte herido.

Mientras escuchaba, Kelly se sintió súbitamente culpable. "No puedo casarme con Mark. Es un gran amigo, pero no estoy enamorada de él. ¿Qué he estado haciendo? No quiero herirlo. Lo mejor será que dejemos de vernos. ¿Cómo le voy a decir...?"

—¿Oyó algo de lo que acabo de decir?

La voz enojada de Diane la sacó de su ensoñación. El hermoso salón de baile desapareció y allí estaba ella en la sórdida habitación del hotel, con una mujer a la que deseaba no haber conocido jamás.

—¿Cómo?

—Tanner Kingsley dijo que alguien pasaría a buscarnos en media hora —dijo Diane en tono de urgencia.

—Ya me dijo eso. ¿Y?

—No preguntó dónde estábamos.

—Probablemente cree que estamos todavía en el departamento.

—No. Le dije que estábamos huyendo.

Se produjo un instante de silencio.

Los labios de Kelly se fruncieron en una larga y silenciosa exclamación.

Se volvieron a mirar al reloj sobre la mesa de luz.

El empleado chino levantó la mirada cuando Flint entró en el vestíbulo del hotel.

—¿Puedo ayudarlo en algo? —Vio la sonrisa del recién llegado y él también sonrió.

—Mi mujer y una amiga acaban de llegar a este hotel. Mi mujer es la rubia. Su amiga en una atractiva mujer negra. ¿En qué habitación están?

—Habitación diez, pero me temo que usted no puede entrar. Tendrá que usar el teléf…

Flint mostró su pistola Ruger calibre 45, equipada con silenciador, y puso una bala en la frente del empleado. Empujó el cuerpo por detrás del mostrador y avanzó por el pasillo, con la pistola a un costado del cuerpo. Cuando llegó al número diez, dio un paso atrás, dos hacia adelante y con el hombro abrió la puerta y entró en la habitación.

Estaba vacía, pero oyó el ruido del agua de la ducha en el baño, que estaba cerrado. Se acercó a la puerta y la abrió de un empujón. La ducha estaba abierta con toda la fuerza, y las cortinas corridas se movían suavemente. Flint hizo cuatro disparos contra las cortinas, esperó un momento y luego las abrió.

Allí no había nadie.

En un bar al otro lado de la calle, Diane y Kelly habían visto llegar la camioneta de Flint y lo habían visto cuando entraba en el hotel.

—Dios mío —había dicho Kelly—, ése es el hombre que trató de secuestrarme.

Esperaron. Cuando Flint salió unos minutos más tarde, sus labios reían, pero su rostro era una máscara de furia.

—Allá va *godzila* —dijo Kelly—. ¿Cuál es nuestro próximo paso en falso?

—Tenemos que irnos de aquí.

—¿E ir a dónde? Estarán vigilando los aeropuertos, las estaciones de trenes, de autobuses…

Diane se quedó pensando por un momento.

—Conozco un lugar donde no podrán alcanzarnos.

—Déjeme adivinar. La nave espacial que la trajo hasta aquí.

Capítulo veinticinco

El cartel de neón en el frente del edificio decía "Wilton Hotel para Mujeres".

En el vestíbulo, Kelly y Diane se registraban con nombres falsos. La mujer en el mostrador del conserje le dio la llave a Kelly.

—Suite 424. ¿Tienen equipaje?

—No, nosotras...

—Se perdió —interrumpió Diane—. Llegará por la mañana. Además, nuestros maridos pasarán a buscarnos en un rato. ¿Podría enviarlos a nuestra habitación y...?

—Lo siento —dijo la mujer en el mostrador—. No se permite el acceso de hombres.

—¿No? —Diane dirigió una sonrisa de alivio a Kelly.

—Si desean, pueden recibirlos aquí abajo...

—No importa. Que sufran un poco sin nosotras.

La suite 424 estaba espléndidamente puesta, con una sala en la que había un sofá, sillones, mesa y un armario, y en el dormitorio había dos camas de dos plazas de cómodo aspecto.

Diane recorrió el lugar con la mirada.

—Agradable, ¿no?

—¿Qué estamos haciendo —dijo Kelly en tono ácido—, estamos buscando un récord para el libro *Guinness*, un hotel diferente cada media hora?

—¿Tiene acaso un plan mejor?

—Esto no es un plan —aseguró con desdén—. Es el juego del gato y el ratón, y nosotras somos los ratones.

—Pensar que los hombres del *think tank* más grande del mundo se han propuesto asesinarnos —comentó Diane.

—Entonces no piense en ello.

—Es más fácil decirlo que hacerlo. Hay tantos genios en GKI como para ganar todos los concursos de preguntas y respuestas del mundo.

—Bueno, lo único que tenemos que hacer es adelantarnos a ellos. —Kelly frunció el ceño. —Necesitamos un arma. ¿Sabe usar una pistola?

—No.

—Maldición. Yo tampoco.

—No importa. No tenemos ninguna.

—¿Y karate?

—No, pero yo formaba parte del equipo de debates en la universidad —replicó Diane secamente—. Tal vez pueda convencerlos con discursos para que no nos maten.

—Correcto.

Diane se dirigió a la ventana y miró el tránsito en la Calle 34. De pronto, sus ojos se abrieron muy grandes.

—¡Oh! —exclamó.

Kelly corrió a su lado.

—¿Qué pasa? ¿Qué vio?

—Un hombre que pasó… Era idéntico a Richard. Por un momento yo… —se apartó de la ventana.

La otra habló con desprecio.

—¿Quiere que haga llamar a los cazafantasmas?

Diane comenzó a replicar, pero se detuvo. "¿Qué importa? Pronto estaremos fuera de aquí".

"¿Por qué no te callas y vas a pintar algo?", pensó Kelly mirándola.

Flint estaba hablando por su teléfono celular con Tanner, que estaba furioso.

—Lo siento, señor Kingsley. No estaban en su habitación en el Hotel Mandarín. Se habían ido. Deben de haber sabido que yo iba hacia allá.

Tanner estaba al borde de un ataque.

—¿Esas malditas perras quieren jugar juegos de inteligencia conmigo? ¿Nada menos que conmigo? Te llamaré. —Colgó violentamente el teléfono.

Andrew estaba reclinado en el sofá de su oficina, y su mente vagaba por el enorme escenario de la sala de conciertos de Estocolmo. El público aplaudía con entusiasmo.

—¡Andrew! ¡Andrew!

La gente gritaba su nombre. La sala repetía el eco con el sonido de su nombre. Podía ver al público que aplaudía mientras caminaba en dirección al escenario para recibir su premio de manos del rey Carlos XVI Gustavo de Suecia. Mientras se acercaba al Premio Nobel, algunos comenzaban a insultarlo.

—Andrew, hijo de puta... ven aquí.

La Sala de Conciertos de Estocolmo se desvaneció y Andrew estaba otra vez en su oficina. Tanner lo estaba llamando.

"Me necesita", pensó con alegría. Lentamente, se puso de pie y se dirigió a la oficina de su hermano.

—Aquí estoy.

—Sí, ya veo —replicó Tanner—. Siéntate.

—Tengo algunas cosas que enseñarte, gran hermano. Divide y reinarás. —Había un timbre de arrogancia en su voz—. Le he hecho creer a Diane Stevens que la mafia mató a su marido, y Kelly Harris está preocupada por una Olga que no existe. ¿Entiendes?

—Sí, Tanner —respondió vagamente Andrew.

El menor de los Kingsley le dio unas palmadas en el hombro.

—Eres una perfecta caja de resonancia para mí, Andrew. Hay cosas de las que necesito hablar, pero que no puedo revelar a nadie.

Pero a ti puedo decirte cualquier cosa porque eres demasiado estúpido como para entender. —Miró a los ojos inexpresivos de Andrew—. No veo el mal, no oigo el mal, no hablo el mal. —De pronto Tanner adoptó un tono práctico—. Tenemos que resolver un problema. Han desaparecido dos mujeres. Saben que las estamos buscando para matarlas y están tratando de mantenerse ocultas. ¿Dónde podrían esconderse, Andrew?

—No... no lo sé —respondió éste mirando a su hermano.

—Hay dos maneras de descubrirlo. Primero tratemos de seguir el método cartesiano, la lógica, construyendo nuestra solución un paso a la vez. Razonemos.

Andrew lo miró.

—Lo que tú digas, Tanner.

Éste comenzó a pasearse de un lado a otro.

—No van a regresar al departamento de Stevens porque se ha vuelto demasiado peligroso... lo tenemos vigilado. Sabemos que Kelly Harris no tiene amigos personales en Estados Unidos porque ha vivido en París durante mucho tiempo, de modo que no confiaría en nadie de aquí para protegerla. —Miró a su hermano—. ¿Me sigues?

El otro pestañeó.

—Sí... sí, Tanner.

—Ahora bien, Diane Stevens, ¿recurriría a algunos amigos para pedir ayuda? No lo creo. Podría ponerlos en peligro. Otra alternativa es que vayan a la policía y le cuenten su historia, pero saben que se reirán de ellas. Entonces, ¿cuál podría ser su siguiente paso? —Cerró los ojos por unos pocos segundos, y luego continuó—. Obviamente deben de haber considerado la posibilidad de los aeropuertos y las estaciones de trenes y autobuses, pero saben que los tendríamos vigilados. ¿Dónde nos deja eso?

—Yo... yo... lo que tú digas, Tanner.

—Esto nos deja en un hotel, Andrew. Necesitan un hotel donde esconderse. ¿Pero qué hotel? Se trata de dos mujeres aterrorizadas huyendo para salvar sus vidas. Como ves, no importa qué hotel elijan, se imaginaran que podríamos tener contactos allí, y quedarían al descubierto. No se sentirían seguras. ¿Recuerdas a Sonja Verbrugge en Berlín? La hicimos caer con aquel mensaje instantáneo en su computadora. Fue al Hotel Artemisia porque era un hotel sólo para mujeres de modo que pensó que allí estaría a salvo. Bueno, creo que las señoras Stevens y Harris pensarían lo mismo. ¿Dónde nos deja eso?

Se volvió para mirar a su hermano otra vez. Andrew tenía los ojos cerrados. Se había quedado dormido. Furioso, Tanner se acercó y le dio una fuerte bofetada.

El otro se despertó dando un salto.

—¿Qué...?

—Presta atención cuando te estoy hablando, cretino.

—Yo... lo siento. Sólo estaba...

Tanner se dirigió a la computadora.

—Ahora veamos cuáles son los hoteles para mujeres que hay en Manhattan. —Hizo una rápida búsqueda en Internet e imprimió los resultados. Leyó los nombres en voz alta—. La Residencia El Carmelo está en la Calle 14 Oeste... la Residencia Centro María en la 54 Oeste... la Parkside Evangeline está en Gramercy South y el Hotel Wilton para Mujeres. —Levantó la vista y sonrió—. Allí es donde la lógica cartesiana nos dice que podrían estar, Andrew. Veamos ahora qué nos dice la tecnología.

Se acercó a la pintura de un paisaje que estaba colgada en la pared, metió la mano atrás y apretó un botón escondido. Una parte de la pared se deslizó y dejó al descubierto una pantalla de televisión con un mapa computarizado de Manhattan.

—¿Recuerdas qué es esto, Andrew? Quien operaba este equipo eras tú. Es más, eras tan bueno haciéndolo que te tenía celos. Es un sistema de posicionamiento global. Con esto podemos ubicar a cualquier persona en el mundo.

El mayor de los Kingsley asintió con un gesto, luchando por no quedarse dormido.

—Cuando las señoras abandonaron mi oficina, le di a cada una mis tarjetas de visita. Esas tarjetas tienen un chip de micropunto del tamaño de un grano de arena. Esa señal es recogida por satélite y cuando el sistema de posicionamiento global es activado, indica su ubicación exacta. —Se volvió a su hermano—. ¿Entiendes?

Andrew tragó saliva.

—Yo... yo... sí, Tanner.

Éste volvió a la pantalla. Apretó un segundo botón. Unas lucecitas comenzaron a titilar en el mapa y comenzaron a descender. Lo hicieron a menor velocidad en una pequeña área, luego siguieron moviéndose. Un punto móvil de luz roja siguió por una calle, tan lentamente que hasta los nombres de los negocios eran claramente visibles.

Tanner iba señalando.

—Ésa es la Calle 14 Oeste. —La luz roja seguía moviéndose—. Ahí está el Restaurante Tequila... una farmacia... el Hospital Saint Vincent... Banana Republic... la iglesia de Nuestra Señora de Guadalupe. —La luz se detuvo. El tono de victoria se hizo evidente en su voz—. Y allí está el Hotel Wilton para Mujeres. Eso confirma mi lógica. Como ves, yo tenía razón.

Andrew se mojó los labios con la lengua.

—Sí, tenías razón...

Tanner lo miró.

—Puedes irte ahora. —Tomó su teléfono celular y marcó—. Señor Flint, están en el Hotel Wilton en la Calle 34 Oeste. —Apagó el teléfono. Levantó la vista y vio a Andrew de pie junto a la puerta. —¿Qué ocurre? —preguntó con impaciencia.

—¿Iré a... bueno, tu sabes... a Suecia, a recoger el Premio Nobel que acaban de otorgarme?

—No, Andrew. Eso fue hace siete años.

—Ah. —El mayor de los Kingsley se dio vuelta y regresó caminando lentamente a su oficina.

Tanner pensó en su urgente viaje a Suiza, hacía tres años...

Había estado involucrado en un complicado problema logístico cuando la voz de su secretaria surgió del intercomunicador.

—Zürich está en la línea, señor Kingsley.

—Estoy demasiado ocupado para... está bien. Hablaré con ellos. —Tomó el teléfono—. ¿Sí? —dijo impaciente—, ya veo... ¿seguro?... No. No importa. Yo mismo me ocuparé de ello.

Apretó el botón del intercomunicador.

—Señorita Ordóñez, dígale al piloto que tenga listo al Challenger. Volaremos a Zürich. Habrá dos pasajeros.

Madeleine Smith estaba sentada en un apartado del Grand Veranda, uno de los mejores restaurantes en Zürich. Era una mujer de treinta y tantos años con una encantadora cara ovalada, el pelo recogido y un cutis magnífico. Estaba obviamente embarazada.

Tanner se acercó a la mesa, y Madeleine se puso de pie.

Él le dio la mano.

—Por favor, tome asiento. —Se sentó frente a ella.

—Estoy encantada de conocerlo. —La mujer tenía un melodioso acento suizo—. En el primer momento, cuando recibí la llamada, pensé que se trataba de una broma.

—¿Por qué'

—Bueno, usted es un hombre tan importante y cuando me dijeron que venía a Zürich sólo para verme, no podía siquiera imaginar...

Tanner sonrió.

—Le diré por qué estoy aquí. Porque me habían dicho que usted era una brillante científica, Madeleine. ¿Puedo llamarla Madeleine?

—Por supuesto, señor Kingsley.

—En GKI valoramos el talento. Usted es el tipo de persona que debería estar trabajando para nosotros. Madeleine. ¿Cuánto tiempo ha estado usted trabajando con el Tokyo First International Group?

—Siete años.

—Bien, siete es su número de suerte, pues le estoy ofreciendo un trabajo en GKI con el doble de lo que está ganando ahora, además estará a cargo de su propio departamento y...

—¡Oh, señor Kingsley! —Estaba radiante.

—¿Está usted interesada, Madeleine?

—Sí, claro. Estoy muy interesada. Por supuesto, no podría comenzar de inmediato.

La expresión de él cambió.

—¿Qué quiere decir?

—Bueno, estoy por tener un bebé y me voy a casar...

—Eso no es problema —dijo Tanner sonriendo—. Nosotros nos ocuparemos de todo.

—Además —continuó Madeleine Smith—, hay otra razón por la que no puedo irme en este momento. Estoy trabajando en un proyecto en nuestros laboratorios y estamos a punto... bueno, estamos casi al final del proyecto.

—Madeleine, no sé de qué se trata su proyecto, y no me interesa saberlo. Pero el hecho es que el ofrecimiento que acabo de hacerle debe ser aceptado de inmediato. Es más, tenía esperanzas de poder llevarla a usted y a su novio... —sonrió— ...aunque debería decir su futuro marido... de regreso conmigo a los Estados Unidos.

—Podría hacerlo apenas termine con este proyecto. Seis meses, tal vez un año.

Tanner quedó en silencio por un momento

—¿Está segura de que no puede venir ahora?

—No. Estoy a cargo de ese proyecto. Sería desleal de mi parte apartarme ahora. —Sus ojos le brillaron—. ¿El año que viene?

Tanner sonrió.

—Por supuesto.

—Lamento que haya hecho este viaje para nada.

—No fue para nada, Madeleine —dijo él afectuosamente—. La he conocido a usted.

—Es usted muy gentil. —Se sonrojó.

—Ah, lo olvidaba. Le traje un regalo. Un funcionario mío se lo llevará a su departamento esta tarde a las seis. Se llama Harry Flint.

A la mañana siguiente, el cuerpo de Madeleine Smith fue hallado en el suelo de la cocina de su departamento. Había dejado encendido el horno y el departamento se había llenado de gas.

La cabeza de Tanner regresó al presente. Flint jamás le fallaba. En un rato, Diane Stevens y Kelly Harris habrían desaparecido, y con ellas fuera de circulación, el proyecto podría continuar.

Capítulo veintiséis

Harry Flint se acercó al mostrador del conserje en el Hotel Wilton.

—Hola.

—Hola. —La empleada vio la sonrisa en su cara—. ¿En qué puedo servirlo?

—Mi esposa y una amiga, una afroamericana, se registraron hace un rato. Quisiera subir y darles una sorpresa. ¿En qué habitación están?

—Lo siento —dijo la empleada—. Éste es un hotel para mujeres, señor. No se permite la entrada a los varones. Si quiere llamarlas por teléfono...

Flint miró hacia el vestíbulo. Lamentablemente, estaba lleno de gente.

—No importa —dijo—. Seguro que bajan pronto.

Salió y marcó un número en su teléfono celular.

—Están arriba, en su habitación, señor Kingsley. No puedo subir.

Tanner se quedo inmóvil un momento, concentrado.

—Señor Flint, la lógica me dice que ellas decidirán separarse. Le enviaré a Carballo para que lo ayude. Éste es mi plan...

Arriba, en su suite, Kelly encendió la radio y buscó una estación con música pop y la habitación súbitamente se llenó con una fuerte música de rap.

—¿Cómo puede escuchar eso? —preguntó Diane, irritada.

—¿No le gusta el rap?

—Eso no es música. Es ruido.

—¿No le gusta Eminem? ¿Y qué me dice de LLCoolJ y R. Kelly y Ludacris?

—¿Eso es lo único que escucha?

—No —respondió con aspereza—. Me gusta la *Sinfonía fantástica* de Berliotz, los *Estudios* de Chopin y la *Almira* de Haendel. En particular prefiero...

Kelly observó a Diane que se acercaba a la radio y la apagaba.

—¿Qué haremos cuando se nos acaben los hoteles, señora Stevens? ¿Conoce a alguien que pueda ayudarnos?

Diane sacudió la cabeza.

—La mayoría de los amigos de Richard trabajaban para GKI, y nuestros otros amigos... no puedo involucrarlos en esto. —Miró a Kelly—. ¿Y usted?

—Mark y yo vivimos en París los tres últimos años—explicó encogiéndose de hombros—. No conozco a nadie aquí salvo a la gente de la agencia de modelos, y no creo que ellos pudieran sernos de alguna utilidad.

—¿Le dijo Mark por qué tenía que viajar a Washington?

—No.

—Richard tampoco me lo dijo. Tengo la sensación de que ésa es la clave de por qué fueron asesinados.

—Muy bien. Tenemos la clave. ¿Y de qué nos sirve?

—Ya lo descubriremos. —Diane se quedó pensando por un momento, hasta que se le iluminó el rostro—. ¡Un momento! Conozco a alguien que podría ayudarnos. —Fue hasta el teléfono.

—¿A quién está llamando?

—A la secretaria de Richard. Ella debe saber qué está ocurriendo.

—GKI —respondió una voz en el otro extremo de la línea.

—Por favor, necesito hablar con Betty Baker.

En su oficina, Tanner vio que la luz azul del identificador de voces se encendía. Apretó un botón y oyó la voz de la operadora.

—La señorita Baker no está en su escritorio en este momento.

—¿Me puede decir cómo puedo comunicarme con ella?

—Lo siento. Si me da su nombre y número de teléfono, le diré a ella…

—No importa. —Diane colgó.

La luz azul se apagó.

Diane se volvió a Kelly.

—Creo que Betty Baker podría ser lo que necesitamos. Tengo que encontrar una manera de comunicarme con ella. —Frunció el ceño—. Es muy extraño.

—¿Qué es extraño?

—Una adivina predijo todo esto. Me dijo que veía mucha muerte a mi alrededor, y…

—¡No! —exclamó la otra—. ¿Y no lo denunció al FBI y a la CIA?

Diane la miró fijo un momento.

—No importa. —Kelly se le estaba volviendo cada vez más insoportable—. Vamos a cenar.

—Primero tengo que hacer una llamada. —Tomó el teléfono y habló con la operadora del hotel. —Quiero hacer una llamada a París. —Dio el número y esperó. A los pocos minutos, el rostro de Kelly se iluminó—. Hola, Philippe. ¿Cómo estás?… Todo bien por aquí. —Miró a Diane—. Sí… estaré en casa en un día o dos… ¿Cómo está Ángela?… Ah, qué bien. ¿Me extraña?… ¿Puedo hablar con ella? —Su voz cambió para adoptar el tono que usan los adultos para dirigirse a los niños pequeños—. Ángela, mi amor, ¿cómo estás?… Soy mamá. Philippe me dice que me extrañas… yo también te extraño. Pronto volveré a casa y podré alzarte y acariciarte, mi amor.

Diane se había vuelto para escuchar, intrigada.

—Adiós, bebé… Está bien, Philippe… Gracias. Nos vemos pronto. *Au revoir.*

Kelly advirtió la expresión de asombro de Diane.

—Estaba hablando con mi perro.

—Muy bien, ¿y qué le dijo el animalito?

—La perra. Es una cachorra.

—Era de esperarse.

Era hora de ir a cenar, pero tenían miedo de abandonar la seguridad de la habitación. Pidieron algo al servicio de habitaciones.

La conversación era escasa. Diane trató de entablar algún diálogo con Kelly, pero sin resultados.

—Así que usted vive en París.

—Sí.

—¿Mark era francés?

—No.

—¿Hacía mucho que estaban casados?

—No.

—¿Cómo se conocieron?

"¿Y a ti qué te importa?"

—Realmente no me acuerdo. He conocido a tantos hombres.

—¿Por qué no elimina esa muralla que ha levantado alrededor de sí misma? —dijo Diane después de estudiar a su renuente compañera.

—¿Nadie le ha informado —respondió Kelly—, que esas murallas se levantan para mantener alejados a los demás?

—Pero a veces sirven para mantener encerradas a las personas, y...

—Vea, señora Stevens. Usted ocúpese de sus cosas. Yo me las arreglaba bastante bien hasta que la conocí. Acabemos con esto.

—Está bien. —"Es la persona más fría que jamás he conocido".

—Voy a darme una ducha —anunció Kelly cuando terminaron la silenciosa cena.

Diane no dijo nada.

Una vez en el baño, Kelly se quitó la ropa, se metió bajo la ducha y la abrió. Era maravilloso sentir el agua tibia que chocaba contra su cuerpo desnudo. Cerró los ojos y dejó que su mente flotara... Podía oír las palabras de Sam Meadows. "Usted sabe que está perdidamente enamorado de usted. Quiere casarse. Espero que no resulte herido". Kelly sabía que Meadows tenía razón. A ella le encantaba estar con Mark. Era divertido, atento, amable, un gran amigo. Ése era su atractivo. "Es un gran amigo, pero no estoy enamorada de él. Lo mejor será que dejemos de vernos".

Mark había llamado a la mañana siguiente del banquete.

—Hola, Kelly. ¿Qué te gustaría hacer esta noche? —La voz de Mark indicaba entusiasmo—. ¿Cena y después teatro? ¿O hay algunas tiendas abiertas de noche y entonces podemos…?

—Lo siento Mark. Estoy… esta noche estoy ocupada.

Se produjo un breve silencio.

—Oh, pensé que tú y yo teníamos…

—Pues bien, no lo tenemos. —Kelly se detuvo allí, odiándose a sí misma por lo que le estaba haciendo a él. "Es mi culpa que esto haya llegado tan lejos".

—Está bien. Te llamaré mañana.

Llamó al día siguiente.

—Kelly, si te he ofendido de alguna manera…

—Lo siento, Mark —tuvo que hacer un enorme esfuerzo para continuar—. Yo… me he enamorado de otra persona. —Esperó. El largo silencio era insoportable.

—Oh. —La voz de Mark sonaba temblorosa—. Entiendo. Debí… debía haberme dado cuenta de que nosotros… este… felicitaciones. Realmente deseo que seas muy feliz, Kelly. Por favor, saluda a Ángela de mi parte. —Colgó. Kelly quedó inmóvil, con el teléfono sin comunicación en la mano, sintiéndose muy mal. "Pronto me olvidará", pensó, "y encontrará a alguien que pueda brindarle la felicidad que se merece".

Ella trabajaba todos los días, abriéndose camino con sonrisas por las pasarelas y escuchando los aplausos del público, pero por dentro había tristeza. La vida no era igual sin su amigo. Se sentía constantemente tentada de llamarlo, pero se resistía. "No debo hacerlo. Ya lo he herido demasiado".

Habían pasado varias semanas y no sabía nada de él. "Está fuera de mi vida. Probablemente ya encontró a otra persona. Me alegro". Y trataba de creer que era así.

Un sábado por la tarde tuvo que participar en un desfile de modelos de un elegante salón lleno con la elite de París. Salió a la pasarela y apenas apareció se produjo la aclamación habitual. Desfilaba detrás de una modelo que llevaba un traje de tarde con un par de guantes en las manos. Se le cayó uno sobre la pasarela y cuando Kelly lo vio, ya era demasiado tarde. Tropezó con él y cayó de bruces al suelo. Un grito ahogado salió del público. Allí estaba ella, humillada. Hizo esfuerzos por no llorar, respiró hondo, temblando, se puso de pie y salió corriendo de la pasarela.

Cuando llegó a los vestidores, la jefa del guardarropa se le acercó.

—Tengo listo el vestido de noche. Mejor…

—No… —replicó Kelly sollozando—. No puedo presentarme ante toda esa gente. Se reirán de mí. —Comenzaba a perder el control de sí—. Estoy terminada. Jamás volveré a desfilar. ¡Jamás!

—Por supuesto que vas a desfilar.

Kelly se dio vuelta. Mark estaba de pie junto a la puerta.

—¡Mark! ¿Qué… qué estás haciendo aquí?

—Bueno, yo… he estado dando vueltas por aquí últimamente.

—¿Viste… viste lo que ocurrió allí?

Mark sonrió.

—Fue maravilloso. Me alegro de que haya ocurrido.

Ella se quedó mirándolo.

—¿Qué… qué dices?

Él se acercó y sacó el pañuelo para secarle las lágrimas.

—Kelly, antes de aparecer esta tarde en la pasarela, el público pensaba que sólo eras un sueño bello e intocable, una fantasía fuera del alcance. Cuando tropezaste y caíste, se dieron cuenta de eras humana, y todos te adoraron todavía más por eso. Ahora, vuelve y hazlos felices.

Miró a los compasivos ojos de Mark, y fue en ese momento que se dio cuenta de que estaba enamorada de él.

La mujer del guardarropa estaba colocando el vestido de noche de nuevo en su percha.

—Dame eso —dijo Kelly. Miró a Mark y le sonrió a través de las lágrimas.

Cinco minutos más tarde, cuando ya ella caminaba sobre la pasarela, se produjo una oleada de estruendosos aplausos y fue ovacionada por un público que se ponía de pie. Kelly se detuvo frente a todos, sobrecogida por la emoción. Era maravilloso tener a Mark de nuevo en su vida. Recordó lo nerviosa que había estado al principio...

Kelly había estado tensa, esperando que Mark avanzara un poco más con ella, pero él era siempre el perfecto caballero. La timidez de él la hacía sentir más segura de sí. Era Kelly quien iniciaba la mayoría de las conversaciones, y cualquiera que fuera el tema, ella descubría que Mark además de saber de todo, era divertido.

—Mark —le dijo ella una noche—, mañana por la noche hay un gran concierto sinfónico. ¿Te gusta la música clásica?

—Crecí con ella —asintió él con un gesto.

—Bien. Iremos.

El concierto fue brillante y el público entusiasta.

—Kelly —dijo Mark al llegar al departamento de ella—. Yo... te he mentido.

"Debí haberlo sabido", pensó Kelly. "Es como todos los demás. Esto se acabó". Se preparó para las explicaciones.

—Ah sí.

—Sí. En realidad no me gusta la música clásica.

Kelly se mordió el labio para no estallar de la risa.

—Quiero agradecerte que me hayas regalado a Ángela. Es una gran compañía. —"Igual que tú", pensó. Mark tenía los ojos azules más brillantes que ella jamás hubiera visto, y una adorable, pícara, sonrisita. Cuánto disfrutaba ella de su compañía y...

El agua estaba enfriándose. Cerró la ducha, se secó con una toalla, se puso una bata y fue a la sala.

—Todo suyo.

—Gracias.

Diane se puso de pie y entró en el baño. El lugar parecía haber sido devastado por un huracán. El suelo estaba mojado y había toallas desparramadas por todas partes.

Furiosa, regresó al dormitorio.

—El baño es un desastre. ¿Está acostumbrada a que alguien ordene lo que usted desordena?

—Así es, señora Stevens —respondió Kelly con una dulce sonrisa—. En realidad, crecí rodeada de mucamas que se ocupaban de mí.

—Pues yo no soy una de ellas.

"Ni siquiera estarías a la altura de ellas".

Diane respiró hondo.

—Creo que será mejor que nosotras...

—No existe eso de "nosotras", señora Stevens. Está usted por un lado y yo por otro.

Se miraron largamente la una a la otra. Luego, sin decir palabra, Diane se dio vuelta y entró en el baño. Quince minutos más tarde, cuando salió, Kelly ya estaba en la cama.

Diane se dispuso a apagar las luces principales.

—¡No haga eso! —Sus palabras fueron un grito.

—¿Qué? —reaccionó Diane, que la miraba sobresaltada.

—Deje las luces encendidas.

—¿Usted le teme a la oscuridad? —preguntó en tono burlón.

—Sí. Le tengo... le tengo miedo a la oscuridad. —"Desde que Mark murió".

—¿Por qué? —quiso saber Diane, en tono protector—. ¿Acaso sus padres la atemorizaban con cuentos de fantasmas cuando era niña?

Se produjo un largo silencio.

—Así es.

Diane fue a su cama. Se acostó y al cabo de un minuto cerró los ojos.

"Richard, querido, nunca creí que alguien podía morir por amor, con el corazón destrozado. Ahora lo creo. Te necesito tanto. Necesito que me guíes. Necesito tu calor y tu amor. Estás aquí, en alguna parte, sé que estás aquí. Puedo sentirte. Eres un don que Dios me ha concedido en préstamo, pero no por mucho tiempo. Buenas noches, mi ángel guardián. Por favor, nunca me abandones. Por favor".

En su cama, Kelly pudo oír los ahogados sollozos de su compañera. Sus labios se apretaron. "Cállate. Cállate. Cállate". Y las lágrimas comenzaron a rodar por sus mejillas.

Capítulo veintisiete

Cuando Diane se despertó a la mañana, Kelly estaba sentada en una silla, de cara a la pared.

—Buen día —saludó—. ¿Pudo dormir?

No hubo respuesta.

—Tenemos que decidir cuál será nuestro próximo paso. No podemos quedarnos aquí para siempre.

Ninguna respuesta.

Exasperada, Diane habló casi a los gritos.

—¡Kelly! ¿Puede oírme?

La otra giró sobre su silla.

—¡Por favor! Estoy en medio de mi mantra.

—Oh... disculpe. No me...

—Está bien. —Se puso de pie—. ¿Le dijo alguien alguna vez que usted ronca?

Diane sintió una pequeña conmoción. Podía oír la voz de Richard que le decía, después de la primera noche que durmieron juntos: "Querida, ¿sabías que roncabas? Digámoslo de otra manera. No es realmente un ronquido. Tu nariz resuena con deliciosas pequeñas melodías toda la noche, como si fuera música de ángeles". Él la había tomado en sus brazos y...

—Pues, sépalo. Usted ronca —dijo Kelly. Fue hasta el televisor y lo encendió—. Veamos qué está ocurriendo en el mundo. —Comenzó a recorrer los canales hasta que de pronto se detuvo. Había un noticiario y el anfitrión era Ben Roberts—. ¡Ése es Ben! —exclamó.

—¿Quién es Ben? —quiso saber Diane con tono indiferente.

—Ben Roberts. Hace noticiarios y programas de entrevistas. Es el único periodista que realmente me gusta. Él y Mark se hicieron muy amigos. Un día... —Se detuvo bruscamente.

Ben Roberts estaba diciendo:

"...y ahora un boletín que acaba de llegar. Se informa que Anthony Altieri, el supuesto jefe de la mafia, recientemente declarado inocente en un juicio por asesinato, murió esta mañana, de cáncer. Era..."

Kelly se volvió a su compañera.

—¿Oyó eso? Altieri murió.

Diane no sintió nada. Eran noticias de otro mundo, de otro tiempo. La miró a Kelly.

—Creo que lo mejor será que nos separemos. Las dos juntas somos más fáciles de descubrir.

—Bien —respondió Kelly secamente—. Somos de la misma altura.

—Quiero decir...

—Sé lo que quiere decir. Pero puedo ponerme una cara blanca y...

—¿Qué? —exclamó Diane mirándola intrigada.

—Bromeaba. Es buena idea eso de separarnos. Eso es casi un plan, ¿no?

—Kelly...

—Sin duda ha sido un gusto conocerla, señora Stevens.

—Salgamos de aquí —dijo Diane fríamente.

El vestíbulo estaba lleno de mujeres que asistían a un congreso y estaban registrándose, además de una media docena de huéspedes que abandonaban el hotel. Kelly y Diane esperaron su turno en fila.

En la calle, al mirar hacia el vestíbulo, Harry Flint las vio y se escabulló para no ser visto. Tomó su teléfono celular.

—Acaban de bajar al vestíbulo.

—Bien. ¿Ya llegó Carballo, señor Flint?

—Sí.

—Hagan exactamente lo que les dije. Cubran la entrada del hotel desde las dos esquinas, así, vayan para el lado que sea, quedarán atrapadas. Quiero que desaparezcan sin dejar rastros.

Kelly y Diane finalmente llegaron frente al cajero.

—Espero que hayan tenido una estada agradable.

—Muy agradable, gracias —dijo Diane. "Todavía estamos con vida".

—¿Sabe hacia dónde va ahora, señora Stevens? —preguntó Kelly al dirigirse a la puerta del vestíbulo.

—No. Sólo quiero escapar de Manhattan. ¿Y usted?

"Yo sólo quiero escapar de usted".

—Regreso a París.

Ambas salieron juntas y miraron con cuidado hacia todos lados. Sólo vieron el habitual movimiento de personas caminando. Todo parecía normal.

—Adiós, señora Stevens —se despidió Kelly con tono de alivio en la voz.

—Adiós, Kelly.

Kelly Harris se dirigió a la izquierda y comenzó a caminar hacia la esquina. Diane la siguió con la mirada por un momento, luego giró hacia la derecha y comenzó a caminar en la dirección opuesta. No habían dado más de seis o siete pasos cuando Harry Flint y Vince Carballo aparecieron súbitamente en cada extremo de la manzana. La expresión en la cara de Carballo era de maldad. Los labios de Flint seguían sonriendo.

Los dos hombres comenzaron a acercarse a las dos mujeres, abriéndose paso a empujones entre los peatones. Diane y Kelly se volvieron para mirarse una a la otra. Habían sido emboscadas. Las dos corrieron de vuelta a la entrada del hotel, pero la puerta estaba tan llena de gente que no había manera de que pudieran entrar con rapidez. No tenían a dónde ir. Los dos hombres se acercaban.

Kelly se volvió hacia Diane, y mientras la miraba asombrada, ésta sonreía y saludaba alegremente a Flint y luego a Carballo.

—¿Se ha vuelto loca? —murmuró.

Diane, siempre sonriendo, sacó su teléfono celular y habló rápidamente.

—Estamos frente a la puerta del hotel... oh, Dios. ¿Está a la vuelta de la esquina? —Sonrió e hizo el signo de la victoria para que Kelly lo viera—. Estarán aquí en un minuto —dijo a toda voz. Miró a Flint y a Carballo y dijo al teléfono—: No, sólo son dos. —Escuchó y luego se rió—. Muy bien... ¿Están aquí? Muy bien.

Mientras Kelly y los dos hombres la miraban, Diane bajó el borde de la acera y avanzó por la calle, observando los coches que venían hacia ella. Comenzó a hacer señas a un vehículo que se acercaba, todavía a la distancia. Con entusiasmo aumentó la urgencia de las señales. Flint y Carballo se detuvieron, intrigados por lo que estaba ocurriendo. Diane señaló a los dos hombres.

—¡Por allá! —gritó al tránsito que venía hacia ella. Sus señales cada vez más notorias—. ¡Por allá!

Flint y Carballo se miraron el uno al otro y tomaron una rápida decisión. Volvieron sobre sus pasos y desaparecieron por las esquinas.

Kelly no apartaba sus ojos de Diane, con el corazón que le latía con fuerza.

—Se fueron —dijo—. ¿Con quién... con quién estaba hablando?

Diane respiró hondo para serenarse.

—Con nadie. Las pilas están agotadas.

Capítulo veintiocho

Kelly miraba atónita a Diane.

—Eso fue fantástico. Ojalá se me hubiera ocurrido a mí.

—Ya se le ocurrirá —respondió Diane secamente.

—¿Qué va a hacer ahora?

—Salir de Manhattan.

—¿Cómo? —quiso saber la otra—. Van a estar vigilando todas las estaciones de trenes y de autobuses, los aeropuertos, las agencias de alquiler de vehículos...

—Podemos ir a Brooklyn —sugirió Diane después de pensar un momento—. No nos van a buscar allí.

—Bien —dijo Kelly—. Adelante.

—¿Qué?

—Yo no voy con usted.

Diane comenzó a decir algo pero luego cambió de idea.

—¿Está segura?

—Sí, señora Stevens.

—Bien, entonces, nosotras... adiós.

—Adiós.

Kelly se quedó mirándola mientras Diane Stevens llamaba a un taxi y comenzaba a subir al vehículo. Allí estaba ella, vacilando, tratando de tomar una decisión. Estaba sola, en una calle que no conocía, sin ningún lugar a dónde ir y sin nadie a quién recurrir. La puerta del taxi se cerró y el coche comenzó a moverse.

—¡Espere! —gritó.

El taxi se detuvo. Ella corrió hasta alcanzarlo.

Diane abrió la puerta para que subiera. Se acomodó en su asiento.

—¿Qué la hizo cambiar de idea?

—Acabo de darme cuenta de que nunca he estado en Brooklyn.

Diane la miró un momento y sacudió la cabeza.

—¿A dónde? —preguntó el chofer del taxi.

—Llévenos a Brooklyn, por favor —indicó Diane.

Se puso en marcha.

—¿Algún lugar en particular?

—Vaya y recorramos el lugar.

Kelly miró a su compañera con gesto de incredulidad.

—¿No sabe a dónde vamos?

—Lo sabré cuando llegue allí.

"¿Por qué habré regresado?", se preguntaba Kelly.

Hicieron el viaje en silencio, una sentada junto a la otra. En veinte minutos estaban cruzando el Puente de Brooklyn.

—Estamos buscando un hotel —le dijo Diane al chofer—, pero no estoy segura cuál...

—¿Quiere un lindo hotel, señora? Yo conozco uno. Se llama Adams. Le gustará.

El Hotel Adams era un edificio de ladrillos de cinco pisos con marquesina y portero en la entrada.

—¿Les parece bien éste? —preguntó el chofer cuando el taxi se detuvo junto al borde de la acera.

—Creo que sí —respondió Diane.

Su compañera no abrió la boca.

Bajaron del taxi y el portero les dio la bienvenida.

—Buenos días, señoras. ¿Van a registrarse?

—Sí —respondió Diane con un gesto afirmativo.

—¿Tienen equipaje?

—La aerolínea perdió nuestras valijas —explicó Diane con soltura—. ¿Hay algún lugar por aquí donde podamos comprar algo de ropa?

—En la siguiente calle hay un buen negocio de ropa para mujeres. Pero tal vez quieran registrarse primero en el hotel así luego podemos hacer que lleven sus cosas directamente a su habitación.

—Muy bien. ¿Está seguro de que tienen habitaciones para nosotras aquí?

—En esta época del año no hay problemas.

El empleado detrás del mostrador de la conserjería del hotel les dio los formularios para registrarse.

—Emily Brönte —dijo Kelly en voz alta cuando firmó el suyo.

Diane miró al empleado para ver si daba muestras en su rostro de reconocer el nombre. Nada. "Mary Cassatt", escribió ella.

El empleado recibió sus tarjetas de registro.

—¿Desean pagar con tarjeta de crédito?

—Sí, nosotras…

—No —interrumpió Diane con rapidez.

Kelly la miró y asintió de mala gana.

—¿Equipaje?

—Está por llegar. En un momento regresamos.

—Tienen la suite 515.

El empleado las observó al salir por la puerta. "Dos verdaderas bellezas. Y solas. Qué desperdicio".

La boutique For Madame era un cuerno de la abundancia. Había toda clase de ropa para mujer, y una sección "cueros" con carteras y valijas.

—Parece que esta vez tuvimos suerte.

—¿En qué puedo ayudarlas? —ofreció una vendedora que se acercó a ellas.

—Estamos mirando —respondió Diane.

La vendedora las siguió con la mirada mientras cada una tomaba un carrito de compras y comenzaban a caminar por el local.

—¡Mira! —señaló Kelly—. Medias. —Tomó media docena de pares y su compañera hizo otro tanto.

—Calzas...

—Corpiños...

—Bombachas...

Rápidamente sus carritos estuvieron llenos de ropa interior.

La vendedora se acercó presurosa con dos carritos más.

—Permítanme ayudarlas.

—Gracias.

Comenzaron a llenar los nuevos carritos.

—No sabemos cuándo podremos ir de compras otra vez —dijo Kelly volviéndose a su compañera mientras revisaba un perchero con pantalones. Eligió cuatro.

A su vez, Diane se decidió por algunos pantalones y un vestido de verano a rayas.

—No puede ponerse eso —indicó Kelly—. Las rayas la harán parecer gorda.

Estuvo a punto de volver a colocar el vestido en su sitio, hasta que miró a Kelly.

—Llevaré éste —dijo dándoselo a la vendedora.

La joven miraba asombrada mientras las dos clientas recorrían el resto del lugar. Cuando terminaron, lo que habían elegido llenaba cuatro valijas.

—Esto debería alcanzarnos para un tiempo —dijo Kelly sonriendo al ver la totalidad de la compra.

—¿Efectivo o tarjeta de crédito? — preguntó la cajera cuando las dos mujeres se acercaron.

—Tarjeta...

—Efectivo —dijo Diane.

Ambas abrieron sus carteras y dividieron la cuenta. Las dos pensaron lo mismo. "Nos estamos quedando sin efectivo".

—Estamos en el Adams. ¿Podrían...?

—¿Quieren que les enviemos sus cosas? Seguro. ¿Sus nombres?

Kelly vaciló un momento.

—Charlotte Brönte.

Diane la miró.

—Emily. Emily Brönte.

—Correcto —recordó Kelly.

La cajera las observaba con expresión de confusión en su rostro. Se volvió a Diane.

—Este... —Su mente se movía a toda velocidad. ¿Con qué nombre había firmado? "¿Georgia O'Keefe... Frida Kahlo... Joan Mitchell...?

—Su nombre es Mary Cassatt —dijo Kelly.

La cajera tragó saliva.

—Por supuesto.

Junto a For Madame había una perfumería.

—Otra vez estamos con suerte. —Diane sonrió.

Se apresuraron a entrar y comenzaron otro festival de compras.

—Máscara...

—Rubor...

—Cepillo de dientes...

—Tampones y toallas íntimas...

—Lápiz de labios...

—Pinzas para el cabello...

—Polvo...

Cuando regresaron al hotel, las cuatro valijas ya habían sido enviadas a su habitación.

Kelly las miraba detenidamente.

—Me pregunto cuáles serán las suyas y cuáles las mías.

—No importa —le aseguró Diane—. Vamos a estar aquí por una semana tal vez, o más, de modo que tendremos que sacar todo para guardarlo.

—Creo que es lo mejor.

Comenzaron a colgar vestidos y pantalones, a distribuir la lencería en cajones y a poner los artículos de tocador en el baño.

Cuando las valijas estuvieron vacías y cada cosa estuvo en su lugar, Diane se quitó los zapatos y el vestido y aliviada se hundió en una de las camas.

—Esto es muy cómodo. —Suspiró satisfecha—. No sé usted, pero yo voy a cenar en la cama. Luego me daré un largo y agradable baño caliente. No pienso moverme de aquí.

Una mucama uniformada y de rostro agradable golpeó y entró en la habitación, con una pila de toallas limpias.

Dos minutos más tarde, salió del baño.

—Si hay algo que necesiten, por favor toquen el timbre. Que tengan buenas noches.

—Gracias. —Kelly la siguió con la mirada mientras se iba.

Diane hojeaba la revista del hotel que había tomado de la mesa de luz.

—¿Sabe en qué año se construyó este hotel?

—Vístase —ordenó Kelly—. Nos vamos.

—Fue construido en…

—Vístase. Nos vamos de aquí.

Diane la miró.

—¿Qué es esto? ¿Una broma?

—No. Algo terrible está por ocurrir. —Su voz indicaba pánico.

Diane, alarmada, se sentó en la cama.

—¿Qué es lo que va a ocurrir?

—No sé. Pero tenemos que salir de aquí, o ambas moriremos.

Su miedo era contagioso, pero carecía de sentido.

—Kelly, no está siendo razonable. Si…

—Te lo ruego, Diane.

Al pensar en ello más tarde, Diane nunca supo si se dejó persuadir debido a la urgencia en la voz de Kelly, o debido a que era la primera vez que la tuteaba y la llamaba por su nombre.

—Muy bien —Diane se levantó—. Empaquemos nuestras cosas y…

—¡No! ¡Deja todo!

Diane la miró sin poder dar crédito a lo que acababa de oír.

—¿Dejar todo? Acabamos…

—¡De prisa! ¡Ya!

—Está bien. —Mientras Diane se vestía de mala gana, pensó: "Espero que sepa lo que está haciendo. Si..."

—¡Rápido! —Su voz era un grito ahogado.

Terminó de vestirse rápidamente y siguió a Kelly por la puerta. "Debo de estar tan loca como ella", decidió Diane con fastidio.

Cuando llegaron al vestíbulo, se dio cuenta que debía apurar el paso para mantenerse a la par de Kelly.

—¿Te molestaría decirme a dónde vamos?

Una vez afuera, Kelly miró alrededor.

—Hay un parque frente al hotel. Necesito... necesito sentarme.

Exasperada, Diane la siguió hasta el parque. Se sentaron en un banco.

—¿Qué estamos haciendo? —quiso saber.

En ese mismo instante, se produjo una tremenda explosión dentro del hotel y desde donde estaban, pudieron ver cómo volaban las ventanas de la habitación que ambas habían estado ocupando lanzando por el aire fragmentos de vidrio y mampostería.

Atónita y sin poder creerlo, Diane observaba lo que estaba ocurriendo.

—Eso... eso fue una bomba... —El terror dominaba su voz—. Se volvió hacia Kelly—. ¿Cómo... cómo lo supiste?

—La mucama.

—¿Qué tiene la mucama? —Diane la miró intrigada.

—Las mucamas de hotel —explicó Kelly con voz tranquila— no usan zapatos Manolo Blahnik de trescientos dólares.

A Diane comenzaba a resultarle difícil respirar.

—¿Cómo... cómo pudieron habernos encontrado?

—No lo sé —dijo Kelly—. Pero recuerda con quién nos estamos enfrentando.

Ambas permanecieron allí, sentadas, llenas de miedo.

—¿Te dio algo Tanner Kingsley cuando estuviste en su oficina? —preguntó Diane.

—No. —Kelly sacudió la cabeza—. ¿Y a ti, te dio algo?

—No.

Ambas lo descubrieron en el mismo momento.

—¡Su tarjeta!

Abrieron sus carteras y sacaron las tarjetas de visita que Tanne Kingsley les había dado. Diane trató de romper la suya por la mitad. No pudo doblarla.

—¡Hay una especie de chip adentro! —dijo furiosa.

Kelly trató de romper la suya.

—También en la mía. Así es como esos bastardos pudieron seguirnos.

Diane tomó la tarjeta de Kelly.

—Ya no más —dijo con rencor.

Se acercó a la calle, bajó el borde de la acera y arrojó las tarjetas sobre el pavimento bajo la mirada atenta de su compañera.

En pocos minutos una docena de automóviles y camiones habían pasado por encima de ellas.

A la distancia, el sonido de las sirenas que se acercaban llenaba el aire.

Kelly se puso de pie.

—Será mejor que nos alejemos de aquí, Diane. Ahora que ya no pueden seguirnos, todo estará bien. Yo vuelvo a París. ¿Qué harás tú?

—Tratar de descubrir por qué está ocurriendo todo esto.

—Ten cuidado.

—Tú también.

Diane vaciló un momento.

—Kelly... gracias. Me salvaste la vida.

—Me siento mal por algo que dije —confesó—. Te mentí.

—¿Sí?

—Me refiero a tus cuadros.

—Sí.

—La verdad es que me gustaron... mucho. Eres muy buena.

—Gracias. —Diane sonrió—. Me temo que no me comporté muy correctamente contigo.

—¿Diane?

—¿Sí?

—Nunca tuve criadas cuando era niña.

La otra lanzó una carcajada. Se abrazaron.

—Me alegra habernos conocido —dijo Diane afectuosamente.

—A mí también.

Permanecieron así un momento, mirándose una a la otra. Les resultaba difícil despedirse.

—Tengo una idea —propuso Diane—. Si me necesitas, éste es el número de mi teléfono celular. —Lo escribió en un papel.

—Éste es el mío —dijo Kelly dándoselo.

—Bueno, adiós otra vez.

—Bueno… Adiós, Kelly —dijo Diane en tono vacilante.

Vio cómo Kelly se alejaba. Al llegar a la esquina, se dio vuelta y saludó con la mano en alto. Ella le devolvió el saludo. Mientras Kelly desaparecía, Diane volvió a mirar el ennegrecido agujero que debió haber sido la tumba de ambas y sintió un escalofrío.

Capítulo veintinueve

Kathy Ordóñez entró en la oficina de Tanner Kingsley con los diarios de la mañana.

—Está ocurriendo otra vez. —Le alcanzó los diarios, todos con grandes titulares.

LA NIEBLA PRODUCE CAOS EN GRANDES CIUDADES ALEMANAS.

TODOS LOS AEROPUERTOS ALEMANES CERRADOS POR LA NIEBLA.

MÁS MUERTES PROVOCADAS POR LA NIEBLA EN ALEMANIA.

—¿Le envío esto a la senadora van Luven?

—Sí. De inmediato —ordenó en tono severo.

Presurosa, Kathy abandonó la oficina de su jefe.

Éste consultó su reloj de pulsera y sonrió. "La bomba ya debe de haber explotado. Esas dos malditas finalmente han desaparecido".

—Señor Kingsley —se oyó la voz de su secretaria en el intercomunicador—. La senadora van Luven está en el teléfono. Quiere hablar con usted. ¿Desea atenderla?

—Sí. —Tomó el teléfono—. Tanner Kingsley.

—Hola, señor Kingsley. Habla la senadora van Luven.

—Buenas tardes, senadora.

—Mis asistentes y yo estamos casualmente cerca de sus oficinas y me preguntaba si no le molestaría que pasáramos por allí a hacerle una visita.

—Por supuesto. —El tono de voz de Tanner era de entusiasmo—. Me va a encantar mostrarles el lugar, senadora.

—Bien. Llegaremos allí en un momento.

Tanner apretó el botón del intercomunicador.

—Espero visitas en pocos minutos. No me pase más llamadas.

Recordó la nota necrológica que había visto en los diarios hacía unas pocas semanas. El marido de la senadora, Edmond Barclay, había muerto de un ataque al corazón. "Le daré mi pésame".

La senadora van Luven y sus dos atractivas y jóvenes asistentes llegaron quince minutos más tarde.

Tanner se puso de pie para recibirlas.

—Me encanta que haya decidido venir.

La senadora hizo un gesto con la cabeza.

—Ya conoce usted a Corinne Murphy y Karolee Trost.

—Sí —respondió él sonriendo—. Me alegra volver a verlas. —Se volvió a la senadora—. Me enteré de la desaparición de su marido. Lo siento muchísimo.

—Gracias. —Acompañó sus palabras con un movimiento de cabeza—. Había estado enfermo durante mucho tiempo, hasta que finalmente, hace unas semanas... —Forzó una sonrisa—. Debo decir que la información acerca del calentamiento global que ha estado enviándome es muy impresionante.

—Gracias.

—¿Le gustaría mostrarnos lo que ustedes hacen aquí?

—Por supuesto. ¿Cuánto tiempo tienen para la visita? Tenemos visitas guiadas de cinco días, de cuatro días y de una hora y media.

Corinne Murphy sonrió.

—Sería interesante hacer la visita de cuatro...

—Nos conformaremos con la visita de una hora y media —interrumpió la senadora.

—Con mucho gusto.

—¿Cuántas personas trabajan en GKI? —quiso saber la mujer.

—Aproximadamente dos mil. GKI tiene oficinas en una docena de importantes países en todo el mundo.

Las dos jóvenes se mostraron impresionadas.

—En este edificio tenemos quinientos empleados. Los miembros del personal y los investigadores tienen lugares separados. Cada científico aquí empleado tiene un coeficiente intelectual mínimo de ciento sesenta.

—Son genios —exclamó Corinne Murphy.

La senadora le dirigió una mirada de desaprobación.

—Síganme, por favor —invitó Tanner.

La senadora y sus dos asistentes lo siguieron por una puerta lateral hacia uno de los edificios adyacentes. Las condujo a una sala llena de equipos de aspecto esotérico.

—¿Para qué sirve esto? —preguntó la senadora acercándose a unas máquinas de extraño aspecto.

—Eso es un espectrógrafo de sonido, senadora. Convierte el sonido de una voz en la huella de esa voz. Puede reconocer miles de voces diferentes.

—¿Y cómo lo hace? —quiso saber Trost mientras fruncía el entrecejo.

—Pongámoslo de esta manera. Cuando un amigo llama por teléfono, uno reconoce instantáneamente la voz porque ese esquema de sonido está grabado en nuestro circuito cerebral. Programamos esta máquina de la misma manera. Un filtro electrónico sólo permite que una cierta banda de frecuencias llegue a la grabadora, de modo que sólo pasan las características individuales de la voz de esa persona.

El resto de la visita se convirtió en un fascinante montaje de máquinas gigantescas, microscopios electrónicos en miniatura y laboratorios químicos; salas con pizarrones llenos de misteriosos símbolos, laboratorios con docenas de científicos trabajando juntos y oficinas donde un solo científico estaba absorto tratando de resolver algún arcano problema.

Pasaron junto a un edificio de ladrillo rojo con puertas que ostentaban cerraduras dobles.

—¿Qué hay allí? —preguntó la senadora.

—Se trata de una investigación secreta del gobierno. Lo siento, pero está prohibida la entrada, senadora.

La visita demoró dos horas. Cuando terminó, Tanner acompañó a las tres mujeres de regreso a su oficina.

—Espero que hayan disfrutado la visita —dijo él.

—Fue interesante —respondió la senadora haciendo un gesto con la cabeza.

—Fue muy interesante —amplió Corinne con una sonrisa. Tenía los ojos fijos en Tanner.

—Me encantó —exclamó Karolee Trost.

El anfitrión se volvió a la senadora.

—Ya que estamos juntos otra vez, aprovecho y le pregunto: ¿ha tenido ocasión de comentar con sus colegas sobre el problema ambiental del que ya hemos hablado?

—Sí. —La voz de la senadora no significaba compromiso alguno.

—¿Podría decirme cuáles cree usted que son las posibilidades, senadora?

—Esto no es un asunto de adivinanzas, señor Kingsley. Habrá más conversaciones. Cuando se tome alguna decisión, se lo haré saber.

Tanner logró mostrar una sonrisa.

—Gracias. Y gracias también por esta visita.

Se quedó mirándolas mientras se retiraban.

Cuando las puertas se cerraron detrás de ellas, la voz de Kathy Ordóñez se hizo oír por el intercomunicador.

—Señor Kingsley, Saida Hernández ha estado tratando de comunicarse con usted. Dijo que era urgente, pero como usted me dijo que no le pasara ninguna llamada.

—Comuníqueme con ella.

Saida Hernández era la mujer que había enviado al Hotel Adams a poner la bomba.

—Línea uno.

Tanner tomó el teléfono, seguro de la buena noticia.

—¿Todo anduvo bien, Saida?

—No. Lo siento, señor Kingsley. —Se podía oír el miedo en su voz—. Escaparon.

El cuerpo de Tanner se puso tenso.

—¿Escaparon?

—Sí, señor. Salieron antes de que la bomba estallara. Un botones las vio salir del vestíbulo del hotel.

Tanner colgó el teléfono con un golpe. Apretó el botón para llamar a la secretaria.

—Que vengan Flint y Carballo.

Un minuto después, Harry Flint y Vice Carballo entraban en la oficina.

Se dirigió a ambos. Estaba hecho una furia.

—Esas malditas escaparon otra vez. Es la última vez que voy a tolerar semejante cosa. ¿Me entienden? Les diré dónde están y ustedes se ocuparán de ellas. ¿Alguna pregunta?

Flint y Carballo se miraron el uno al otro.

—No, señor.

Tanner apretó el botón que descubría el mapa electrónico de la ciudad.

—Mientras tengan consigo las tarjetas que les di, podremos rastrearlas…

Vieron que las luces electrónicas se encendían en el mapa que apareció en la pantalla del televisor. Tanner apretó un botón. Las luces no se movieron.

Hizo crujir los dientes.

—Se deshicieron de las tarjetas. —Su rostro era cada vez más rojo. Se volvió hacia los dos hombres—. Quiero que las maten hoy mismo.

Flint, intrigado, miró a su jefe.

—Si no sabemos dónde están, ¿cómo podemos…?

—No creerás que voy a permitir que una mujer me supere tan fácilmente, ¿no? Mientras tengan sus teléfonos celulares, no irán a ninguna parte sin que nosotros nos enteremos.

—¿Usted puede conseguir los números de sus teléfonos celulares? —preguntó Flint sorprendido.

Tanner no se molestó en responder. Estaba examinando el mapa.

—A esta altura, es muy probable que ya se hayan separado. —Apretó otro botón—. Probemos primero con Diane Stevens. —Marcó un número.

Las luces en el mapa comenzaron a moverse y poco a poco fueron concentrándose en las calles de Manhattan, pasando por hoteles, negocios y centros comerciales. Finalmente las luces se detuvieron en una tienda en cuyo frente podía leerse un cartel que decía: "De todo para todos".

—Diane Stevens está en un centro comercial. —Apretó otro botón—. Veamos dónde está la señora Harris. —Repitió el mismo procedimiento—. Las luces comenzaron a moverse otra vez, en esta ocasión se dirigieron a otro lugar de la ciudad.

Los tres observaban cómo el área iluminada se estrechaba hasta señalar sólo una calle con una tienda de ropa, un restaurante, una perfumería y una estación de autobuses. Las luces recorrieron el área y de pronto se detuvieron frente a un enorme edificio abierto.

—Kelly Harris está en la estación de autobuses. —La voz de Tanner era severa—. Tenemos que atraparlas rápido.

—¿Cómo? —quiso saber Carballo—. Están en extremos opuestos de la ciudad. Cuando lleguemos allí, ya se habrán ido.

Tanner se dio vuelta.

—Vengan conmigo. —Se dirigió a la sala contigua y los otros dos lo siguieron de cerca. La sala en la que entraron tenía una serie de monitores, computadoras y teclados electrónicos cuyas teclas estaban codificadas con diferentes colores. Sobre un estante había una pequeña máquina chata y docenas de discos compactos y dvd. Tanner buscó entre ellos y puso uno con el rótulo "Diane Stevens" en la máquina.

—Éste es un sintetizador de voz —les explicó a los otros dos—. Las voces de la señora Stevens y de la señora Harris fueron digitalizadas con anterioridad. Los patrones de sus maneras de hablar han sido grabados y analizados. Con sólo apretar un botón, cada palabra que yo diga será calibrada para duplicar sus voces. —Tomó un teléfono celular y apretó algunos números.

—Hola —dijo una voz cautelosa. Era la voz de Kelly Harris.

—¡Kelly! Me alegra haberte encontrado. —Era Tanner quien hablaba, pero la voz que se oía era la de Diane Stevens.

—¡Diane! Me encontraste justo a tiempo. Estaba a punto de irme de este lugar.

Flint y Carballo escuchaban maravillados.

—¿A dónde vas, Kelly?

—A Chicago. Me voy a casa en un avión que sale de O'Hare.

—Kelly, no puedes irte ahora.

Se produjo un momento de silencio.

—¿Por qué?

—Porque descubrí qué es lo que realmente está ocurriendo. Ya sé quién mató a nuestros maridos y por qué.

—¡Oh, Dios mío! ¿Cómo… estás segura?

—Absolutamente. Tengo todas las pruebas que necesitamos.

—Diane, eso es maravilloso.

—Tengo las pruebas conmigo. Estoy en el Hotel Delmont, en la suite A del *penthouse*. De aquí me voy al FBI. Quería que fueras conmigo, pero si tienes que regresar a tu casa, lo entiendo…

—¡No, no! Quiero… quiero ayudar a terminar lo que Mark estaba tratando de hacer.

Flint y Carballo seguían cada palabra fascinados. Como fondo se pudo oír el anuncio en la estación de la partida de un autobús a Chicago.

—Iré contigo, Diane. ¿Hotel Delmont, dijiste?

—Sí. En la Calle 86. *Penthouse* A.

—Voy para allá. Te veo en un rato.

Se interrumpió la comunicación.

Tanner se dirigió a sus hombres.

—Medio problema resuelto. Ahora nos ocuparemos por resolver la otra mitad.

Insertó otro disco compacto en el sintetizador, esta vez el rótulo decía "Kelly Harris" mientras Flint y Carballo observaban. Movió un interruptor en el teléfono y apretó algunos números.

Casi de inmediato se oyó la voz de Diane.

—Hola...

Tanner le habló al teléfono, pero era la voz de Kelly la que salía.

—Diane...

—¡Kelly! ¿Estás bien?

—Estoy encantada. Tengo noticias fascinantes. Descubrí quién mató a nuestros maridos y por qué.

—¿Cómo dices? ¿Quién... quién...?

—No podemos hablar de esto por teléfono, Diane. Estoy en el Hotel Delmont, en la Calle 88, suite A del *penthouse*. ¿Podemos encontrarnos allí?

—Por supuesto. Voy de inmediato.

—Espléndido, Diane. Estaré esperando.

Tanner apagó el equipo y se volvió a Flint.

—Tú estarás esperando. —Le dio a Flint una llave—. Ésta es la llave de la suite A del *penthouse*. Es la suite de la compañía. Vete allí de inmediato y espéralas. Quiero que las mates apenas atraviesen la puerta. Me ocuparé de que alguien se ocupe de los cuerpos.

Carballo y Tanner siguieron a Flint con la vista cuando éste se dio vuelta y salió presuroso.

—¿Qué quiere que haga yo, señor Kingsley?

—Ocúpate de Saida Hernández.

Ya en el interior de la suite A del *penthouse*, Flint estaba decidido a que esta vez nada saliera mal. Conocía el destino que les daba Tanner a los chapuceros. "Yo no seguiré esa suerte", se dijo. Sacó su arma, controló el cargador y atornilló el silenciador. Todo lo que tenía que hacer a partir de aquel momento era esperar.

A bordo de un taxi a seis calles del Hotel Delmont, la mente de Kelly Harris se movía a gran velocidad, entusiasmada con lo que

Diane le había dicho. "Ya sé quién mató a nuestros maridos y por qué. Tengo todas las pruebas que necesitamos... Mark, les haré pagar por lo que te hicieron".

A Diane la consumía la fiebre de la impaciencia. La pesadilla estaba por terminar. De alguna manera Kelly había descubierto quién estaba detrás de la conspiración para matarlas y tenía las pruebas. "Haré que estés orgulloso de mí, Richard. Te siento cerca de mí, y..."

Aquellos pensamientos fueron interrumpidos por el chofer del taxi.

—Ya llegamos, señora. Hotel Delmont.

Capítulo treinta

Cuando Diane atravesó el vestíbulo del Hotel Delmont para dirigirse a los ascensores su corazón comenzó a latir con más fuerza. No veía la hora de enterarse de lo que Kelly había descubierto.

Se abrió la puerta de uno de los ascensores y la gente salió.

—¿Arriba?

—Sí. —Diane subió—. *Penthouse*, por favor. —Su mente se movía a toda velocidad. "¿En qué proyecto habrían estado trabajando sus maridos, tan secreto como para que terminaran asesinados? Además, ¿cómo habría logrado Kelly descubrir la respuesta".

La gente comenzó a amontonarse. La puerta del ascensor se cerró y comenzó a subir. Hacía apenas unas horas que había dejado de ver a Kelly, pero Diane, para su sorpresa, descubrió que la extrañaba.

Finalmente, después de unas cuantas paradas, el ascensorista abrió la puerta.

—Último piso. *Penthouse*.

En la sala de la suite A del *penthouse*, Flint esperaba cerca de la puerta, tratando de escuchar los ruidos en el pasillo. El problema era que la puerta era más gruesa que lo habitual y Flint sabía muy bien por qué. No era para que el ruido no entrara. Era para que de afuera no se oyera nada.

Las reuniones de directorio se realizaban en esa suite del último piso, y a Flint le gustaba bromear diciendo que en esas reuniones participaban tantos directores como "directoras". Tres veces al año, Tanner invitaba a los gerentes de GKI de una docena de países. Cuando las reuniones de negocios terminaban, entraba una banda-da hermosas mujeres para divertir a los hombres. Flint había estado de guardia en varias de esas orgías y en esta ocasión, mientras espe-raba sentado, pensó en aquel mar de cuerpos jóvenes y desnudos y comenzó a sentir que tenía una erección. Flint sonrió. Las señoras se ocuparían de ella. Harry no se consideraba un necrófilo. Jamás había matado a una mujer para tener relaciones sexuales con ella. Pero si la encontraba ya muerta...

—¿Dónde está la suite A del *penthouse*? —preguntó Diane al sa-lir del ascensor.

—Está a la izquierda, al final del corredor. Pero no hay nadie allí.

—¿Cómo? —Diane se dio vuelta.

—Esa suite sólo se usa para reuniones de directorio, y la próxi-ma recién se realizará en septiembre.

—No voy a ninguna reunión de directorio —replicó Diane con una sonrisa—. Voy a ver a una amiga que me está esperando.

El ascensorista la siguió con la mirada cuando ella se dirigió a la izquierda para dirigirse a la suite A del *penthouse*. Se encogió de hombros, cerró la puerta del ascensor y comenzó a bajar.

A medida que se iba acercando a la puerta de la suite, Diane fue acelerando el paso. Su nerviosismo iba en aumento.

Dentro de la suite, Flint esperaba el golpe a la puerta. "¿Cuál de ellas llegará primero... la rubia o la negra? No me importa. No ten-go prejuicios".

Flint creyó oír que alguien se acercaba a la puerta y apretó sus dedos alrededor de la pistola.

Kelly luchaba por controlar su impaciencia. Antes de llegar al Hotel Delmont había sufrido una serie de demoras: el tránsito... semáforos en rojo... reparaciones de calles... Se le había hecho tarde. Atravesó apresuradamente en vestíbulo del hotel y subió al ascensor.

—*Penthouse*, por favor.

En el piso quince, cuando Diane se acercaba a la suite A, la puerta de una suite vecina se abrió y salió un botones, retrocediendo hacia el pasillo, arrastrando un enorme carrito lleno de equipaje, cerrándole el paso a Diane.

—Le dejaré libre el camino en un momento —se disculpó.

El botones volvió a entrar en la suite y salió con dos valijas más. Diane trató de pasar por el espacio que quedaba, pero no pudo.

—Listo —dijo el botones—. Disculpe la demora. —Movió el carrito y dejó libre el paso.

Diane se dirigió a la suite A y alzó la mano para golpear la puerta cuando una voz en el extremo del pasillo la llamó.

—¡Diane!

Ésta se volvió. Kelly acababa de salir del ascensor.

—¡Kelly...!

Diane corrió por el pasillo para reunirse con ella.

Dentro de la suite, Harry Flint estaba escuchando. ¿Había alguien allí? Podría abrir la puerta para ver, pero eso habría arruinado el plan. "Quiero que las mates apenas atraviesen la puerta".

En el pasillo, Kelly y Diane se abrazaron, encantadas de reencontrarse.

—Disculpa que llegue tarde, Diane —dijo Kelly—, pero el tránsito estaba terrible. Me encontraste justo en el momento en que estaba por tomar un autobús a Chicago.

Diane la miró intrigada.

—¿Que yo te encontré?

—Estaba a punto de subir al autobús cuando me llamaste.

Se produjo un momento de silencio.

—Kelly… yo no te llamé. Tú me llamaste a mí. Querías decirme que tenías las pruebas que necesitábamos para… —Advirtió la expresión de agobio en el rostro del la otra.

—Yo no…

Ambas se volvieron para mirar la suite A del *penthouse*.

Diane respiró hondo.

—Mejor…

—De acuerdo.

Corrieron escaleras abajo un piso, subieron a un ascensor y a los tres minutos ya estaban fuera del hotel.

Dentro de la suite del *penthouse*, Harry Flint miró el reloj. "¿Por qué se demoran estas malditas?"

Diane y Kelly iban sentadas en un coche repleto del subterráneo.

—No sé cómo lo hicieron —dijo Diane—. Era tu voz.

—Y a mí me habló la tuya. No van a parar hasta matarnos. Son como un pulpo con miles de malditos brazos que quieren tomarnos por el cuello.

—Primero tienen que atraparnos para poder matarnos —concluyó Diane.

—¿Cómo pudieron encontrarnos esta vez? Nos deshicimos de las tarjetas de visita de Kingsley y no tenemos ninguna otra cosa que ellos…

Se miraron una a la otra y luego ambas miraron sus teléfonos celulares.

—Pero, ¿cómo encontraron nuestros números de teléfono?

—No olvidemos con quién nos estamos enfrentando. De todas maneras, éste es probablemente el lugar más seguro de Nueva York. Podemos quedarnos en el subterráneo hasta… —Diane miró al otro lado del pasillo y su cara palideció—. Tenemos que salir de aquí —dijo con tono de urgencia—. La próxima estación.

"¿Qué es esto? Recién dijiste...?"

Kelly siguió la dirección de los ojos de Diane. En el cartel alargado que corría por todo el coche del subterráneo con publicidad de diferentes productos, había una foto de Kelly sonriendo y mostrando un hermoso reloj de dama.

—Dios mío.

Se pusieron de pie y se acercaron rápidamente a la puerta. Dos infantes de Marina uniformados, sentados no lejos de ellas, las miraban con insistencia.

Kelly les sonrió. Tomó el teléfono de Diane y junto con el propio, le dio uno a cada uno de ellos.

—Llámennos.

Y las mujeres desaparecieron.

En el *penthouse* sonó el teléfono. Flint lo tomó rápidamente.

—Ha pasado ya más de una hora —dijo Tanner—. ¿Qué ocurre señor Flint?

—Nunca aparecieron.

—¿Cómo? —gritó.

—He estado aquí todo el tiempo, esperando.

—Regresa a la oficina. —Tanner colgó el teléfono de un golpe.

Al principio, la misión no había sido más que una parte rutinaria de los negocios de Tanner. Pero a esa altura se había convertido en un asunto personal. Tomó su teléfono celular y marcó el número de Diane. Respondió uno de los infantes de Marina a los que Kelly les había dado el teléfono.

—Ah, al fin, linda. ¿Qué les parece una buena velada para las dos?

"Las malditas se deshicieron de sus teléfonos".

Era una pensión con aspecto de ser barata en una calle lateral del West Side. Cuando el taxi comenzó a pasar por el frente Diane y Kelly vieron un cartel que decía: "Habitaciones disponibles".

—Deténgase aquí, chofer —ordenó Diane.

Bajaron del vehículo y se dirigieron a la puerta de la casa.

La dueña, que fue quien abrió la puerta, era una agradable mujer de mediana edad llamada Alice Finley.

—Puedo darles una muy agradable habitación por cuarenta dólares la noche, con desayuno incluido.

—Está bien —aceptó Diane. Advirtió la expresión en el rostro de Kelly—. ¿Qué te ocurre?

—Nada. —Cerró los ojos por un instante. Esta pensión no tenía nada que ver con aquella en la que había sido criada, donde tenía que limpiar baños y cocinar para extraños, escuchando los ruidos de su padrastro al golpear a su madre. Logró sonreír—. Está bien.

A la mañana siguiente, Tanner se reunió con Flint y Carballo.

—Se deshicieron de mis tarjetas de visita —les explicó—, y se deshicieron también de sus teléfonos.

—Las perdimos.

—No, señor Flint —replicó Tanner—, no mientras yo viva. No iremos tras ellas. Ellas vendrán a nosotros.

Los dos hombres se miraron el uno al otro y luego miraron a Tanner.

—¿Cómo es eso?

—Diane Stevens y Kelly Harris estarán aquí, en GKI el lunes por la mañana, a las once y cuarto.

Capítulo treinta y uno

Las dos se despertaron al mismo tiempo. Kelly se sentó en la cama y miró a Diane.

—Buenos días. ¿Dormiste bien?

—Soñé con cosas un poco raras.

—Yo también —Diane vaciló—. Kelly... cuando saliste del ascensor en el hotel, justo cuando yo estaba por golpear la puerta del *penthouse*, ¿pensaste que era una coincidencia?

—Por supuesto. Y afortunada para nosotras dos... —Kelly observó el rostro de Diane—. ¿Qué quieres decir?

—Hemos sido muy afortunadas hasta ahora —dijo Diane con cautela—. Digo que hemos sido extremadamente afortunadas. Parecería que alguien o algo nos está ayudando, está guiándonos.

—¿Quieres decir... —Kelly tenía los ojos fijos en ella—... alguien como un ángel guardián?

—Sí.

—Diane —continuó Kelly pacientemente—. Yo sé que tú crees en esas cosas, pero yo no. Yo sé —destacó claramente el verbo—, yo sé que no tengo un ángel guardián por encima de mi hombro.

—Porque todavía no lo has visto —replicó Diane.

—De acuerdo —aceptó la otra haciendo girar sus ojos.

—Vamos a tomar el desayuno —sugirió Diane—. Aquí estamos seguras. Creo que estamos fuera de peligro.

—Si crees que estás fuera de peligro —dijo Kelly soltando un gruñido—, no tienes idea acerca de los desayunos en las pensiones. Vistámonos y vamos a desayunar afuera. Creo que vi un bar en la esquina.

—Bien. Tengo que hacer una llamada. —Diane se acercó al teléfono y marcó un número.

—GKI —atendió una operadora.

—Necesito hablar con Betty Baker.

—Un momento, por favor.

Tanner había visto la luz azul y estaba escuchando en la línea de conferencias.

—La señorita Baker no está en su oficina. ¿Quiere dejar un mensaje?

—No, gracias.

Tanner frunció el entrecejo. "Demasiado breve como para rastrearlo".

Diane se volvió a Kelly.

—Betty Baker está todavía trabajando en GKI, de modo que sólo tenemos que encontrar la manera de llegar a ella.

—Tal vez su número particular esté en la guía telefónica.

—Puede ser —asintió Diane—, pero deben de tener la línea interceptada. —Tomó la guía de teléfonos que estaba a mano y la hojeó hasta llegar a la letra que estaba buscando—. Está en la guía.

Marcó un número, escuchó y lentamente colgó el teléfono.

—¿Qué ocurre? —quiso saber Kelly mientras se acercaba a ella.

Diane demoró un instante en responder.

—Su teléfono ha sido desconectado.

Kelly respiró hondo.

—Creo que necesito una ducha.

Cuando terminó de ducharse y se disponía a salir del baño, se dio cuenta de que había dejado las toallas en el suelo. Iba a salir, vaciló y luego las recogió para colocarlas prolijamente en su lugar. Entró en el dormitorio.

—Todo tuyo.

—Gracias —dijo Diane distraídamente.

Lo primero que Diane advirtió apenas entró en el baño fue que las toallas usadas habían sido puestas donde correspondía. Sonrió.

Se metió en la ducha y dejó que el agua tibia la tranquilizara. Recordó que solía ducharse con Richard y lo agradable que resultaba sentir sus cuerpos tocándose... "Nunca más". Pero los recuerdos siempre estarían disponibles. Siempre...

No faltaban las flores.

—Son hermosas, mi amor. Gracias. ¿Qué estamos celebrando?

—El día de San Swithins.

Y más flores.

—El día en que Washington cruzó el río Delaware.

—El día de las cotorras...

—El día de los amantes del apio.

El día en que la tarjeta que venía con las rosas decía: "Día de los Lagartos Saltarines", Diane no pudo menos que lanzar una carcajada.

—Corazón, los lagartos no saltan.

—Maldición —respondió él poniendo la cabeza entre las manos—. He sido mal informado.

Además a él le encantaba escribirle poemas de amor. Cuando ella iba a vestirse, encontraba uno en los zapatos, o en el corpiño, o en una chaqueta...

Y también estaban las ocasiones en que cuando él regresaba del trabajo, ella lo esperaba junto a la puerta, completamente desnuda, salvo por un par de zapatos de taco alto.

—Amor mío —le decía él—, ¿tanto te gustan esos zapatos?

Las ropas de él quedaban en el suelo y la hora de la cena se postergaba. Ellos...

Oyó la voz de Kelly.

—¿Vamos a desayunar o a cenar?

Caminaron hacia el bar. El día era fresco y claro, con el cielo de un azul transparente.

—Cielo azul —dijo Diane—, buen presagio.

Kelly se mordió el labio para evitar reírse. De alguna manera, las supersticiones de Diane la hacían más querible. Poco antes de llegar al bar, pasaron junto a una pequeña boutique. Se miraron, sonrieron y entraron.

Se les acercó una vendedora.

—¿Puedo ayudarlas?

—Sí —respondió Kelly con entusiasmo.

—Tomémoslo con calma —aconsejó Diane—. Recuerda lo que ocurrió la última vez.

—De acuerdo. Nada de delirios.

Recorrieron la tienda y eligieron una discreta cantidad de artículos. Dejaron la ropa vieja en los vestidores.

—¿No quieren llevarse esa ropa? —preguntó la vendedora.

—No. Entréguela a la caridad —respondió Diane con una sonrisa.

En la esquina había un negocio con toda clase de artículos.

—Mira —señaló Kelly—, teléfonos descartables.

Entraron y compraron dos, cada uno provisto con mil minutos de conversación ya pagada.

—Intercambiemos números de teléfonos otra vez.

—Muy bien —aceptó Diane sonriendo.

Sólo necesitaron unos pocos segundos.

Al salir, mientras Diane estaba pagando en la caja, miró su cartera.

—De verdad estoy comenzando a quedarme sin dinero.

—Yo también.

—Tendremos que comenzar a usar nuestras tarjetas de crédito —sugirió Diane.

—No hasta que entremos en la mágica cueva del conejo.

—¿Cómo?

—Nada. Nada.

Ya sentadas a la mesa en el bar, se acercó la camarera.

—¿Qué les puedo servir, señoras?

Kelly se volvió a Diane.

—Tú primero.

—Quiero un jugo de naranja, jamón y huevos, una tostada y café.

La camarera se dirigió a Kelly.

—¿Y usted?

—Medio pomelo.

—¿Eso es todo? —preguntó Diane.

—Sí.

La camarera se alejó.

—No se puede vivir con sólo medio pomelo.

—Es cuestión de costumbre. He estado a dieta estricta durante años. Algunas modelos comen pañuelos de papel para quitarse el apetito.

—¿En serio?

—En serio. Pero ya no importa. Nunca más voy a volver a modelar.

Diane la estudió un momento.

—¿Por qué?

—Ya no es importante. Mark me enseñó lo que era de verdad importante y... —Se interrumpió, luchando contra las lágrimas—. Ojalá lo hubieras conocido.

—Me habría encantado conocerlo. Pero tienes que comenzar a vivir otra vez.

—¿Y qué me dices de ti? ¿Vas a volver a pintar?

Se produjo un largo silencio.

—Lo intenté... No.

Cuando terminaron el desayuno y se disponían a salir a la calle, Kelly vio que ponían los diarios de la mañana en los expendedores.

Diane comenzó a caminar.

—Un momento —la detuvo Kelly. Se dio vuelta y tomó uno de los periódicos—. ¡Mira!

El artículo ocupaba el lugar principal de la primera plana.

"El Grupo Kingsley Internacional celebrará un servicio fúnebre en honor de todos sus empleados cuyas muertes recientes han sido motivo de especulación en todo el mundo. El tributo tendrá lugar en el edificio de GKI en Manhattan, el lunes a las once y cuarto de la mañana".

—Eso es mañana. —Kelly miró a Diane por un momento—. ¿Por qué crees que están haciendo esto?

—Creo que es una trampa para nosotras.

Kelly asintió con un gesto.

—Yo también. ¿Acaso Kingsley cree que somos tan tontas como para caer...? —Observó la expresión de Diane y dijo, consternada—: ¿Vamos a ir?

Diane movió la cabeza en señal de asentimiento.

—¡No podemos!

—Tenemos que ir. Estoy segura que Betty Barker estará allí. Debo hablar con ella.

—No quiero parecer quisquillosa, ¿pero esperas salir con vida de ese lugar?

—Ya pensaré en alguna manera. —Miró a Kelly y sonrió—. Confía en mí.

La otra sacudió la cabeza.

—Nada me pone más nerviosa que cuando alguien me dice "confía en mí". —Pensó un momento, y su rostro se iluminó—. Tengo una idea. Ya sé cómo manejar esto.

—¿Cuál es tu idea?

—Es una sorpresa.

Diane la miró preocupada.

—¿Realmente piensas que puedes sacarnos de ese lugar?

—Confía en mí.

Cuando regresaron a la pensión, Kelly hizo una llamada telefónica.

Esa noche ninguna de las dos pudo dormir bien. Kelly, echada en su cama, estaba preocupada. "Si mi plan falla, ambas moriremos". Mientras se fue quedando dormida, le pareció ver el rostro de Tanner Kingsley que la observaba. Estaba sonriendo.

Diane estaba orando con los ojos bien cerrados. "Amor mío, ésta puede ser la última vez que hable contigo. No sé muy bien si decirte 'hola' o 'adiós'. Mañana, Kelly y yo iremos a GKI, al homenaje que te hacen. No creo que tengamos demasiadas probabilidades de salir bien de allí, pero tengo que ir, debo tratar de ayudarte. Sólo quería decirte una vez más, antes de que fuera demasiado tarde, cuanto te amo. Buenas noches, mi amor".

Capítulo treinta y dos

El servicio de recordatorio se estaba realizando en el parque de GKI, un espacio que había sido dejado libre en la parte de atrás del complejo edilicio del Grupo Kingsley Internacional, como área de esparcimiento para los empleados. Había unas cien personas reunidas en el parque, al cual sólo se podía acceder a través de dos senderos con portones, uno para entrar, el otro para salir.

En el centro del terreno se había levantado una tarima sobre la que estaban sentados varios ejecutivos de GKI. En un extremo de la fila estaba sentada Betty Baker. Era una atractiva joven de unos treinta y tantos años y aspecto patricio.

Tanner estaba hablando.

—…y esta compañía fue construida con la dedicación y la lealtad de sus empleados. Los valoramos y les rendimos nuestro homenaje. Siempre me gustó pensar en esta empresa como en una familia, todos trabajando juntos en pos del mismo objetivo. —Mientras hablaba inspeccionaba con la vista a los concurrentes—. Aquí, en GKI, hemos resuelto problemas y ejecutado ideas que han hecho que el mundo sea un lugar mejor para vivir, y no hay mayor satisfacción que… —Por el otro extremo del parque, entraron Diane y Kelly. Tanner miró su reloj. Eran las once y cuarenta. Una sonrisa de satisfacción iluminó su rostro. Continuó hablando— …sabiendo que cualquier éxito que tenga esta empresa se lo debe a ustedes…

Diane miró hacia la tarima y tocó con el codo a Kelly.

—Allí está Betty Barker —le indicó con entusiasmo—. Tengo que hablar con ella.

—Ten cuidado.

Diane miró alrededor.

—Esto es demasiado sencillo —dijo inquieta—. Tengo la sensación de que hemos sido... —Se volvió mirando hacia atrás y dio un respingo. Harry Flint y dos de sus hombres habían aparecido en uno de los portones. Los ojos de Diane se volvieron hacia los otros portones. Estaban bloqueados por Carballo y dos hombres más.

—¡Mira! —tenía la garganta seca.

Kelly se volvió para ver a los seis hombres que bloqueaban las salidas.

—¿Hay otra manera de salir de aquí?

—No lo creo.

—...Lamentablemente, algunas desgracias recientes han afectado a varios miembros de nuestra familia. Y cuando una tragedia aflige a la familia, nos afecta a todos. GKI ofrece una recompensa de cinco millones de dólares a cualquiera que pueda dar pruebas de quién o qué está detrás de todo esto.

—Cinco millones de dólares que pasarán de uno de sus bolsillos al otro —dijo Kelly en un susurro.

Tanner dirigió su mirada a Kelly y Diane por encima de los allí reunidos. Sus ojos eran de hielo.

—Tenemos con nosotros a dos dolientes miembros de esta familia, la señora de Mark Harris y la señora de Richard Stevens. Les pido por favor que suban a la tarima.

—No podemos permitir que nos tenga allí —dijo Kelly horrorizada—. Debemos mantenernos aquí, con los demás. ¿Qué hacemos ahora?

Diane la miró sorprendida.

—¿Qué quieres decir? Tú eras quien nos iba a sacar de aquí, ¿recuerdas? Pon en práctica tu plan.

—No funcionó —respondió después de tragar saliva.

—Entonces, usa el plan B —sugirió Diane nerviosamente.

—Diane...

—¿Sí?

—No existe un plan B.

Diane abrió muy grandes los ojos.

—¿Quieres decir... que dejaste que viniéramos a este lugar sin ninguna idea de cómo salir?

—Pensé...

—¿Podrían la señora Stevens y la señora Harris acercarse, por favor? —se oyó la voz de Tanner por los altoparlantes.

Kelly se volvió hacia Diane.

—Lo... lo siento.

—Es mi culpa. Jamás debí permitir que llegáramos hasta aquí.

La gente allí reunida comenzaba a darse vuelta para observarlas. Estaban atrapadas.

—Señora Stevens, señora Harris...

—¿Qué vamos a hacer? —susurró Kelly.

—No tenemos opción —dijo Dianne—. Debemos subir. —Respiró hondo—. Vamos.

De mala gana, ambas mujeres comenzaron a acercarse lentamente al podio.

Diane miraba a Betty Barker, cuyos ojos estaban fijos en ella, con expresión de pánico en el rostro.

Llegaron a la tarima. Los latidos de sus corazones se hacían más fuertes.

"Richard, mi amor, lo intenté", estaba pensando Diane. "No importa lo que ocurra, quiero que sepas que..."

Se produjo una súbita y ruidosa conmoción en el fondo del parque. La gente estiraba el cuello tratando de ver qué ocurría.

Ben Roberts estaba haciendo su entrada acompañado por un numeroso equipo de camarógrafos y asistentes.

Ambas mujeres se volvieron para mirar. Kelly, encantada, tomó el brazo de Diane.

—¡El plan A acaba de llegar! Ahí está Ben.

—Gracias, Richard —dijo Diane en un susurro y mirando al cielo.

—¿Cómo? —Pero Kelly de inmediato se dio cuenta de lo que

quería decir su amiga—. Está bien —dijo con cierto cinismo—. Vamos. Ben nos está esperando.

Tanner observaba la escena con el rostro tenso. Habló con voz enérgica.

—Disculpe. Lo siento, señor Roberts. Ésta es una ceremonia privada. Le pido por favor que usted y su equipo se retiren.

—Buenos días, señor Kingsley. Estamos haciendo un programa que incluye a la señora Harris y a la señora Stevens en estudios, pero ya que estaban aquí, pensé que a usted le gustaría que grabáramos una parte de este servicio conmemorativo.

—No puedo permitirle que permanezcan aquí —dijo Tanner sacudiendo la cabeza.

—Qué lástima. Entonces me llevaré a la señora Harris y a la señora Stevens al estudio ahora mismo.

—No puede hacerlo —exclamó Tanner con aspereza.

—¿Qué es lo que no puedo?

Tanner casi temblaba de furia.

—Quiero decir... usted... bueno, nada.

Las dos mujeres ya estaban junto a Ben.

—Lamento haberme demorado —dijo él en voz baja—. Hubo una noticia de última hora sobre un asesinato y...

—Casi tienes la última noticia de dos asesinatos más —dijo Kelly—. Salgamos de aquí.

Frustrado, Tanner observaba cómo Kelly, Diane, Ben Roberts y su equipo se abrían paso entre sus hombres y abandonaban el parque.

Harry Flint miró a su jefe en busca de instrucciones. Mientras movía lentamente la cabeza indicando una negativa, Tanner pensaba: "Esto no ha terminado, malditas".

Diane y Kelly subieron al vehículo de Ben Roberts. El equipo los seguía en dos camionetas.

Roberts miró a Kelly.

—¿Me puedes decir ahora de qué se trata todo esto?

—Ojalá pudiera, Ben. Pero no puedo hacerlo todavía. Lo haré cuando sepa de lo que estoy hablando. Te lo prometo.

—Kelly, soy periodista. Necesito saber…

—Hoy viniste como amigo…

Roberts dejó escapar un suspiro.

—Está bien. ¿Dónde quieres que te lleve?

—¿Puedes dejarnos en la Calle 42 y Times Square?

—Seguro.

Veinte minutos más tarde, Kelly y Diane bajaban del automóvil. Kelly besó a Roberts en la mejilla.

—Gracias, Ben. No olvidaré esto. Te llamaré.

—Ten cuidado.

Se volvieron para saludar con la mano mientras se alejaban.

—Me siento desnuda —dijo Kelly.

—¿Por qué?

—Diane, no tenemos armas, no tenemos nada. Ojalá tuviéramos una pistola.

—Tenemos nuestros cerebros.

—Quisiera tener una pistola. ¿Por qué estamos aquí? ¿Qué vamos a hacer ahora?

—Vamos a dejar de escapar. A partir de ahora, vamos al ataque.

—¿Y eso qué quiere decir? —preguntó Kelly con curiosidad.

—Quiere decir que estoy harta de que nos estén usando como el blanco del día. Vamos a ir tras ellos, Kelly.

Antes de hablar, miró un momento a Diane.

—¿Nosotras vamos a ir tras GKI?

—Así es.

—Me parece que has estado leyendo demasiadas novelas de misterio. ¿Cómo crees que nosotras dos podemos derrotar al *think tank* más grande del mundo?

—Vamos a comenzar consiguiendo los nombres de todos los empleados que han muerto en las últimas semanas.

—¿Qué te hace pensar que hubo más, aparte de Mark y Richard?

—El anuncio en el periódico decía "todos" sus empleados, de modo que fueron más de dos personas.

—Ah, ¿y quién va a darnos esos nombres?

—Te mostraré.

El Café de Internet "Acceso Fácil" era un enorme salón de computadoras con más de una docena de filas de cubículos equipados con cuatrocientas computadoras personales, casi todas ellas ocupadas. Era parte de una cadena que estaba floreciendo en todas partes del mundo.

Cuando entraron, Diane se dirigió a la máquina expendedora de boletos y compró una hora de acceso a Internet.

—¿Por dónde empezamos? —quiso saber Kelly cuando su compañera regresó.

—Preguntémosle a la computadora.

Encontraron un cubículo vacío y se sentaron.

Kelly observó mientras Diane entraba en Internet.

—¿Qué ocurre ahora?

—Primero haremos una búsqueda con Google para encontrar los nombres de los otros empleados de GKI que resultaron víctimas.

Navegó hasta llegar al sitio www.google.com y escribió los criterios de búsqueda: "necrológicas" y "GKI".

Apareció una larga lista de páginas halladas. Buscó específicamente artículos en los periódicos accesibles *on line*. Encontró unas cuantas. Hizo clic en esos enlaces, lo cual la condujo a una serie de notas necrológicas recientes y a otros artículos relacionados. Uno de éstos la condujo a GKI Berlín, y Diane ingresó en el sitio correspondiente.

—Esto es interesante… Franz Verbrugge.

—¿Quién es?

—La pregunta es, ¿dónde está? Parece haber desaparecido. Trabajaba para GKI en Berlín y su mujer, Sonja, murió misteriosamente. —Hizo clic en otro enlace. Vaciló y miró a Kelly—. En Francia… Mark Harris.

Kelly respiró hondo e hizo un gesto de asentimiento.

—Adelante.

Diane apretó más teclas.

—Denver, Gary Reynolds, y en Manhattan… —Su voz se quebró— …Richard. —Se puso de pie—. Eso es todo.

—¿Y ahora qué? —quiso saber Kelly.

—Vamos a ver cómo unimos todo esto. Vamos.

A unos cincuenta metros, pasaron frente a un negocio de computadoras.

—Un momento —dijo Kelly.

Diane la siguió. Entraron y se acercaron al gerente.

—Disculpe. Mi nombre es Kelly Harris. Soy la asistente de Tanner Kingsley. Necesitamos tres docenas de sus mejores y más caras computadoras para esta tarde. ¿Es posible?

El rostro del gerente se iluminó.

—Claro… claro, ciertamente, señora Harris. Para el señor Kingsley, cualquier cosa. No las tenemos todas aquí, por supuesto, pero las enviaré directamente desde nuestros depósitos. Me ocuparé de ello personalmente. ¿Efectivo o a la cuenta?

—Se paga en el momento de la entrega.

—Ojalá yo hubiera pensado en eso —dijo Diane cuando el gerente se alejó presuroso.

—Ya lo harás. —Kelly sonrió.

—Pensé que le gustaría ver esto, señor Kingsley. —Kathy Ordóñez le alcanzó varios diarios. Los titulares resumían los hechos:

AUSTRALIA SUFRE UN EXTRAÑO TORNADO…

EL PRIMER TORNADO DE LA HISTORIA QUE SE PRODUCE EN AUSTRALIA DESTRUYÓ UNA MEDIA DOCENA DE PUEBLOS. SE DESCONOCE LA CANTIDAD DE VÍCTIMAS MORTALES.

LOS METEORÓLOGOS ESTÁN DESCONCERTADOS POR LAS NUEVAS PAUTAS DEL CLIMA. CULPAN A LA CAPA DE OZONO.

—Envíelos a la senadora van Luven —ordenó Tanner—. Agregue una nota que diga: "Estimada senadora: creo que el tiempo apremia. Saludos, Tanner Kingsley".

—Sí, señor.

Tanner miraba una pantalla de computadora cuando oyó un sonido que le indicaba que había recibido una alerta de la división de seguridad del Departamento de Tecnología de la Información. Le había ordenado a ese departamento que instalaran "arañas", un software de alta tecnología que constantemente recorría Internet buscando información. Sin que nadie interviniera, Tanner había preparado las arañas para que buscaran a personas con información delicada, y en ese momento su atención se concentraba en la alerta que aparecía en el monitor de su computadora.

Apretó un botón.

—Andrew, ven aquí.

El mayor de los Kingsley estaba en su oficina, rememorando su accidente, recordando. Estaba en el vestuario a punto de ponerse el traje espacial que el Ejército había enviado. Estaba por tomar uno de los trajes en el perchero, pero allí apareció Tanner, quien le entregó un traje y una máscara antigás.

"—Ponte éste. Te traerá suerte. —Tanner estaba…"

—Andrew, ven aquí.

Apenas oyó la orden se puso de pie y lentamente se dirigió a la oficina de su hermano.

—Siéntate. —Se sentó.

—Esas malditas putas acaban de ingresar en nuestro sitio web de Berlín. ¿Sabes lo que eso significa?

—Sí… yo… no.

—Aquí están las computadoras, señor Kingsley —avisó la secretaria por el intercomunicador.

—¿Qué computadoras?

—Las que usted ordenó.

Intrigado, se puso de pie y se dirigió a la puerta que daba a la recepción. Allí había tres docenas de computadoras apiladas en un carrito de carga. Junto a ellos esperaban el gerente del negocio y tres hombres con ropa de trabajo.

El rostro del gerente se iluminó cuando vio a Tanner que se acercaba.

—Aquí tengo lo que usted pidió, señor Kingsley. Lo último en esta tecnología. Y estaremos muy contentos de proveer lo que usted...

—¿Quién ordenó todo esto? —Tanner miraba la pila de computadoras.

—Su asistente, Kelly Harris. Ella dijo que usted las necesitaba con urgencia...

—Lléveselas —dijo Tanner con voz suave—. No las va a necesitar en el lugar a donde va a ir.

Se dio vuelta y regresó a su oficina.

—Andrew, ¿tienes alguna idea de por qué ingresaron en nuestro sitio web? Bueno, yo te lo diré. Van a tratar de rastrear a las víctimas y averiguar los motivos de sus muertes. —Se sentó—. Para ello, tendrán que ir a Europa. Pero lo cierto es que no lo harán.

—No... —dijo Andew soñoliento.

—¿Cómo vamos a detenerlas, Andrew?

—Detenerlas... —asintió con la cabeza.

Tanner miró a su hermano.

—Ojalá tuviera aquí a alguien con cerebro con quien pudiera hablar —exclamó despectivamente.

Andrew siguió con la mirada a su hermano que se acercó a una computadora y comenzó a tipear.

—Vamos a comenzar por eliminar todos sus fondos. Tenemos sus números de Seguridad Social —seguía escribiendo en el teclado mientras hablaba—. Diane Stevens... —murmuró, mientras usaba los programas clandestinos que GKI había instalado cuando fue contratado para adaptar los sistemas Experian al asunto de las fechas del año 2000. Ese programa clandestino le daba a Tanner un acceso que ni siquiera los más altos funcionarios de Experian podrían tener—. Mira. Experian tiene toda la información bancaria de ella, una cuenta de pensión de la agencia impositiva, su línea de crédito bancario. ¿Ves?

Andrew tragó saliva.

—Sí, Tanner, sí.

—Ingresaremos sus tarjetas de crédito como robadas... —explicó Tanner volviéndose a la computadora—. Y ahora vamos a hacer lo mismo con Kelly Harris... Nuestro próximo paso es ir hasta el sitio web del Banco de Diane. —Ingresó en el sitio y luego hizo clic en un enlace que decía "Administre sus cuentas".

Luego, escribió el número de cuenta de Diane Stevens y los cuatro últimos números de su número de Seguridad Social y pudo ingresar. Una vez adentro, transfirió todos sus saldos a la línea de crédito, luego regresó a la base de datos de Experian y canceló la línea de crédito de ella para poner todo en la columna de "a cobrar".

—Andrew...

—¿Sí, Tanner?

—¿Ves lo que he hecho? He transferido todos los activos de Diane Stevens como deudas a cobrar por el departamento de cobros de la agencia impositiva. —Su tono de voz rebosaba de satisfacción—. Ahora haremos lo mismo con Kelly Harris.

Cuando terminó, se puso de pie y se acercó a Andrew.

—Listo. Ya no tienen dinero ni crédito. De ninguna manera podrán salir del país. Las tenemos en una trampa. ¿Qué te parece tu hermano menor?

Andrew asintió con un gesto de la cabeza.

—Anoche en televisión —dijo—, vi una película sobre...

Furioso, Tanner apretó los puños y golpeó a su hermano en la cara con tanta fuerza que éste cayó de la silla y golpeó contra la pared con mucho ruido.

—¡Maldito bastardo! Presta atención cuando te estoy hablando.

La puerta se abrió y Kathy Ordóñez, su secretaria, entró presurosa.

—¿Está todo bien, señor Kingsley?

Tanner se volvió hacia ella.

—Sí. El pobre Andrew se cayó.

—¡Pobre!

Entre ambos lo ayudaron a ponerse de pie.

—¿Me caí?

—Sí, Andrew —respondió Tanner delicadamente—, pero ahora todo está bien.

—Señor Kingsley —susurró Kathy—, ¿no le parece que su hermano estaría mejor en un hogar especializado?

—Seguro que estaría mejor —aceptó el menor de los Kingsley—. Pero eso le rompería el corazón. Éste es su verdadero hogar y aquí yo puedo ocuparme de él.

La secretaria lo miró con admiración.

—Es usted un hombre maravilloso, señor Kingsley.

Tanner se encogió de hombros con modestia.

—Cada uno tiene que hacer lo que le corresponde.

Diez minutos más tarde, la secretaria volvía a entrar en su oficina.

—Buenas noticias, señor Kingsley. Acaba de llegar un fax de la oficina de la senadora van Luven.

—A ver. —Tanner se lo quitó bruscamente.

"Estimado señor Kingsley, le comunico que la Comisión Especial del Senado para el Medio Ambiente ha decidido destinar fondos para aumentar de inmediato nuestra investigación sobre el calentamiento global y cómo combatirlo. Atentamente, senadora van Luven".

Capítulo treinta y tres

—¿Traes el pasaporte contigo? —preguntó Diane.

—Siempre lo llevo conmigo en países extraños. —Y agregó—: Y últimamente éste se ha convertido en un país muy extraño para mí.

—El mío está en una caja de seguridad en el banco. Iremos a buscarlo. Además, necesitaremos dinero.

Cuando entraron en el Banco, Diane fue al subsuelo, a su caja de seguridad y la abrió. Sacó su pasaporte, lo puso en la cartera y subió la escalera hasta el piso donde estaban los cajeros.

—Quiero cerrar mi cuenta.

—Seguro. ¿Su nombre, por favor?

—Diane Stevens.

El cajero hizo un gesto afirmativo con la cabeza.

—Un momento, por favor. —Se dirigió a una fila de archivos, abrió un cajón y comenzó a buscar entre las tarjetas. Sacó una, la miró por un momento, y regresó a donde estaba Diane—. Su cuenta ya ha sido cerrada, señora Stevens.

—No —dijo Diane sacudiendo la cabeza—. Debe de haber un error. Tengo…

El cajero le puso la tarjeta delante de sus ojos. Ésta decía: "Cuenta cerrada. Motivo: fallecimiento".

Diane la miró incrédula y luego miró al cajero.

—¿Tengo aspecto de estar muerta?

—Por supuesto que no. Lo lamento. Si quiere hablar con el gerente, puedo...

—¡No! —De inmediato se dio cuenta de lo que había ocurrido y sintió un breve escalofrío—. No, gracias.

Se apresuró a llegar hasta la entrada donde la esperaba Kelly.

—¿Sacaste el pasaporte y el dinero?

—El pasaporte, sí. Pero esos bastardos cerraron mi cuenta de Banco.

—¿Cómo pudieron...?

—Es muy simple. Ellos son GKI y nosotros no.

Diane se quedó pensativa un momento.

—Oh, Dios mío.

—¿Y ahora qué?

—Rápido. Debo hacer una llamada. —Diane corrió hacia una cabina de teléfonos, marcó un número y sacó una tarjeta de crédito. Un momento más tarde estaba hablando con un empleado—. La cuenta está a nombre de Diane Stevens. Es válida...

—Lo siento, señora Stevens. Nuestros registros indican que se denunció el robo de su tarjeta, si usted quiere llenar un informe, podemos darle una tarjeta nueva en un día o dos y...

—Está bien, no importa —dijo Diane. Colgó de golpe el teléfono y regresó a donde estaba Kelly—. Cancelaron mis tarjetas de crédito.

La otra respiró hondo.

—Ahora será mejor que yo haga un par de llamados.

Kelly estuvo hablando por teléfono casi durante media hora. Cuando regresó, estaba furiosa.

—El pulpo ataca otra vez. Pero todavía tengo una cuenta de Banco en París, de modo que...

—No tenemos tiempo para eso, Kelly. Tenemos que irnos ahora. ¿Cuánto dinero tienes en la cartera?

—Alcanza para regresar a Brooklyn. ¿Y tú?

—Con lo mío llegamos a Nueva Jersey.

—Entonces estamos atrapadas. Sabes por qué están haciendo esto, ¿no? Para evitar que vayamos a Europa y averigüemos la verdad.

—Parece que lo han logrado.

—No, no lo han logrado —dijo pensativamente Kelly—. Vamos a ir.

—¿Cómo? —dijo Diane con tono escéptico—. ¿En mi nave espacial?

—En la mía.

Joseph Berry, el gerente de la joyería en la Quinta Avenida vio entrar a Kelly y Diane y les brindó su mejor sonrisa profesional.

—¿Puedo ayudarlas?

—Sí —respondió Kelly—. Me gustaría vender mi anillo. Es...

La sonrisa se desvaneció.

—Lo siento. No compramos joyas.

—Ah. Qué lástima.

El gerente estaba por alejarse. Kelly abrió la mano. Era un anillo con una enorme esmeralda.

—Es una esmeralda de siete kilates rodeada por brillantes de tres kilates, con engarces de platino.

Joseph Berry miró el anillo. Estaba impresionado. Tomó una lente de joyero y se la puso en el ojo.

—Es realmente hermosa, pero aquí tenemos una norma estricta...

—Quiero veinte mil dólares por el anillo.

—¿Dijo veinte mil dólares?

—Sí. En efectivo.

Diane la miraba fijo.

—Kelly...

Berry miró el anillo otra vez y movió la cabeza.

—Este... creo que podemos arreglar eso. Un momento. —Desapareció en la oficina de atrás.

—¿Estás loca? —exclamó Diane—. Es un robo.

—¿Te parece? Si nos quedamos aquí, nos matarán. ¿Dime cuánto crees que valen nuestras vidas?

No hubo respuesta.

Joseph Berry salió sonriente de la oficina.

—Haré que alguien cruce hasta el Banco y traiga el efectivo de inmediato.

—Ojalá no tuvieras que hacer esto —dijo Diane mirándola.

Kelly se encogió de hombros.

—Es sólo una joya… —Cerró los ojos.

"Es sólo una joya…"

Era su cumpleaños. Sonó el teléfono.

—Buenos días, mi amor. —Era Mark.

—Buenos días.

Ella esperaba que él dijera "Feliz cumpleaños". Pero no fue así.

—No trabajas hoy —dijo en cambio—. ¿Te gustaría una caminata?

No era eso lo que Kelly esperaba oír. Sintió un ligero temblor de decepción. Habían hablado de los cumpleaños hacía apenas una semana. Mark lo había olvidado.

—Sí.

—¿Qué te parece hacer una caminata juntos esta mañana?

—Está bien.

—Paso a buscarte en media hora.

—Estaré lista.

—¿A dónde vamos? —preguntó Kelly una vez en el coche.

Ambos estaban vestidos con ropa para una caminata.

—Hay unos magníficos senderos en las afueras de Fontainebleau.

—¿Ah, sí? ¿Vas seguido por allí?

—Iba en otros tiempos, cuando quería escapar.

—¿Escapar de qué? —preguntó ella, intrigada.

Él vaciló.

—De la soledad. Me sentía menos solo allí. —La miró y sonrió—. No he vuelto a ir desde que te conocí.

Fontainebleau es un esplendoroso palacio real rodeado de bosques silvestres, ubicado al sudeste de París.

—Muchos Luises vivieron aquí, comenzando por Luis IV —dijo Mark cuando ya se empezaba a ver a la distancia la magnífica residencia real.

—¿En serio? —Lo miró y pensó: "Me pregunto si en aquellos tiempos se usaban las tarjetas de cumpleaños. Ojalá me hubiera dado una hoy. Me estoy portando como una colegiala".

Llegaron a los terrenos del palacio. Mark se detuvo en uno de los estacionamientos.

—¿Eres capaz de caminar dos kilómetros? —preguntó él al bajar del vehículo para dirigirse al bosque.

—Hago mucho más que eso todos los días en la pasarela —respondió ella riéndose.

Mark le dio la mano.

—Bien. Vamos.

—Te sigo.

Pasaron junto a una serie de majestuosos edificios y entraron en el bosque. Estaban completamente solos, envueltos en el verdor de antiguos terrenos y viejos árboles con historia. Era un día de pleno verano bendecido por el sol. El viento era tibio y acariciante. En el cielo no había una sola nube.

—¿No es maravilloso? —preguntó él.

—Es encantador, Mark.

—Me alegra que hoy estuvieras libre.

Kelly recordó algo.

—¿No deberías estar trabajando?

—Decidí tomarme el día libre.

—Ah.

Entraban cada vez más profundamente en el misterioso bosque.

—¿Hasta dónde quieres llegar? —preguntó Kelly después de quince minutos.

—Hay un lugar más adelante que me encanta. Falta poco.

Unos minutos más tarde, salieron a un claro con las sombras de un viejo roble en el centro.

—Aquí es.

—Cuánta paz...

Kelly vio algo que parecía ligeramente tallado en el árbol. Se acercó. "Feliz cumpleaños, Kelly", decía.

Por un momento miró a Mark sin poder articular palabra.

—Oh, Mark, gracias.

De modo que no lo había olvidado.

—Creo que podría haber algo en ese árbol.

—¿En el árbol? —Se acercó un poco más. Había un hueco a la altura de los ojos. Metió la mano y sintió que había un pequeño envoltorio. Lo sacó. Estaba preparado como un regalo—. ¿Qué...?

—Ábrelo.

Lo abrió y sus ojos se abrieron muy grandes. En la caja había un anillo con una esmeralda de siete kilates rodeada de brillantes de tres kilates cada uno, con engarces de platino. Kelly se quedó mirándolo sin poder creerlo. Se volvió y arrojó los brazos hacia Mark.

—Esto es demasiada generosidad.

—Te regalaría la luna si me la pidieras. Kelly, estoy enamorado de ti.

Ella lo acercó a su cuerpo, perdida en una euforia que jamás había sentido. Y luego dijo algo que había pensado que no diría jamás.

—Y yo, querido mío, estoy enamorada de ti.

Él estaba exultante.

—Casémonos de inmediato. Nosotros...

—No. —La voz de ella sonó áspera.

Mark la miraba sorprendido.

—¿Por qué?

—No podemos.

—Kelly... ¿no me crees cuando digo que estoy enamorado de ti?

—Sí, te creo.

—¿Estás enamorada de mí?

—Sí.

—¿Pero no quieres casarte conmigo?

—Sí... quiero... pero... no puedo.

—No entiendo. ¿De qué se trata?

Él la miraba confundido. Y Kelly supo en ese momento que en cuanto le contara sobre la traumática experiencia que había vivido, él jamás querría volver a verla.

—Yo… nunca podría ser una verdadera esposa para ti.

—¿Qué quieres decir?

Aquello era lo más difícil que Kelly jamás había tenido que decir.

—Mark, jamás podremos tener relaciones sexuales. Cuando yo tenía ocho años fui violada. —Su mirada se perdía entre los árboles indiferentes, mientras le contaba su sórdida historia al primer hombre al que amaba—. No me interesa el sexo. Me repugna la sola idea. Me asusta. Soy… sólo una mujer a medias. Soy un monstruo. —Respiraba con dificultad, tratando de no llorar.

Kelly sintió las manos de Mark sobre las de ellas.

—Lo siento, Kelly. Debe de haber sido terrible para ti.

Ella se mantuvo en silencio.

—El sexo es importante en el matrimonio —dijo él.

Ella asintió con un gesto, mordiéndose el labio. Ella sabía lo que Mark iba a decir después.

—Por supuesto. Por eso comprendo que tú no quieras…

—Pero eso no es todo en el matrimonio. El matrimonio se trata de pasar la vida con alguien que uno ama… de tener alguien con quien hablar, alguien con quien compartir los buenos y los malos tiempos.

Ella escuchaba estupefacta, con miedo de creer lo que estaba escuchando.

—El sexo al final desaparece, Kelly, pero el amor verdadero, no. Te amo por tu corazón y por tu alma. Quiero pasar el resto de mi vida contigo. Puedo vivir sin sexo.

—No, Mark —dijo Kelly tratando de mantener la voz calma— … no puedo permitir que tú…

—¿Por qué?

—Porque algún día lo vas a lamentar. Te enamorarás de otra persona que pueda darte… lo que yo no puedo darte, y me abandonarás… y me romperás el corazón.

Mark estiró los brazos y la tomó acercándola a su cuerpo.

—¿Sabes por qué jamás podría dejarte? Porque eres lo mejor de mí. Casémonos.

Ella lo miró a los ojos.

—Mi amor… ¿te das cuenta de en qué te estás metiendo?

—Creo que tendrías que cambiar esa pregunta —respondió él sonriendo.

Ella se rió y lo abrazó.

—Oh, mi amor, ¿estás seguro de…?

—Claro que estoy seguro. —Su rostro se había iluminado—. ¿Y tú?

—Mi respuesta es… sí —Sintió que las lágrimas humedecían sus mejillas.

Mark le puso el anillo con la esmeralda en el dedo. Estuvieron abrazados por un largo tiempo.

—Quiero que pases a buscarme mañana por el salón —dijo Kelly— así conocerás a algunas de las modelos con las que trabajo.

—Creí que eso estaba prohibido…

—Se ha levantado la prohibición.

Mark estaba exultante.

—Arreglaré con un juez que conozco para que nos case el domingo.

A la mañana siguiente, cuando Kelly y Mark llegaron al salón, Kelly señaló el cielo.

—Parece que hoy va a llover. Todo el mundo habla del tiempo, pero nadie hace nada al respecto.

Mark se volvió y le dirigió una extraña mirada.

Ella vio la expresión en su cara.

—Lo siento. Es una frase hecha, ¿no?

Él no respondió.

Había una media docena de modelos en el vestidor cuando entró Kelly.

—Tengo que hacer un anuncio. Me caso el sábado y están todas invitadas.

El lugar de inmediato se llenó con el bullicio de las preguntas.

—¿Es éste el misterioso galán que no nos permitías conocer?

—¿Lo conocemos?

—¿Cómo es?

—Es como Cary Grant —explicó Kelly orgullosamente.

—Oh, ¿cuándo podremos conocerlo?

—Ahora. Está aquí. —Abrió la puerta—. Adelante, mi amor.

Mark ingresó en el vestidor y de inmediato se produjo un silencio. Una de las modelos lo miró.

—¿Esto es parte de alguna broma? —dijo por lo bajo.

—Seguramente.

Mark Harris era unos veinte centímetros más bajo que Kelly. Era un hombre común de aspecto nada especial, con una incipiente calvicie y pelo gris.

Cuando pasó la primera impresión, todas se acercaron a felicitar a los novios.

—Qué noticia maravillosa.

—Estoy segura de que serán muy felices.

Cuando terminaron los saludos, Kelly y Mark se retiraron.

—¿Crees que les gusté? —quiso saber él mientras atravesaban el vestíbulo.

—Por supuesto que les gustaste —dijo ella sonriendo—. ¿Cómo podrías no gustarle a alguien? —Se detuvo—. ¡Oh!

—¿Qué ocurre?

—Estoy en la tapa de una revista de modas que acaba de llegar. Quiero que la veas. Vuelvo en un instante.

Kelly regresó al vestuario de las modelos.

—¿De verdad Kelly se va a casar con él? —escuchó que decía una voz en el momento en que llegaba a la puerta. Se detuvo y prestó atención.

—Debe de haberse vuelto loca.

—La he visto rechazar algunos de los hombres más hermosos del mundo, y más ricos. ¿Qué es lo que le ha visto a éste?

Una de las modelos que hasta ese momento no había abierto la boca, intervino.

—Es muy simple —dijo.

—¿De qué se trata?

—Se van a reír. —Vaciló.

—Vamos, dilo.

—¿Han oído ustedes alguna vez la expresión "ver a alguien a través de los ojos del amor"?

Nadie se rió.

La boda se realizó en el Ministerio de Justicia, en París, y todas las modelos estaban allí como damas de compañía. Afuera, en la calle, se había congregado una multitud enterada del casamiento de Kelly, la modelo. Los *paparazzi* se contaban por decenas.

Sam Meadows era el testigo de Mark.

—¿Dónde pasarán la luna de miel?

—Este... —Mark eligió un lugar al azar—. St. Moritz.

Kelly sonrió incómoda.

—Sí, St. Moritz.

Ninguno de los dos había estado antes en St. Moritz. El panorama les pareció maravilloso, una interminable vista de majestuosas montañas y fértiles valles.

El Hotel Bedrutt's Palace estaba en lo alto de una colina. Mark había hecho las reservas con anterioridad, y cuando llegaron, el gerente les dio la bienvenida.

—Buenas tardes, señor y señora Harris. Tengo la suite luna de miel lista para ustedes.

Mark se tomó un momento para hablar.

—¿Podríamos... podríamos tener camas gemelas en la suite?

—¿Camas gemelas? —preguntó el gerente inexpresivamente.

—Este... sí, por favor.

—Claro... seguro.

—Gracias. —Mark se volvió hacia Kelly—. Hay muchas cosas interesantes para ver por aquí. —Sacó una lista del bolsillo—. El museo Engandine, la piedra druida, la fuente de San Mauricio, la torre inclinada...

Mark y Kelly quedaron solos en la suite.

—Amor mío —dijo él—, no quiero que esta situación te ponga incómoda. Hacemos esto sólo para evitar las murmuraciones. Vamos a pasar el resto de nuestras vidas juntos. Y lo que vamos a compartir es mucho más importante que cualquier cosa física. Sólo quiero estar contigo y quiero que tú estés conmigo.

Kelly lo abrazó con fuerza.

—No sé... no sé qué decir.

Mark sonrió.

—No tienes que decir nada.

Cenaron en el restaurante y regresaron a la suite. En el dormitorio principal ya estaban colocadas las camas gemelas.

—¿Arrojamos una moneda?

Ella sonrió.

—No. Elige tú la que más te guste.

Cuando salió del baño quince minutos más tarde, Mark ya estaba acostado. Se acercó a él y se sentó en el borde de la cama.

—Mark, ¿estás seguro de que vas a estar bien con esta situación?

—Jamás he estado tan seguro de algo en toda mi vida. Buenas noches mi bello amor.

—Buenas noches.

Kelly se metió en su cama y se quedó inmóvil, pensando. Revivía la noche que había cambiado su vida. "No hagas ningún ruido... si alguna vez le cuentas esto a tu madre, volveré para matarla". Lo que aquel monstruo le había hecho a ella, le había quitado toda la vida. Había matado algo en ella y la había llevado a temer a la oscuridad… a temer a los hombres… a temer al amor. Le había dado poder a él sobre ella. "No voy a dejar que tenga ese poder. Ya basta". Todas las emociones que había reprimido a lo largo de los años, toda la pasión que había ido acumulando en ella explotó como una represa que se rompe. Kelly miró a Mark y súbitamente lo deseó con desesperación. Quitó las frazadas y se acercó a la otra cama.

—Déjame sitio —susurró.

Mark se sentó, sorprendido.

—Me dijiste que… que no me querías en tu cama y yo…

Kelly lo miró a los ojos.

—Pero no dije nada sobre que yo no podía venir a la tuya. —Su voz era suave. Observó la expresión en su rostro mientras se sacaba el camisón y se metía en la cama junto a él. —Hagamos el amor —dijo ella en un susurro.

—¡Oh, Kelly! ¡Sí, hagamos el amor!

Él comenzó con suavidad y delicadeza. "Demasiado suave. Demasiado delicado". Las compuertas habían sido abiertas y Kelly lo necesitaba a él con urgencia. Ella hizo el amor con violencia. Jamás había sentido algo tan maravilloso en su vida.

—¿Te acuerdas de esa lista de lugares que me mostraste? —dijo Kelly mientras permanecían el uno en brazos del otro, descansando.

—Sí.

—Puedes tirarla a la basura —recomendó ella con delicadeza.

Mark sonrió.

—¡Qué tonta he sido! —continuó diciendo. Apretó su cuerpo contra el de Mark y hablaron. Hicieron el amor otra vez hasta que finalmente quedaron exhaustos.

—Apagaré las luces —anunció Mark.

Ella se puso tensa y cerró con fuerza los ojos. Comenzó a decir que no lo hiciera, pero cuando sintió el tibio cuerpo de él junto a ella, protegiéndola, no dijo nada.

Cuando él apagó las luces, Kelly abrió los ojos.

Le había perdido el miedo a la oscuridad. Ella…

—¿Kelly? ¡Kelly!

Abandonó sobresaltada sus ensoñaciones. Se dio cuenta de que estaba en una joyería de la Quinta Avenida, y Joseph Berry le estaba entregando un grueso sobre.

—Aquí tiene. Veinte mil dólares, en billetes de cien, tal como usted lo pidió.

Le tomó un momento a Kelly para volver a ubicarse.

—Gracias.

Kelly abrió el sobre, sacó diez mil dólares y se los dio a Diane.

Diane la miró, intrigada.

—¿Qué es esto?

—Ésta es tu mitad.

—¿Por qué? No puedo...

—Podrás devolvérmelo más adelante —dijo encogiéndose de hombros—. Si es que todavía estamos vivas. Si no, no los voy a necesitar. Ahora veamos si podemos salir de este lugar.

Capítulo treinta y cuatro

Ya en la avenida Lexington, Diane llamó un taxi.

—¿A dónde vamos?

—Al aeropuerto La Guardia.

Kelly miró a Diane, sorprendida.

—¿No sabes que van a estar vigilando todos los aeropuertos?

—Eso espero.

—¿Pero qué es...? —se quejó Kelly—. Tienes un plan, ¿no es cierto?

—Exactamente. —Diane le dio unos golpecitos en la mano y sonrió.

Una vez dentro de la terminal aérea de La Guardia, Kelly siguió a Diane al mostrador de Alitalia.

—Buenos días. ¿Puedo ayudarlas? —dijo el empleado.

—Sí —respondió Diane sonriendo—. Queremos dos pasajes de clase turista a Los Angeles.

—¿Cuándo desean partir?

—En el primer vuelo disponible. Nuestros nombres son Diane Stevens y Kelly Harris.

Kelly dio un respingo. El empleado consultaba los horarios.

—El embarque para el próximo vuelo es a las dos y cincuenta minutos.

—Perfecto. —Diane miró a Kelly.

Ésta logró sonreír débilmente.

—Perfecto.

—¿Pagarán en efectivo o con tarjeta de crédito?

—Efectivo. —Diane le entregó el dinero.

—¿Por qué no ponemos un cartel luminoso diciéndole a Kingsley donde estamos? —dijo Kelly.

—Te preocupas demasiado —dijo Diane.

Cuando pasaron por el mostrador de American Airlines, Diane se detuvo y se acercó al empleado.

—Queremos dos pasajes en clase turista a Miami en el próximo vuelo.

—Seguro. —El empleado revisó los horarios—. El embarque será dentro de tres horas.

—Bien. Nuestros nombres son Diane Stevens y Kelly Harris.

Kelly cerró los ojos un instante.

—Efectivo o tarjeta de crédito.

—Efectivo.

Diane la pagó al empleado y éste le entregó los dos tickets.

—¿Es así como vamos a despistar a esos genios? —dijo Kelly cuando alejaban—. Esto no engañaría ni a un niño de diez años.

Diane se dirigió a la salida del aeropuerto.

Kelly corrió tras ella.

—¿A dónde vas?

—Vamos a…

—No importa. Me parece que no quiero saber…

Había una fila de taxis frente al aeropuerto. Cuando las dos mujeres abandonaron la terminal, un taxi salió de la fila y se acercó a la entrada. Kelly y Diane subieron.

—¿A dónde las llevo, por favor?

—Aeropuerto Kennedy.

—No sé si ellos van a quedar confundidos, pero te aseguro que yo sí lo estoy —dijo Kelly—. Sigo pensando que hubiera sido mejor tener un arma.

El taxi se puso en marcha. Diane se inclinó hacia adelante en su asiento y miró la placa de la licencia en el tablero. "Mario Silva".

—Señor Silva, ¿podría llevarnos al aeropuerto Kennedy sin ser seguidas?

Ambas pudieron ver su sonrisa en el espejo retrovisor.

—Ha dado con la persona adecuada.

Apretó el acelerador e hizo un súbito giro en U. En la primera esquina avanzó hasta la mitad de la manzana luego tomó un callejón lateral a gran velocidad.

Las dos miraron por la luneta trasera. No había ningún vehículo detrás de ellas.

La sonrisa de Mario Silva se agrandó.

—¿Qué les parece?

—Muy bien —respondió Kelly.

Durante los siguientes treinta minutos, Mario Silva siguió haciendo inesperadas maniobras evasivas entre pequeñas calles laterales para asegurarse de que nadie los siguiera. Finalmente, el taxi se detuvo frente a la entrada principal del aeropuerto Kennedy.

—Ya llegamos —anunció Mario Silva en tono de triunfo.

Diane tomó algunos billetes de su cartera.

—Aquí tiene un premio para usted.

El chofer tomó el dinero y sonrió.

—Gracias, señora. —Se quedó en su sitio observando a las dos pasajeras que entraban en la terminal Kennedy. Cuando las perdió de vista, tomó su teléfono celular.

—Tanner Kingsley.

En el mostrador de la Delta Airlines, el empleado echó una mirada a su lista.

—Sí, tenemos dos pasajes disponibles en el vuelo que ustedes quieren. Parte a las cinco y cincuenta de la tarde. Hay una escala de una hora en Madrid, y el avión llega a Barcelona a las nueve y veinte de la mañana.

—Está bien —aceptó Diane.

—¿Efectivo o tarjeta de crédito?

—Efectivo.

Diane le entregó el dinero al empleado y se volvió a Kelly.

—Vamos a la sala de espera.

Treinta minutos más tarde, Harry Flint hablaba por su teléfono celular con Tanner.

—Tengo la información que me pidió. Están volando en Delta hacia Barcelona. El avión sale de Kennedy esta tarde a las cinco y cincuenta y cinco, con una escala de una hora en Madrid. Llegan a Barcelona a las nueve y veinte de la mañana.

—Bien. Tome un jet de la compañía y vaya a Barcelona, señor Flint. Vaya a buscarlas cuando ellas lleguen. Doy por hecho que les dará una buena recepción.

Cuando Tanner colgó, entró Andrew. Llevaba una flor en la solapa.

—Aquí están los horarios de…

—¿Qué diablos es eso?

Andrew se mostró confuso.

—Me pediste que trajera…

—No hablo de eso. Hablo de la estúpida flor que tienes ahí.

El rostro del mayor de los Kingsley se iluminó.

—Me la puse para tu boda. Yo seré tu padrino.

—¿De qué estás hablando? —preguntó Tanner con el entrecejo fruncido. De pronto se dio cuenta—. Eso fue hace siete años, estúpido, y no hubo boda. ¡Vete de aquí!

Sorprendido, Andrew se quedó inmóvil, tratando de comprender lo que ocurría.

—¡Fuera de aquí!

El menor de los Kingsley observó a su hermano mientras abandonaba la oficina. "Debí haberlo internado en algún lugar", pensó. "Pronto llegará el momento".

El despegue del vuelo a Barcelona fue suave y normal. Kelly miraba por la ventanilla. Nueva York se desvanecía en la distancia.

—¿Crees que logramos escapar de ellos?

Diane sacudió la cabeza.

—No. Tarde o temprano encontrarán la manera de rastrearnos. Pero por lo menos estaremos allá. —Sacó el papel impreso de la computadora de su cartera y lo estudió. —Sonja Verbrugge, en Berlín, que está muerta y cuyo marido está desaparecido... Gary Reynolds, en Denver... —Vaciló—. Mark Richard...

Kelly miró el papel.

—De modo que vamos a París, a Berlín, a Denver y luego de vuelta a Nueva York.

—Así es. Cruzaremos la frontera con Francia en San Sebastián.

Kelly no veía la hora de volver a París. Quería hablar con Sam Meadows. Tenía la sensación de que él iba a ser útil. Además, Ángela estaría esperándola.

—¿Has estado alguna vez en España?

—Mark me llevó una vez. Fue el más... —Se quedó en silencio un buen rato—. ¿Sabes? Voy a tener un problema por el resto de mi vida, Diane. No hay nadie en el mundo que sea como Mark. Cuando éramos niñas, leíamos sobre gente que se enamoraba y de pronto el mundo se le convertía en un lugar mágico. Ésa es la clase de matrimonio que Mark y yo teníamos. —Miró a Diane—. Probablemente tú sentías lo mismo respecto de Richard.

—Así es —respondió Diane en voz baja—. ¿Cómo era Mark?

Kelly sonrió.

—Había algo maravillosamente infantil en él. Siempre sentí que tenía el espíritu de un niño y el cerebro de un genio. —Dejó escapar una risita contenida.

—¿Por qué?

—Por el modo en que se vestía. En nuestra primera cita. Llevaba un traje gris que le quedaba mal, con zapatos marrones, una camisa verde y una corbata rojo brillante. Después de casarnos, yo me ocupaba de que se vistiera adecuadamente. —Quedó en silencio. Cuando volvió a hablar, tenía la voz ahogada—. ¿Sabes una cosa? Daría cualquier cosa con tal de ver otra vez a Mark, con aquel traje gris, zapatos marrones, camisa verde y una brillante corbata roja. —Cuando se volvió hacia Diane, tenía los ojos húmedos—. A Mark le encantaba sorprenderme con regalos. Pero su mayor regalo fue enseñarme a amar. —Se secó los ojos con un pañuelo de mano—. Cuéntame de Richard.

Diane sonrió.

—Era un romántico. Cuando nos íbamos a la cama por la noche, me decía: "Aprieta mi botón secreto". Yo me reía y le contestaba: "Me alegra que nadie esté grabando esto". —Miró a Kelly—. Su botón secreto era la tecla "no molestar" del teléfono. Él me decía que estábamos en un castillo, los dos solos, y que la tecla en el teléfono era el foso que mantenía el mundo afuera. —Diane pensó en algo y sonrió—. Era un científico brillante y le encantaba reparar las cosas de la casa. Arreglaba las canillas que goteaban o los cortocircuitos eléctricos y yo tenía siempre que llamar a los expertos para arreglar lo que Richard había reparado. Jamás se lo dije.

Hablaron casi hasta la medianoche.

Diane se dio cuenta de que era la primera vez que hablaban de sus maridos. Era como si alguna barrera invisible entre ellas se hubiera evaporado.

Kelly bostezó.

—Mejor vamos a dormir. Tengo la sensación de que mañana será un día lleno de emociones.

No tenía idea de hasta qué punto iba a ser así.

Harry Flint se abrió camino a los codazos entre el gentío del aeropuerto El Prat de Barcelona y se acercó a una gran pantalla que daba sobre el pasillo. Volvió la cabeza para recorrer el panel con la lista de llegadas y partidas. El avión de Nueva York llegaba a horario y debía aterrizar en treinta minutos. Todo procedía según lo planeado. Flint se sentó a esperar.

Treinta minutos más tarde, los pasajeros del vuelo de Nueva York comenzaron a desembarcar. Todos parecían entusiasmados. Era el típico pasaje compuesto de despreocupados turistas, hombres de negocios, niños y parejas en viaje de luna de miel. Flint tuvo cuidado de mantenerse en un lugar que no pudiera ser visto desde la rampa de salida mientras observaba la corriente de viajeros que se dirigían a la terminal que poco a poco fue disminuyendo hasta desaparecer. Frunció el entrecejo. Ni señales de Diane y Kelly. Esperó otros cinco minutos y luego se dirigió hacia la puerta de embarque.

—Señor, no puede pasar por ahí.

—Seguridad de la Fuerza Aérea —respondió con urgencia—. Tenemos información de Seguridad Nacional sobre un paquete escondido en el baño de este avión. Se me ordenó inspeccionarlo de inmediato.

Flint se dirigió a la pista de aterrizaje. Al llegar junto al avión, la tripulación comenzaba a marcharse.

—¿En qué puedo ayudarlo? —preguntó una de las azafatas.

—Seguridad de la Fuerza Aérea.

Subió la escalerilla del avión. No había ningún pasajero a la vista.

—¿Algún problema? —preguntó la azafata.

—Sí. Una posible bomba.

Lo miró mientras Flint caminaba el fondo de la cabina de pasajeros y abría las puertas de los baños. Estaban vacíos.

Las mujeres habían desaparecido.

—No estaban en el avión, señor Kingsley.

La voz de Tanner era peligrosamente suave.

—Señor Flint, usted las vio subir a ese avión, ¿no?

—Sí, señor.

—¿Y estaban a bordo todavía cuando el avión despegó?

—Sí, señor.

—Entones se puede pensar razonablemente que o bien saltaron

en medio del Océano Atlántico sin paracaídas, o bien desembarcaron en Madrid. ¿Estamos de acuerdo?

—Por supuesto, señor Kingsley. Pero…

—Gracias. Lo cual significa que piensan ir de Madrid a Francia por San Sebastián. —Hizo una pausa—. Tienen cuatro opciones: pueden tomar otro vuelo a Barcelona, o llegar allí en tren, en autobús o en auto. —Tanner se quedó pensativo por un momento—. Probablemente sienten que los autobuses, los aviones y los trenes las limitan demasiado. La lógica me dice que irán en automóvil hasta la frontera en San Sebastián para cruzar a Francia.

—Si…

—No me interrumpa, señor Flint. Debería tomarles unas cinco horas el viaje desde Madrid hasta San Sebastián. Esto es lo que quiero que haga. Vuele de regreso a Madrid. Investigue en todas las agencias de alquiler de autos en el aeropuerto. Averigüe qué tipo de vehículo alquilaron, color, modelo, todo.

—Sí.

—Luego quiero que vuele a San Sebastián y alquile un auto, uno grande. Espérelas en algún lugar de la autopista. No quiero que lleguen a San Sebastián. Además, señor Flint…

—¿Sí, señor?

—No lo olvide… que parezca un accidente.

Capítulo treinta y cinco

Diane y Kelly estaban en Barajas, el aeropuerto de Madrid. Allí había una gran cantidad de empresas de alquiler de auto, Hertz, Europe Car, Avis, y muchas más, pero ellas eligieron Alesa, una agencia de alquiler de vehículos menos conocida.

—¿Cuál es el camino más rápido para llegar a San Sebastián? —preguntó Diane.

—Es muy simple, señora. Toma la N-1 hasta la frontera con Francia en Hondabirria y de allí directo a San Sebastián. Es un viaje de unas cuatro o cinco horas.

—Gracias.

Kelly y Diane se pusieron en camino.

Cuando el jet privado de GKI llegó a Madrid, una hora más tarde, Harry Flint recorrió presuroso las agencias de alquiler de autos.

—Se suponía que me iba a encontrar con mi hermana y una amiga aquí... la amiga es una hermosísima afroamericana y nos hemos desencontrado. Llegaron en el vuelo Delta de las nueve y veinte desde Nueva York. ¿Alquilaron un auto aquí...?

—No, señor...

—No, señor...

—No, señor...

En el mostrador de Alesa, Flint tuvo suerte.

—Ah, sí, señor. Las recuerdo muy bien. Ellas...

—¿Recuerda qué auto alquilaron?

—Un Peugeot.

—¿De qué color?

—Rojo. Era nuestro único…

—¿Recuerda el número de la chapa de matrícula?

—Por supuesto.

—Un momento

Flint vio al empleado que abría un libro y buscaba algo.

Le dio el número.

—Espero que las encuentre.

—Las encontraré.

Diez minutos más tarde, Flint volaba a San Sebastián. Alquilaría un auto, las seguiría hasta un lugar donde no hubiera tráfico, las sacaría de la ruta y se aseguraría de que estuvieran muertas.

Diane y Kelly estaban a sólo treinta minutos de Burgos, viajando en un confortable silencio. No había demasiado movimiento en la autopista y estaban cumpliendo los horarios que se habían propuesto. El paisaje rural era hermoso. Los sembrados maduros y los huertos llenaban el aire con los perfumes de los granados, los ciruelos y los naranjos, en las casas cercanas a los caminos había paredes cubiertas con enredaderas de jazmines. A pocos minutos de la pequeña ciudad de medieval de Burgos, el escenario comenzaba a convertirse en las primeras estribaciones de los Pirineos.

—Ya estamos casi llegando —dijo Diane. Miró hacia adelante, frunció el ceño y comenzó a apretar los frenos. A menos de cien metros delante de ellas había un automóvil en llamas y un pequeño gentío se había reunido alrededor. La autopista estaba bloqueada por hombres en uniforme.

—¿Qué ocurre? —exclamó Diane, intrigada.

—Estamos en el país vasco —explicó Kelly—. Hay guerra. Los vascos han estado luchando contra el gobierno de España en los últimos cincuenta años.

Un hombre de uniforme verde con galones rojos y dorados, gorra, zapatos y cinturón negros, se adelantó sobre la calzada, por delante del auto y alzó la mano. Hizo señales para que fueran al costado de la autopista.

—Es la ETA —susurró Kelly por lo bajo—. No podemos detenernos pues Dios sabe cuánto tiempo podrían demorarnos aquí.

El oficial caminó hasta el costado del vehículo y se dirigió a ellas.

—Soy el capitán Iradi. Por favor, bajen del auto.

Diane lo miró y le sonrió.

—Realmente me encantaría ayudarlos en su lucha, pero ahora estamos ocupadas peleando nuestra propia guerra —y apretó el acelerador a fondo para luego pasar junto al vehículo en llamas a toda velocidad abriéndose camino entre la gente.

Kelly había cerrado los ojos.

—¿Ya salimos de allí?

—Estamos bien.

Cuando abrió los ojos miró por el espejo retrovisor y quedo congelada. Un Citroën Berlingo negro estaba detrás de ellas y pudo ver quién iba al volante.

—¡Es Godzila! —exclamó sin aliento—. Viene en el auto detrás de nosotras.

—¿Qué? ¿Cómo pudo habernos encontrado tan rápido? —Diane apretó el acelerador hasta el piso del auto. El Citröen se acercaba a ellas. Diane miró el velocímetro de dos lecturas. Una esfera indicaba 175 kilómetros por hora; la otra, 110 millas por hora.

—Apuesto que superas las velocidades de la pista de Indianápolis —dijo nerviosamente Kelly.

A menos de dos kilómetros adelante, Diane vio el control de aduanas entre España y Francia.

—Golpéame —dijo Diana.

Kelly se rió.

—Sólo estaba bromeando, nada…

—Golpéame. —La voz de Diane indicaba urgencia.

El Citroën se acercaba.

—¿Qué es lo que…?

—¡Hazlo ya! —insistió Diane.

De mala gana, Kelly la abofeteó.

—No. Golpéame fuerte.

La distancia entre ellas y el Citroën era de menos de veinte metros.

—Apúrate —gritó Diane.

Tensa, Kelly la golpeó en la mejilla.

—Más fuerte.

La golpeó de nuevo. Esta vez, su anillo de bodas, con un diamante hirió el rostro de Diane y comenzó a salir sangre.

Kelly la miraba horrorizada.

—Lo siento, Diane. Yo no quería...

Habían llegado al control de aduanas. Diane frenó hasta detenerse. Un guardia de fronteras se acercó al auto.

—Buenas tardes, señoras.

—Buenas tardes. —Diane volvió la cabeza para que el hombre pudiera ver la sangre en su rostro.

La miró espantado.

—¡Señora! ¿Qué le ha ocurrido?

Diane se mordió el labio.

—Es mi ex marido. Le encanta golpearme. Tengo una orden judicial para que no se me acerque, pero... pero no puedo detenerlo. Continúa siguiéndome. Está allí atrás, ahora mismo. Ya sé que no tiene sentido que le pida ayuda a usted. Nadie puede detenerlo.

El guardia se volvió para recorrer con la mirada la fila de autos y su rostro mostraba indignación.

—¿En qué vehículo viaja?

—El Citroën negro, dos autos más atrás. Creo que esta vez intenta matarme.

—¿Ah, sí? —El guardia gruñó—. Sigan adelante, señoras. Ya no tendrá que preocuparse más por él.

—Oh, gracias. Muchas gracias —dijo Diane mirándolo a los ojos.

Un momento más tarde, cruzaban la frontera y estaban en Francia.

—¿Diane?

—¿Sí?

Kelly le puso una mano en el hombro.

—Siento mucho... —y señaló la mejilla de su compañera.

Diane sonrió.

—Conseguí que Godzila nos dejara tranquila, ¿no? —Miró a Kelly—. Estás llorando.

—No. No estoy llorando —aspiró por la nariz—. Es la maldita máscara. Lo que hiciste fue… eres algo más que una cara bonita, ¿no? —dijo Kelly mientras limpiaba la herida de Diane con un pañuelo de papel.

Ésta se miró en el espejo retrovisor y sonrió.

—No tan bonita ahora.

Cuando Harry Flint llegó al control de la frontera, el guardia lo estaba esperando.

—Salga del auto, señor, por favor.

—No tengo tiempo para eso —replicó Flint—. Tengo apuro. Tengo que…

—Baje del auto.

—¿Por qué? —preguntó mirando al guardia—. ¿Cuál es el problema?

—Tenemos información que dice que un vehículo con este número de matrícula está contrabandeando droga. Vamos a tener que apartarlo.

Flint lo miró furioso.

—¿Está loco? Ya le dije, estoy apurado. Jamás hubo drogas… —Se detuvo y sonrió—. Entiendo. —Metió la mano en el bolsillo y le dio un billete de cien dólares al guardia.

—¡José! —llamó el uniformado.

Se acercó un oficial con grado de capitán. El guardia de frontera le dio el billete de cien dólares.

—Esto es un intento de soborno.

—Salga del auto —le ordenó el capitán a Flint—. Está arrestado por soborno. Arrime el vehículo hasta…

—No. Usted no puede arrestarme. Estoy en medio de…

—Además, por resistirse al arresto. —Se volvió al guardia—. Pide ayuda.

271

Flint respiró hondo y miró hacia adelante por la autopista. El Peugeot se había perdido de vista.

Flint se volvió hacia el capitán.

—Tengo que hacer una llamada telefónica.

—Me dijiste que tenías amigos en París, ¿no? —recordó Diane.

—Sí. Sam Meadows. Trabajaba con Mark. Tengo la sensación de que él puede ayudarnos.—Kelly metió la mano en su bolso, sacó su nuevo teléfono celular y marcó un número de París.

—GKI —respondió la operadora.

—¿Podría hablar con Sam Meadows, por favor?

Un minuto más tarde ella oyó su voz.

—Hola.

—Sam. Soy Kelly. Estoy en las afueras de París.

—¡Gracias a Dios! Estaba muy preocupado por ti. ¿Estás bien?

Kelly vaciló.

—Creo que sí.

—Todo esto es una pesadilla —dijo Sam Meadows—. Todavía no puedo creerlo.

"Yo tampoco", pensó ella.

—Sam, tengo que decirte algo. Creo que Mark fue asesinado.

La respuesta de él produjo un escalofrío en Kelly.

—Yo también.

A ella le costaba seguir hablando.

—Tengo que saber qué ocurrió. ¿Puedes ayudarme?

—Creo que esto es algo que no deberíamos hablar por teléfono, Kelly. —Él trataba de que el tono de su voz fuera el normal.

—Claro... entiendo.

—¿Por qué no lo hablamos esta noche? Podemos cenar en casa.

—Bien.

—¿A las siete?

—Allí estaré —confirmó ella.

Apagó el teléfono.

—Esta noche obtendré las respuestas.

—Mientras tú las consigues, yo volaré a Berlín para hablar con las personas que trabajaban con Franz Verbrugge.

Kelly quedó de pronto en silencio.

Diane la miró.

—¿Qué pasa?

—Nada. Es sólo que nosotras... bueno, formamos un buen equipo. No me gusta que nos separemos. ¿Por qué no vamos juntas a París y luego...?

—No estamos separándonos —replicó Diane sonriendo—. Cuando termines de hablar con Sam Meadows, me llamas. Podemos encontrarnos en Berlín. Yo debería tener alguna información para entonces. Tenemos los teléfonos celulares. Seguiremos en contacto. Estoy ansiosa por conocer lo que vas a averiguar esta noche.

Llegaron a París.

Diane miró por el espejo retrovisor.

—El Citroën desapareció. Finalmente los perdimos. Donde quieres que te lleve.

Kelly miró por la ventanilla. Se estaban acercando a La Place de la Concorde.

—Diane, ¿por qué no devuelves el auto y te vas? Yo puedo tomar un taxi aquí.

—¿Estás segura, socia?

—Segurísima, socia.

—Ten cuidado.

—Tú también.

Dos minutos más tarde, Kelly estaba en un taxi rumbo a su casa, ansiosa por llegar de nuevo al hogar. En un rato se encontraría con Sam Meadows en el departamento de él para cenar.

Cuando el taxi se detuvo frente al edificio de departamentos donde ella vivía, la invadió una profunda sensación de alivio. Estaba en su hogar. El portero abrió la puerta.

Ella lo miró.

—Estoy de regreso, Martin… —comenzó a decir, pero se detuvo. Este portero era un total desconocido.

—Buenas tardes, *Madame*.

—Buenas tardes. ¿Y Martin?

—Él ya no trabaja aquí. Renunció.

El dato la sorprendió.

—Oh, lo siento.

—Por favor, *madame*, permítame presentarme. Soy Jérôme Malo.

Ella asintió con un gesto. Entró en el vestíbulo. Un extraño alto y delgado estaba de pie detrás del mostrador de la recepción, junto a Nicole Paradis, que estaba atareada operando el conmutador.

El extraño sonrió.

—Buenas tardes, *madame* Harris. La estábamos esperando. Soy Alphonse Girouard, el administrador del edificio.

Kelly miró a su alrededor, intrigada.

—¿Dónde está Philippe Cendre?

—Ah, Philippe y su familia se fueron a algún lugar de España. —Se encogió de hombros—. Algo que ver con negocios, creo.

Kelly comenzó a sentirse dominada por una súbita sensación de alarma.

—¿Y la hija?

—Partió con ellos.

"¿Le conté que mi hija fue aceptada en La Sorbona? Es un sueño hecho realidad".

Trató de mantener la voz calmada.

—¿Cuándo se fueron?

—Hace unos días, pero por favor, no se preocupe, *madame*. La cuidaremos bien. Su departamento está listo para recibirla.

Nicole Paradis la miró desde el conmutador.

—Bienvenida a casa. —Pero sus ojos decían otra cosa.

—¿Dónde está Ángela?

—Ah, la perrita. Philippe la llevó con él.

Kelly luchaba para no dejarse dominar por el pánico. Le costaba respirar.

—¿Vamos ahora, *madame*? Tenemos una pequeña sorpresa para usted en su departamento.

"Seguro que la tienen". La cabeza de Kelly se movía a toda velocidad.

—Sí. Un minuto —dijo—. Me olvidé algo afuera.

Antes de que Gerouard pudiera decir nada, Kelly ya había salido y corría por la calle. Jérôme Malo y Alphonse Girouard se detuvieron en la acera, viendo que se alejaba. Los había tomado por sorpresa y ya era tarde para detenerla. Vieron cuando subía a un taxi.

—¿A dónde vamos, *mademoiselle*?

—¡Sólo siga! —"Esta noche voy a obtener algunas respuestas de Sam", pensó Kelly. "Mientras tanto, tengo unas cuatro horas para perder…"

En su departamento, Sam Meadows terminaba una conversación telefónica.

—… sí, entiendo que es muy importante. Me ocuparé de… La estoy esperando para cenar. Llegará en pocos minutos… sí… Sí, ya organicé para que alguien se ocupe del cuerpo… Gracias… Es muy generoso de su parte, señor Kingsley.

Cuando Sam Meadows colgó el teléfono, miró el reloj. Su invitada para la cena debía llegar pronto.

Capítulo treinta y seis

Cuando Diane llegó al aeropuerto Tempelhof de Berlín, debió esperar quince minutos en la fila para tomar un taxi. Finalmente llegó su turno.

—*Wohin?* —preguntó el chofer con una sonrisa.

—¿Habla inglés?

—Por supuesto, *Fräulein*.

—Hotel Kempinski, por favor.

—*Ja wohl.*

Veinticinco minutos más tarde, Diane estaba registrándose en el hotel.

—Quiero alquilar un auto con chofer.

—Muy bien, *Fräulein*. —Miró hacia abajo—. ¿El equipaje?

—Lo traerán luego.

—¿A dónde desea ir, *Fräulein*? —preguntó el chofer cuando llegó el auto.

—Sólo dé vueltas por cualquier parte, por favor. —Necesitaba tiempo para pensar.

—Bien. Hay mucho para ver en Berlín.

La ciudad fue una sorpresa para Diane. Sabía que había sido bombardeada casi hasta hacerla desaparecer en la Segunda Guerra mundial, pero lo que vio en ese momento era una activa ciudad con modernos y atractivos edificios y un estimulante aire de éxito.

Los nombres de las calles le resultaban extraños: Windscheistrasse, Regensburgerstrasse, Lützowufer...

Mientras paseaban, el chofer le explicaba la historia de los parques y los edificios, pero Diane no prestaba atención. Tenía que hablar con las personas del lugar donde *Frau* Verbrugge había trabajado y descubrir qué era lo que sabían. Según lo que había sacado de Internet, la mujer de Franz Verbrugge había sido asesinada y él había desaparecido.

—¿Sabe donde hay algún ciber café? —preguntó al chofer inclinándose hacia adelante.

—Por supuesto, *Fräulein*.

—Por favor lléveme allí.

—Es excelente, muy visitado. Allí puede obtener toda la información que quiera.

"Eso espero", pensó Diane.

El Cyberlin Café no era tan grande como el de Manhattan, pero parecía igualmente activo.

Apenas entró, una mujer salió de atrás de un escritorio.

—Tendremos una computadora disponible en diez minutos.

—Quiero hablar con el gerente —pidió Diane.

—Yo soy la gerente.

—Oh.

—¿Y para qué quería verme?

—Quería hablar con usted acerca de Sonja Verbrugge.

La mujer sacudió la cabeza.

—*Frau* Verbrugge no está aquí.

—Lo sé —dijo Diane—. Está muerta. Estoy tratando de descubrir cómo murió.

La mujer la miraba atentamente.

—Fue un accidente. Cuando la policía confiscó su computadora encontró... —una expresión de sospecha se apoderó de su rostro—. Si espera un momento aquí, *Fräulein*, llamaré a alguien que pueda ayudarla. Volveré en un momento.

Diane la vio desaparecer rápidamente por la parte de atrás y en cuanto la perdió de vista, salió y subió al auto. No iba a encontrar ninguna ayuda en ese lugar. "Tengo que hablar con la secretaria de Franz Verbrugge".

En una cabina telefónica Diane consiguió el número de GKI y lo marcó.

—GKI Berlín.

—¿Podría hablar con la secretaria de Franz Verbrugge, por favor?

—¿Quién habla?

—Soy Susan Stratford.

—Un momento, por favor.

En la oficina de Tanner vio que se encendía la luz azul. Le sonrió a su hermano.

—Ésa es Diane Stevens que llama. Veamos si podemos hacer algo por ella. —Puso la comunicación en el altoparlante.

—La secretaria no está disponible en este momento —dijo la voz de la operadora de GKI—. ¿Querría hablar con su asistente?

—Sí, por favor.

—Un momento.

Se oyó una voz de mujer.

—Soy Heidi Fronk. ¿En qué puedo ayudarla?

El corazón de Diane comenzó a latir con fuerza.

—Soy Susan Stratford. Soy reportera de *The Wall Street Journal*. Estamos haciendo una nota sobre las tragedias recientemente ocurridas a algunos empleados de GKI. Me gustaría hacerle una entrevista a usted.

—No sé...

—Sólo para algunos datos generales y antecedentes.

Tanner escuchaba atentamente.

—¿Qué tal un almuerzo? ¿Podría ser hoy?

—Lo siento, no puedo.

—La cena, entonces.

Había una cierta vacilación en su voz.

—Sí, supongo que podría ser.

—¿Dónde le gustaría que nos encontremos?

—El Rockendorf es un buen restaurante. Podríamos encontrarnos allí.

—Gracias.

—¿Ocho y media?

—Ocho y media.

Diane colgó. Sonreía.

Tanner se dirigió a Andrew.

—He decidido hacer lo que debí haber hecho en primer lugar. Llamaré a Greg Holliday para que se ocupe del asunto. Él nunca me ha fallado. —Miró a Andrew—. Tiene un ego enorme. Cobra un ojo de la cara —apenas si sonrió—… pero entrega un ojo de la cara.

Capítulo treinta y siete

Al acercarse a la puerta de la casa de departamentos donde vivía Sam Meadows en el 14 de la rue du Bourg-Tibourg, en el 4ème Arrondissement, Kelly vaciló. La persecución iba llegando a su término y ella, finalmente, iba a conocer algunas respuestas. Sin embargo se descubría a sí misma resistiéndose, temerosa de conocerlas.

Tocó el timbre. En el momento en que vio a Sam, sus temores se desvanecieron. Lo único que sintió fue placer y alivio al ver a este hombre que había estado tan cerca de Mark.

—¡Kelly! —Él la envolvió en un tibio abrazo de oso.

—¡Oh, Sam!

—Adelante. —La tomó de la mano.

Entraron. Era un encantador departamento de dos dormitorios en un edificio que alguna vez había pertenecido a un miembro de la nobleza francesa.

La sala era espaciosa y lujosamente equipada con muebles franceses y, en un pequeño nicho había un bar de madera de roble curiosamente tallado. En las paredes había un Man Ray y dibujos de Adolf Wolfi.

—No puedo decirte lo apesadumbrado que estoy por lo ocurrido con Mark —dijo él torpemente.

—Lo sé —dijo ella palmeándolo en el brazo.

—Es increíble.

—Estoy tratando de descubrir qué ocurrió —explicó—. Es por eso que estoy aquí. Espero que puedas ayudarme.

Se sentó en un sofá, expectante e invadida por una sensación de aprensión.

El rostro de Sam se ensombreció.

—Nadie parece conocer la historia completa. Mark estaba trabajando en un proyecto secreto. Estaba aparentemente colaborando con otros dos o tres empleado de GKI. Éstos dicen que se suicidó.

—No lo creo —afirmó ella con vehemencia.

—Tampoco yo. —Su voz se había suavizado—. ¿Y sabes cuál es la principal razón de que yo tampoco lo crea? Tú eres esa razón.

Kelly lo miró, intrigada.

—No te entiendo…

—¿Cómo podría Mark abandonar a una mujer tan encantadora como tú? —Se acercó a ella—. Lo que ocurrió es una gran tragedia, Kelly, pero la vida debe continuar, ¿no? —Le tomó la mano y la puso entre las suyas—. Todos necesitamos a alguien, ¿no es cierto? Él se ha ido, pero yo estoy aquí. Las mujeres como tú necesitan un hombre.

—¿Las mujeres como yo…?

—Mark me contó lo apasionada que eres. Me dijo que te encantaba…

Ella se volvió hacia él, sorprendida. Mark jamás habría dicho una cosa así. Jamás habría hablado de ella de esa manera con nadie.

Sam le cubrió los hombros con un brazo.

—Sí. Mark me contó cuánto necesitabas la pasión. Solía contarme lo grandiosa que eres en la cama.

Kelly sintió que se encendía en ella una súbita señal de alarma.

—Y si eso te hace sentir mejor —agregó él—, Mark no sufrió nada.

Lo miró a los ojos y en ese instante lo supo.

—Cenaremos en pocos minutos —continuó él—. ¿Qué te parece abrir el apetito en la cama?

Ella sintió de pronto que podía desvanecerse. Logró con esfuerzo sacar una sonrisa.

—Gran idea. —Su mente trabajada a toda velocidad. Él era demasiado corpulento como para enfrentarlo, además, no tenía nada con qué hacerlo.

Sam comenzó a acariciarla.

—¿Sabes que tienes un culo maravilloso, querida? Eso me encanta.

—¿Seguro? —respondió ella sonriendo. Olfateó el aire—. Estoy famélica. Huelo algo sabroso.

—Nuestra cena.

Antes de que él pudiera detenerla, Kelly se puso de pie y se dirigió a la cocina. Al pasar junto a la mesa, se llevó una sorpresa mayúscula. Estaba puesta sólo para una persona.

Se volvió. En la sala, vio a Sam que se dirigía a la puerta y la cerraba con llave, para luego ponerla en el cajón de un mueble cercano.

Miró buscando algún arma en la cocina. No tenía manera de saber en qué cajón estarían los cuchillos. En la mesada había una caja de fideos cabellos de ángel; sobre la hornalla, una olla con agua hirviendo y, junto a ella, en una ollita más pequeña se cocinaba una salsa roja.

Él fue a la cocina y la abrazó. Ella fingió no prestarle atención y miró la salsa sobre el fuego.

—Se ve maravilloso.

Él le acariciaba el cuerpo.

—Deliciosa. ¿Qué te gusta hacer en la cama, muñeca?

La mente de Kelly se movía a la carrera.

—De todo —respondió con voz suave—. Le hacía algo un poco raro a Mark, algo que lo volvía loco.

—¿Qué era? —quiso saber Sam, cuyo rostro se iluminó.

—Yo tomaba una tela tibia y mojada y… —Tomó un repasador liviano que había en la pileta—. Te mostraré. Bájate los pantalones.

—Hmmm —gruñó él. Se abrió los pantalones y los dejó caer al suelo. Tenía puestos calzoncillos cortos, tipo boxeador.

—Ahora los calzoncillos.

Dejó caer la prenda y su miembro comenzaba a crecer.

—Caramba —exclamó ella con admiración. Tomó la tela con la mano izquierda y se acercó a él. Con la derecha tomó la olla de agua hirviendo y lanzó su contenido sobre sus genitales.

Kelly seguía oyendo sus gritos cuando tomó la llave del mueble, abrió la puerta y huyó.

Capítulo treinta y ocho

El Rockendorf es uno de los más notables restaurantes de Alemania, cuya decoración *art nouveau* desde hacía mucho tiempo era un símbolo de la prosperidad de Berlín.

Cuando Diane entró fue recibida por el *maître d'hôtel*.

—¿En qué puedo servirla?

—Tengo una reserva. Stevens. La señorita Fronk vendrá a encontrarse conmigo.

—Por aquí, por favor.

La ubicó en una mesa en un rincón. Diane observó el lugar con cuidado. Había unos cuarenta comensales en el restaurante. Casi todos hombres de negocios. Frente a la mesa de Diane había un hombre atractivo y bien vestido que comía solo.

Mientras esperaba en su sitio, pensó en su conversación con Heidi Fronk. ¿Cuánto sería lo que ella sabía?

Un camarero le entregó el menú.

—*Bitte.*

—Gracias.

Echó una mirada a la carta. *Leberkäs, Kanödel, Haxen, Labskau...* No tenía la menor idea de qué eran aquellos platos. Heidi Fronk se lo explicaría.

Miró el reloj. Heidi llevaba ya veinte minutos de retraso.

El camarero se acercó a la mesa.

—¿Desea ordenar ahora, *Fräulein*?

—No. Esperaré a mi invitada. Gracias.

Los minutos pasaban. Comenzaba a preguntarse si algo habría salido mal.

Quince minutos más tarde, el camarero regresó a la mesa.

—¿Quiere que le traiga algo?

—No, gracias. Mi invitada no debe demorar mucho más.

A las nueve, Heidi Fronk no había aparecido todavía. Descorazonada, se dio cuenta de que la otra ya no vendría.

Cuando miró a su alrededor, vio a dos hombres sentados a una mesa cerca de la entrada. Estaban mal vestidos y tenían aspecto de malas personas. La palabra "malhechores" fue la única que le vino a la mente. Vio que un camarero se acercó a su mesa y ellos los despidieron groseramente haciendo gestos con las manos. No estaban interesados en la comida. Se volvieron para observar a Diane y ésta, con una sensación de desolación, se dio cuenta de que había caído en una trampa. Heidi Fronk la había entregado. Su corazón comenzó a latir tan rápidamente que sintió que iba a desmayarse. Miró alrededor buscando una salida. No había ninguna. Podía quedarse allí sentada, pero al final iba a tener que salir y la atraparían. Pensó en usar su teléfono celular, pero no había nadie que pudiera ayudarla.

"Tengo que salir de aquí, pero ¿cómo?", pensó desesperadamente.

Al recorrer el lugar con la mirada, su atención se detuvo en el atractivo hombre sentado solo a la mesa frente a la suya. Estaba tomando el café.

Diane le sonrió.

—Buenas noches —lo saludó.

Él la miró sorprendido.

—Buenas noches —respondió en tono amable.

—Veo que ambos estamos solos. —Le dirigió una sonrisa tibia e invitadora.

—Así es.

—¿Le gustaría acompañarme?

El hombre vaciló un momento y sonrió.

—Ciertamente. —Se puso de pie y se acercó a la mesa de Diane.

—No es divertido comer solo, ¿no? —dijo ella en tono jovial.

—Tiene mucha razón. No es divertido.

—Soy Diane Stevens —dijo ella a la vez que le tendía la mano.

—Greg Holliday.

Kelly Harris estaba estupefacta después de la aterradora experiencia con Sam Meadows. Una vez que abandonó el lugar, pasó la noche caminando por la calles de Montmartre, constantemente mirando hacia atrás, temerosa de estar siendo seguida. "Pero no puedo irme de París sin descubrir qué es lo que ocurre", pensó.

Al amanecer, entró en un pequeño bar y tomó una taza de café. La respuesta a su problema le vino inesperadamente. La secretaria de Mark. Adoraba a Mark. Kelly estaba segura de que haría cualquier cosa para ayudarla.

A las nueve, llamó desde una cabina de teléfono. Marcó el número que tan bien conocía y atendió una operadora con un fuerte acento francés.

—Grupo Kingsley Internacional.

—Quisiera hablar con Yvonne Resnais.

—*Un moment, s'il vous plait.*

Un instante más tarde oyó la voz de Yvonne.

—Yvonne Resnais. ¿En qué puedo servirla?

—Yvonne. Soy Kelly Harris.

—¡Oh! ¡Señora Harris! —La exclamación era claramente de sorpresa.

En la oficina de Tanner Kingsley se encendió la luz azul. Éste tomó el teléfono y escuchó la conversación que se desarrollaba en París.

"—Lamento lo que le ocurrió al señor Harris. Fue terrible.

"—Gracias, Yvonne. Necesito hablar con usted. ¿Podemos encontrarnos en alguna parte? ¿Podemos almorzar juntas?

"—Sí.

"—En algún lugar público.

"—¿Conoce Le Ciel de Paris? Está en la Tour Montparnasse.

"—Sí".

Tanner Kingsley estiró los labios en una delgada sonrisa. "Disfruta tu último almuerzo". Quitó la llave de un cajón, lo abrió y tomó el teléfono de oro.

—Buen día, Tanner —dijo la voz en el otro extremo de la línea.

—Buenas noticias. Asunto terminado. Las tenemos a ambas. —Escuchó un momento y luego hizo un gesto de asentimiento con la cabeza—. Lo sé. Nos llevó un poco más de tiempo que el esperado, pero ahora podemos seguir adelante... Coincido con eso... Adiós.

La Tour Montparnasse es una torre de vidrio y acero de doscientos metros de altura. El edificio vibraba de actividad y sus oficinas estaban totalmente ocupadas. El bar y restaurante estaban en el piso cincuenta y seis.

Kelly fue la primera en llegar. Yvonne lo hizo con quince minutos de retraso, deshaciéndose en disculpas.

La mujer de Mark sólo la había visto unas pocas veces, pero la recordaba muy bien. Yvonne era una mujer pequeña y de rostro dulce. Mark había comentado muchas veces su eficiencia.

—Gracias por venir —agradeció Kelly.

—Haría cualquier cosa que pudiera... el señor Harris era un hombre magnífico. Todos en la oficina lo adoraban. No podíamos creer que... lo que ocurrió.

—De eso precisamente quería hablar con usted, Yvonne. Usted trabajó con mi marido durante cinco años, ¿no?

—Sí.

—De modo que llegó a conocerlo bastante, ¿verdad?

—Por supuesto.

—¿Notó usted algo en los últimos meses que le pareciera extraño? Me refiero a algún cambio en su manera de actuar o en lo que decía.

Yvonne evitó mirarla a los ojos.

—No sé si... Quiero decir...

—Lo que sea que quiera decir, ya no puede dañarlo a él —la

alentó sinceramente—. En cambio podría ayudarme a mí a comprender lo que ocurrió. —Kelly juntó fuerzas para hacer la siguiente pregunta—. ¿Alguna vez le habló de Olga?

—¿Olga? —repitió la otra, sorprendida—. Nunca.

—¿No sabe quién era?

—No tengo la menor idea.

A Kelly la envolvió una sensación de alivio.

—Yvonne, ¿hay algo que usted no me está diciendo? —insistió inclinándose hacia delante.

—Bueno…

El camarero se acercó a la mesa.

—*Bonjour, mesdames. Bienvenue au Ciel de Paris. Je m'appelle Jacques Brion. Notre chef de cuisine a préparé quelques spécialités pour le déjeuner d'aujourd'hui. Avez-vous fait votre choix?*

—*Oui, monsieur. Nous avons choisi le Châteaubriand pour deux.*

Cuando el camarero se alejó, Kelly la miró a Yvonne.

—Me estaba diciendo…

—Bueno, en los últimos días antes de… antes de que muriera, el señor Harris parecía estar muy nervioso. Me pidió que le sacara un pasaje aéreo a Washington, D.C.

—Estoy enterada de eso. Pensé que se trataba de un viaje de rutina.

—No. Creo que era algo muy distinto… algo urgente.

—¿Tiene alguna idea de qué se trataba?

—No. De pronto todo se había vuelto muy secreto. Eso es todo lo que sé.

Interrogó a la ex secretaria de su marido durante una hora más, pero no hubo nada que Yvonne pudiera agregar.

—Me gustaría que mantuviera este encuentro en secreto, Yvonne —sugirió cuando terminaron de almorzar.

—No tiene por qué preocuparse, señora Harris. No abriré la boca. —Se puso de pie—. Debo regresar a mi trabajo. —Le temblaron los labios—. Pero nunca será igual que antes.

—Gracias, Yvonne.

"¿A quién iba a ver Mark en Washington?" Además, también estaban las extrañas llamadas telefónicas desde Alemania, desde Denver y desde Nueva York.

Kelly tomó el ascensor hasta el vestíbulo. "Llamaré a Diane para ver si ella encontró algo. Tal vez..."

Al llegar a la entrada principal del edificio, los vio. Había dos hombres corpulentos a cada lado de la puerta. La miraron y luego se sonrieron el uno al otro. Hasta donde ella sabía, no había otra salida cerca. "¿Yvonne la habría traicionado?"

Los hombres comenzaron a moverse en dirección a ella, empujando con brusquedad a la gente que entraba y salía del edificio.

Ella miró con desesperación a su alrededor y se aplastó contra una pared. Con el brazo tocó algo duro. Lo miró y a medida que los hombres se acercaban, tomó el pequeño martillo junto a la alarma de incendio, rompió el vidrio y la alarma se oyó en todo el edificio.

—¡Fuego! ¡Fuego! —gritó Kelly.

Instantáneamente se produjo el pánico. La gente comenzó a salir corriendo de las oficinas, de los negocios, de los restaurantes, en dirección a la salida. A los pocos segundos, el vestíbulo estaba lleno y todos luchaban por poder salir. Los dos hombres trataban de hallar a Kelly en aquella multitud. Cuando por fin llegaron al lugar donde la habían visto por última vez, ya había desaparecido.

—Estaba esperando a una amiga —le explicó Diane a Greg Holliday, el atractivo caballero al que había invitado a su mesa—. Parece que no pudo venir.

—Qué lástima. ¿Está de paso en Berlín?

—Sí.

—Es una ciudad muy hermosa. Soy un hombre felizmente casado, de otra manera me habría ofrecido para acompañarla. Pero hay algunos paseos que le puedo recomendar.

—Me encantaría —respondió Diane sin prestar atención. Miró en dirección a la entrada. Los dos hombres estaban saliendo por la puerta. La iban a esperar afuera. Llegaba el momento de hacer su jugada.

—En realidad —dijo ella—, estoy aquí con un grupo. —Miró su reloj—. Me están esperando en este momento. ¿Le molestaría acompañarme hasta el taxi?

—De ninguna manera.

Un momento más tarde se dirigían a la salida.

Tuvo una profunda sensación de alivio. Los dos hombres podrían atacarla a ella sola, pero no creía que se iban animar a hacerlo estando acompañada por un hombre. Llamaría demasiado la atención.

Cuando Diane y Greg Holliday salieron, ninguno de los dos hombres estaba a la vista. Había un taxi frente al restaurante y un Mercedes estacionado atrás.

—Fue un gusto conocerlo, señor Holliday. Espero...

El hombre sonrió y la tomó por el brazo con tanta fuerza que ella sintió un terrible dolor.

Lo miró sorprendido.

—¿Qué...?

—¿Por qué no subimos al auto? —dijo con suavidad. La arrastraba hacia el Mercedes. Sus dedos apretaron todavía más.

—No, no quiero...

Al llegar junto al vehículo, ella vio a los hombres que habían estado en el restaurante sentados adentro, en los asientos de adelante. Horrorizada, de pronto se dio cuenta de lo que había ocurrido. Se sintió dominada por un miedo aterrador.

—Por favor —imploró—, no. Yo... —Se sintió arrojada al interior del auto.

Greg Holliday se sentó junto a ella y cerró la puerta.

—*Schnell!*

Cuando el auto se mezcló con el tránsito, Diane sintió que comenzaba a perder el control sobre sí misma.

—Por favor...

Greg Holliday la miró y sonrió dándole confianza.

—Quédese tranquila. No le voy a hacer daño. Le prometo que mañana mismo usted estará volando de regreso a su casa. —Metió la mano en el bolsillo de tela adherido a la parte de atrás del asiento del conductor y sacó una jeringa con aguja—. Le voy a poner una inyección. Es inofensiva. La hará dormir por una o dos horas. —La tomó por la muñeca.

—*Scheisse!* —gritó el chofer. Un peatón había pasado imprevistamente corriendo por delante y el conductor debió frenar de golpe para evitar atropellarlo, tomando a sus pasajeros por sorpresa. La cabeza de Holliday golpeó contra la estructura de metal del apoyacabeza.

Trató de sentarse, mareado.

—¿Qué...? —le gritó al chofer.

Instintivamente, Diane tomó la mano de Holliday que sostenía la jeringa, le torció la muñeca y metió la aguja en el cuerpo de él.

El hombre se volvió sorprendido.

—¡No! —gritó.

Cada vez más horrorizada, Diane vio cómo el cuerpo del hombre era dominado por un espasmo para luego quedar duro y desvanecerse. A los pocos segundos estaba muerto. Los dos hombres en el asiento delantero se volvieron para ver qué estaba ocurriendo. Diane salió por la puerta y segundos más tarde estaba en un taxi que iba en dirección opuesta.

Capítulo treinta y nueve

El sonido del teléfono celular la sobresaltó. Lo tomó cautelosamente.

—¿Hola?

—Hola, Kelly.

—¡Diane! ¿Dónde estás?

—En Munich. ¿Dónde estás tú?

—En el transbordador, cruzando el Canal de la Mancha, rumbo a Dover.

—¿Cómo te fue en la reunión con Sam Meadows?

En los oídos de Kelly todavía resonaban sus gritos.

—Te lo diré cuando nos encontremos. ¿Conseguiste alguna información?

—No mucha. Tenemos que decidir nuestro próximo paso. Nos estamos quedando sin alternativas. El avión de Gary Reynolds se estrelló cerca de Denver. Creo que tenemos que ir a ese lugar. Tal vez sea nuestra última oportunidad.

—Muy bien.

—La nota necrológica decía que Reynolds tiene una hermana que vive en Denver. Ella podría saber algo. Podríamos encontrarnos allí, en el Hotel Brown Palace. Tomaré un avión en una hora en el aeropuerto Schönefeld de Berlín.

—Yo tomaré otro en Heathrow.

—Bien. La habitación estará a nombre de "Harriet Beecher Stowe".

—Kelly...

—Sí.

—Sólo... ya sabes.

—Lo sé. Tú también...

Tanner estaba solo en su oficina. Hablaba por el teléfono de oro.

—...Y lograron escapar... Sam Meadows no está muy feliz que digamos y Greg Holliday está muerto. —Se quedó en silencio un momento, pensando—. La lógica indica que el único lugar que les queda es Denver. En realidad, ésa es probablemente su última opción disponible... Parece que voy a tener que ocuparme de este asunto personalmente. Se han ganado mi respeto, de modo que corresponde que me ocupe de ellas de manera adecuada... —Escuchó y luego rió—. Por supuesto... Adiós.

Andrew estaba sentado en su oficina. Su mente flotaba generando visiones nebulosas... Se veía a sí mismo en una cama de hospital y Tanner le estaba diciendo: "Me sorprendiste, Andrew. Se suponía que debías morir. Ahora los médicos me dicen que en pocos días más podrás salir de aquí. Te daré una oficina en GKI. Quiero que me veas solucionando todos tus problemas. Fuiste incapaz de darte cuenta, ¿no es cierto, imbécil? Pues bien, voy a convertir tu insignificante organización en una mina de oro, y tú podrás sentarte a mirar lo que lo hago. Andrew... Andrew... Andrew..."

La voz se hizo cada vez más fuerte.

—¡Andrew! ¿Estás sordo?

Su hermano lo estaba llamando. Se puso de pie y se dirigió a la oficina de Tanner.

—Espero no interferir con tu trabajo —dijo éste con sarcasmo cuando lo vio.

—No, sólo estaba...

Tanner lo estudió por un momento.

—Realmente no sirves para nada, ¿no es cierto, Andrew? Ni cosechas, ni siembras. Es bueno para mí tener a alguien con quien hablar, pero no sé por cuánto tiempo querré tenerte por aquí...

Kelly llegó a Denver antes que Diane y se instaló en el venerable Hotel Brown Palace.

—Una amiga llegará esta tarde.

—¿Quiere dos habitaciones?

—No. Una doble.

Después de aterrizar en el Aeropuerto Internacional de Denver, Diane tomó un taxi que la llevó al hotel. Le dio su nombre al empleado.

—Ah, sí, señora Stevens. La señora Stowe la está esperando. Está en la habitación 638.

Era un alivio saberlo.

Kelly la estaba esperando. Se dieron un cálido abrazo.

—Te extrañé.

—Yo también te extrañé. ¿Hiciste un buen viaje? —respondió Kelly.

—Nada especial. Gracias a Dios. —La miró a los ojos—. ¿Qué te ocurrió en París?

La otra respiró hondo.

—Tanner Kingsley... ¿Qué pasó en Berlín?

—Tanner Kingsley... —respondió Diane inexpresivamente.

Kelly se acercó a una mesa, tomó una guía telefónica y se la entregó.

—La hermana de Gary, Lois Reynolds, todavía aparece en la guía. Vive en la calle Marion.

—Bien. —Diane miró su reloj—. Es demasiado tarde como para hacer algo esta noche. Iremos mañana por la mañana.

Cenaron en la habitación y conversaron hasta la medianoche. Luego se prepararon para ir a la cama.

—Buenas noches —saludó Diane y estiró la mano para apagar la luz y la habitación se hundió en la oscuridad.

—¡No! Enciende las luces —gritó Kelly.

Rápidamente su compañera hizo lo que le pedía.

—Lo siento, Kelly. Lo olvidé.

Su amiga respiraba con dificultad, luchando para detener el pánico.

—Ojalá alguna vez pueda superar esto —dijo cuando pudo hablar.

—No te preocupes. Cuando vuelvas a sentirse segura lo superarás.

En la puerta del hotel esperaba una fila de taxis, como todas las mañanas. Al salir, tomaron uno y Kelly le dio al chofer el número de la casa de Lois Reynolds en la calle Marion.

Quince minutos más tarde, el taxi se detuvo.

—Llegamos.

Kelly y Diane miraron por la ventanilla sin poder creer lo que veían. Ante sí tenían las ruinas calcinadas de una casa que había ardido hasta el suelo. Lo único que quedaba eran cenizas, trozos de maderas quemadas y arruinados cimientos de concreto.

Diane sintió que se ahogaba.

—Esos bastardos la mataron —dijo Kelly. Miró con gesto desesperado a su compañera—. Éste es el fin del camino.

—Hay una última posibilidad —reveló Diane después de pensarlo un momento.

Ray Fowler, el poco simpático gerente del Aeropuerto de Denver, miró ceñudo a las dos mujeres.

—Veamos si entiendo bien. Ustedes dos están investigando un accidente aéreo, sin autoridad alguna, y quieren que yo les permita interrogar al controlador aéreo de guardia en ese momento, así ustedes pueden tener acceso a información especial. ¿Estoy en lo cierto?

Diane y Kelly se miraron una a la otra.

—Bueno, nosotras esperábamos... —trató de explicar Kelly.

—¿Qué es lo que estaban esperando?

—Que usted pudiera ayudarnos.

—¿Por qué habría yo de hacer tal cosa?

—Señor Fowler, sólo queremos estar seguras de que lo que le ocurrió a Gary Raynolds realmente fue un accidente.

El hombre las estudiaba atentamente.

—Es interesante —dijo y se quedó ahí sentado, divertido, luego habló—. He pensado mucho en eso. Tal vez ustedes tendrían que hablar sobre esto con Howard Miller. Él era el controlador aéreo de guardia cuando ocurrió el accidente. Ésta es su dirección. Lo llamaré y le diré que ustedes irán a verlo.

—Gracias. Muy amable —agradeció Diane.

—La única razón por la que hago esto —gruñó Ray Fowler—, es porque creo que el informe oficial es una mentira. Encontramos los restos del avión, pero, ¡oh, casualidad!, la caja negra había desaparecido.

Howard Miller vivía en una pequeña casa de ladrillo y cemento a unos diez kilómetros del aeropuerto. Era un hombre pequeño, de unos cuarenta y tantos años y lleno de energía. Él mismo les abrió la puerta.

—Adelante. Ray Fowler me dijo que vendrían.

—Nos gustaría hablar con usted, señor Miller.

—Tomen asiento. —Se sentaron en un sofá—. ¿Quieren café?

—No, gracias.

—Ustedes han venido por el accidente de Gary Reynolds.

—Así es. ¿Fue un accidente o...?

Howard Miller se encogió de hombros.

—Honestamente no lo sé. Nunca me había ocurrido nada igual en todos los años que llevo trabajando aquí. Todo se iba desarrollando de acuerdo a las normas. Gary Reynolds pidió permiso por radio para aterrizar y nosotros lo autorizamos. Y luego, sin saber cómo, él estaba a sólo tres kilómetros, informando que había un huracán. ¡Un huracán! Nuestros monitores de clima no indicaban nada. Consulté al Servicio Meteorológico y no registraban viento alguno. Debo confesar que pensé que el piloto estaba ebrio o drogado. Y de pronto, se estrelló contra la ladera de una montaña.

—Tengo entendido que no se pudo encontrar la caja negra —dijo Kelly.

—Ésa es otra cosa curiosa —confirmó el controlador—. Encontramos todo, pero ¿qué ocurrió con la caja negra? Los funcionarios de la administración aérea creyeron que teníamos mal nuestros registros. No nos creyeron cuando les dijimos lo que había ocurrido. ¿Les ha ocurrido alguna vez tener la sensación de que algo no está bien?

—Sí...

—Pues bien. Yo siento que algo no está bien, sin embargo me resulta difícil precisarlo. Lamento no ser de más ayuda.

Diane y Kelly se pusieron de pie.

—Bueno, muchas gracias, señor Miller. Gracias por su tiempo.

—No es nada.

—Espero que la hermana de Gary esté bien —comentó Miller mientras las conducía a la puerta.

Kelly se detuvo.

—¿Cómo?

—Sí. Como usted sabe, está en el hospital. Pobrecita. Su casa se incendió una noche hasta los cimientos. No saben si va a salvarse o no.

Diane quedó paralizada.

—¿Qué ocurrió?

—La gente del departamento de incendios piensa que la causa fue un cortocircuito. Lois logró arrastrarse hasta la puerta y salir al jardín, pero cuando los bomberos llegaron, ella estaba muy mal.

—¿En qué hospital está? —preguntó Diane tratando de mantener la voz calmada.

—El Hospital de la Universidad de Colorado. Está allí, en el Centro del Quemado. En Three North.

—Lo siento —informó la enfermera en la recepción de Three North—, a la señorita Reynolds no se le permite recibir visitas.

—¿Podría decirnos en qué habitación está?

—No. No puedo decirlo.

—Se trata de una emergencia —dijo Diane—. Tenemos que verla y...

—Nadie puede verla sin autorización escrita. —El tono de voz era definitivo.

Diane y Kelly se miraron.

—Bueno, gracias.

Se retiraron.

—¿Qué vamos a hacer? —exclamó Kelly—. Ésta era nuestra última oportunidad.

—Tengo un plan.

Un mensajero uniformado con un gran envoltorio con cintas se acercó al mostrador de la recepción.

—Tengo algo para la señorita Reynolds.

—Yo firmaré —dijo la enfermera.

El mensajero sacudió la cabeza.

—Lo siento. Tengo órdenes de entregarlo personalmente. Es algo muy valioso.

La enfermera vaciló.

—Entonces tengo que acompañarlo.

—Está bien.

Siguió a la enfermera hasta el final del pasillo. Cuando llegaron a la habitación 391 la enfermera comenzó a abrir la puerta y el mensajero le entregó el envoltorio.

—Puede entregárselo —le dijo.

Un piso más abajo, el mensajero se dirigió al banco donde Diane y Kelly lo esperaban.

—Habitación 391 —informó.

—Gracias —agradeció Diane y le dio dinero.

Las dos mujeres subieron al tercer piso por la escalera, llegaron al pasillo y esperaron a que la enfermera atendiera el teléfono. Estaba de espaldas a ellas. Rápidamente recorrieron el pasillo y llegaron a la habitación 391.

Lois Reynolds estaba en la cama en medio de una madeja de tubos y cables que salían de su cuerpo. Estaba vendada casi por completo. Cuando se acercaron, tenía los ojos cerrados.

—Señorita Reynolds —susurró con suavidad Diane—, soy Diane Stevens, ella es Kelly Harris. Nuestros maridos trabajaban para GKI...

Lois Reynolds abrió lentamente los ojos tratando de enfocarlas. Cuando habló, su voz era la sombra de un susurro.

—¿Qué?

—Nuestros maridos trabajaban para GKI —insistió Kelly—. Ambos fueron asesinados. Pensamos que debido a lo ocurrido con su hermano, usted podría ayudarnos.

Lois Reynolds trató de sacudir la cabeza.

—No puedo ayudar... Gary está muerto. —Sus ojos se llenaron de lágrimas.

Diane se inclinó para estar más cerca.

—¿Le dijo algo su hermano antes del accidente?

—Gary era un hombre maravilloso. —Su voz se arrastraba por el dolor—. Se mató en un accidente aéreo.

—¿Le dijo algo que pudiera ayudarnos a descubrir lo que ocurrió?

Lois Reynolds cerró los ojos.

—Señorita Reynolds, por favor no se quede dormida todavía. Por favor. Esto es muy importante. ¿Dijo algo su hermano que pudiera sernos de alguna ayuda?

Abrió otra vez los ojos y la miró intrigada.

—¿Quién es usted?

—Creemos que su hermano fue asesinado —explicó Diane.

—Lo sé... —murmuró.

Las dos visitantes sintieron un escalofrío.

—¿Por qué? —preguntó Kelly.

—Prima... —Fue un susurro.

—¿Prima? —Se acercó un poco más.

—Gary me contó sobre Prima unos... unos pocos días antes de que lo mataran. Es la máquina para controlar... para controlar el clima. Pobre Gary... nunca... nunca pudo llegar a Washington.

—¿Washington? —repitió Diane.

—Sí… Todos ellos iban a ver… iban a ver a un senador sobre… sobre Prima… Gary decía que Prima era algo dañino…

—¿Recuerda el nombre del senador?

—No.

—Por favor, piense.

—Era una senadora… —murmuró Lois Reynolds…

—¿Senadora…? —insistió Kelly.

—Levin… Luven… van Luven. Iba a verla a ella. Iba a reunirse con…

La puerta se abrió de golpe y entró un médico con chaqueta blanca y el estetoscopio colgando del cuello. Miró furioso a las dos mujeres.

—¿Nadie les dijo que estaban prohibidas las visitas a esta paciente?

—Lo siento —se excusó Kelly—. Teníamos… que hablar con…

—Retírense, por favor.

Las dos miraron a Lois Reynolds.

—Adiós. Que se mejore.

El hombre las miró hasta que salieron de la habitación. Cuando la puerta se cerró, se inclinó sobre la paciente y tomó una almohada.

Capítulo cuarenta

Bajaron hasta el vestíbulo principal del hospital.

—Ésa es la razón por la que Richard y Mark iba a viajar a Washington, a ver a la senadora van Luven.

—¿Cómo nos comunicamos con ella?

—Muy simple. —Diane tomó su teléfono celular.

Kelly estiró la mano para detenerla.

—No. Usemos un teléfono público.

Consiguieron el número de teléfono del edificio de oficinas del Senado llamando a Informaciones. Diane llamó.

—Oficina de la senadora van Luven.

—Querría hablar con la senadora, por favor.

—¿Quién quiere hablar con ella?

—Es un asunto personal —explicó Diane.

—Su nombre, por favor.

—No puedo... sólo dígale que es muy importante.

—Lo siento eso es imposible. —Se interrumpió la comunicación.

Diane se volvió a Kelly.

—No podemos usar nuestros nombres. —Volvió a llamar.

—Oficina de la senadora van Luven.

—Por favor, escúcheme. No es la llamada de una loca. Necesito hablar con la senadora y no puedo darle mi nombre.

—Entonces me temo que no puedo comunicarla con la senadora. —Otra vez se interrumpió la comunicación.

Llamó otra vez.

—Oficina de la senadora van Luven.

—Por favor, no cuelgue. Yo sé que usted está haciendo su trabajo, pero éste es un asunto de vida o muerte. Estoy hablando desde un teléfono público. Le daré el número. Por favor, dígale a la senadora que hable conmigo. —Le dio el número a la secretaria y oyó que ésta cortaba la comunicación de golpe.

—¿Qué hacemos ahora? —preguntó Kelly.

—Esperar.

Esperaron dos horas hasta que finalmente, Diane se cansó.

—Esto no va a funcionar. Vamos…

Sonó el teléfono. Diane respiró hondo y corrió a atender.

—¿Hola?

—Soy la senadora van Luven —dijo una voz femenina muy molesta—. ¿Quién es usted?

Diane puso el teléfono cerca de Kelly, para que ambas pudieran oír a la senadora.

—Senadora —dijo Diane, que apenas si podía hablar por el ahogo—. Mi nombre es Diane Stevens. Estoy aquí con Kelly Harris. ¿Sabe quiénes somos?

—No. Me temo que no…

—Nuestros maridos fueron asesinados cuando se aprestaban para verla a usted.

Se oyó un jadeo.

—Oh, Dios mío. Richard Stevens y Mark Harris.

—Sí.

—Ambos coordinaron una cita para reunirse conmigo, pero mi secretaria recibió una llamada que decía que había un cambio de planes. Luego… ellos murieron.

—Esa llamada no provino de ellos, senadora —explicó Diane—. Los asesinaron para que no llegaran a reunirse con usted.

—¿Qué? —Su voz era de estupefacción—. ¿Por qué alguien querría…?

—Los mataron para impedir que hablaran con usted. A Kelly y a mí nos gustaría ir a Washington para hablarle de lo que nuestros maridos estaban tratando de decirle.

Hubo un instante de vacilación.

—Me reuniré con ustedes, pero no en mi oficina. Es un lugar demasiado expuesto. Si lo que ustedes están diciendo es verdad, es muy peligroso. Tengo una casa en Southampton, Long Island. Podemos reunirnos ahí. ¿Desde dónde me están llamando?

—Denver.

—Un momento.

A los tres minutos la senadora van Luven estaba otra vez en el teléfono.

—El próximo vuelo desde Denver a Nueva York es un vuelo nocturno. Es un vuelo de United sin escalas hasta La Guardia. Sale a las 12:25 después de medianoche y llega a Nueva York a las 6:09 de la mañana. Si ese vuelo está lleno, hay uno…

—Iremos en ese vuelo.

Kelly miró a Diane, sorprendida.

—¿Y si no podemos conseguir…?

Diane alzó la mano en un gesto que brindaba seguridad.

—Viajaremos en ese vuelo.

—Cuando lleguen al aeropuerto, un automóvil gris Lincoln Town Car las estará esperando. Vayan directamente al auto. El chofer es un oriental. Se llama Kunio, K-U-N-I-O. Él las conducirá a mi casa. Yo las estaré esperando.

—Gracias, senadora.

Diane colgó y respiró profundamente.

—Todo en orden —dijo volviéndose hacia Kelly.

—¿Cómo sabes que podremos viajar en ese avión?

—Tengo un plan.

El conserje del hotel les alquiló un auto y en cuarenta y cinco minutos estaban camino al aeropuerto.

—No sé si estoy más asustada o más entusiasmada —confesó Kelly.

—No creo que ahora tengamos más motivos para estar asustadas.

—¿Te parece? Unas cuantas personas que trataron de encontrarse con la senadora no lo lograron, Diane. A todas las mataron antes.

—Entonces nosotras seremos las primeras en lograrlo.

—Ojalá tuviéramos… —comenzó a decir Kelly.

—Lo sé. Un arma. Ya lo dijiste. Pero tenemos el ingenio.

—Así es. Ojalá tuviéramos un arma.

Kelly miró por la ventanilla del auto.

—Detente.

Diane se detuvo junto al borde de la acera.

—¿Qué ocurre?

—Debo hacer algo.

Se habían detenido frente a un salón de belleza. Kelly abrió la puerta del vehículo.

—¿A dónde vas?

—Me voy a hacer un nuevo peinado.

—Estás bromeando.

—De ninguna manera

—¿Vas a hacerte un nuevo peinado precisamente ahora? Kelly, estamos en camino al aeropuerto, vamos a tomar un avión, no tenemos tiempo…

—Uno nunca sabe lo que puede ocurrir. Y en caso de que tenga que morir, quiero verme linda.

Diane se quedó muda en su asiento mientras Kelly se dirigía al salón de belleza.

Veinte minutos más tarde, salió. Llevaba una peluca negra, un exuberante peinado alto, recogido en la coronilla y hacia atrás.

—Estoy lista —anunció Kelly—. Vamos a enfrentarnos con lo que sea.

Capítulo cuarenta y uno

—Nos viene siguiendo un Lexus blanco —informó Kelly.

—Lo sé. Hay una media docena de hombres adentro.

—¿Puedes deshacerte de ellos?

—No tengo que hacerlo.

—¿Cómo? —exclamó Kelly mirándola.

—Observa.

Se estaban acercando a una entrada al aeropuerto que tenía un letrero que decía: "Entregas solamente". El guardia detrás de la puerta la había abierto para dejarlas pasar.

Los hombres en el Lexus se quedaron viendo cómo las dos mujeres dejaban su auto y subían a un vehículo oficial del aeropuerto que comenzó a atravesar la pista de aterrizaje.

—Ésta es una entrada privada —dijo el guardia cuando llegó el Lexus.

—Pero ese otro auto pasó.

—Ésta es una entrada privada. —El guardia cerró el portón.

El vehículo oficial del aeropuerto cruzó la pista de aterrizaje y se detuvo junto a un jumbo jet. Cuando Diane y Kelly bajaron, Howard Miller las estaba esperando.

—Llegaron bien.

—Así es —confirmó Diane—. Muchas gracias por organizar todo.

—Con mucho gusto. —Su rostro se ensombreció—. Espero que salga algo bueno de todo esto.

—Déle también las gracias a Lois Reynolds y dígale... —dijo Kelly.

La expresión de Howard Miller cambió.

—Lois Reynolds falleció anoche.

Ambas se sintieron conmocionadas. Pasó un momento antes de que Kelly pudiera hablar.

—Lo siento.

—¿Qué ocurrió? —quiso saber Diane.

—Supongo que su corazón no resistió.

El hombre miró el jet.

—Está listo para partir. Les reservé dos asientos junto a la puerta.

—Gracias, nuevamente.

Miller las vio subir por la rampa. Unos momentos después, la azafata cerró la puerta y el avión comenzó a carretear.

Kelly miró a Diane y sonrió.

—Lo logramos. Hemos burlado a esos genios locos. ¿Qué harás después de hablar con la senadora van Luven?

—Realmente no lo he pensado, todavía —respondió Diane—. ¿Y tú regresarás a París?

—Depende. ¿Piensas quedarte en Nueva York?

—Sí.

—Entonces tal vez me quede un tiempo en Nueva York.

—Luego podríamos ir juntas a París.

Se miraron la una a la otra, allí sentadas, sonriendo.

—Estaba pensando que Mark y Richard se sentirían muy orgullosos si supieran que nosotras vamos a terminar el trabajo que ellos comenzaron —dijo Diane.

—Seguro que estarían orgullosos.

Diane miró por la ventanilla y alzó los ojos mirando al cielo.

—Gracias, Richard.

Kelly la miró, sacudió la cabeza y no dijo nada.

"Richard, yo sé que puedes oírme, mi amor. Vamos a terminar lo que comenzaste. Vamos a vengarte a ti y a tus amigos. Eso no te hará regresar, pero ayudará un poco. ¿Sabes lo que más extraño de ti, mi amor? Todo…"

Cuando el avión aterrizó en el aeropuerto de La Guardia cinco horas y media más tarde, Diane y Kelly fueron las primeras en desembarcar. Diane recordaba las palabras de la senadora van Luven. "Cuando lleguen al aeropuerto, un automóvil gris Lincoln Town Car las estará esperando".

Efectivamente, el vehículo estaba esperando en la entrada de la terminal. De pie, junto a él había un anciano japonés con uniforme de chofer. Se irguió cuando Kelly y Diane se acercaron a él.

—¿Señora Stevens? ¿Señora Harris?

—Sí.

—Soy Kunio. —Abrió la puerta del auto y subieron.

Momentos más tarde estaban camino a Southampton.

—Es un viaje de dos horas —explicó Kunio—. El paisaje es muy hermoso.

Lo último en lo que ellas estaban interesadas era en el paisaje. Las dos concentraban su atención en cuál sería la manera más rápida de explicarle a la senadora lo que había ocurrido.

—¿Crees que la senadora estará en peligro cuando le digamos lo que sabemos? —preguntó Kelly.

—Con seguridad tiene protección. Ella va a saber cómo manejar esta situación.

—Así lo espero.

El Lincoln Town Car ingresó en el predio de una enorme mansión de piedra caliza con techos de pizarra y altas y delgadas chimeneas, en el estilo de la Inglaterra del siglo XVIII. Los jardines estaban prolijamente cuidados y se podía ver una construcción separada para la vivienda de los sirvientes y el garaje.

—Estaré esperándolas, si me necesitan —informó Kunio cuando el auto se detuvo en la entrada principal.

—Gracias.

La puerta fue abierta por un mayordomo.

—Buenas noches. Adelante, por favor. La senadora está esperándolas.

Entraron. La sala era elegante y a la vez informal, amueblada con una variada mezcla de antigüedades y sillones y sofás de aspecto confortable. Sobre la pared, encima del enorme hogar con decoración barroca, había candelabros con espejos.

—Por aquí, por favor —indicó el mayordomo.

El hombre las condujo hacia otro salón enorme.

La senadora van Luven estaba esperándolas. Vestía un traje celeste y blusa de seda. Levaba el pelo suelto. Tenía un aspecto más femenino del que Diane esperaba.

—Yo soy Pauline van Luven.

—Diane Stevens.

—Kelly Harris.

—Me alegra verlas a ambas. Esto ha tomado demasiado tiempo.

Kelly miró a la senadora con gesto de incomprensión.

—¿Perdón?

La voz de Tanner Kingsley se hizo oír detrás de ellas.

—Quiere decir que ustedes han tenido mucha suerte, pero esa suerte ha terminado.

Ambas se dieron vuelta. Tanner Kingsley y Harry Flint acababan de hacer su ingreso en el salón.

—Ahora, señor Flint —ordenó Tanner.

Harry Flint alzó una pistola. Sin decir una palabra, apuntó a las mujeres y disparó dos veces. Pauline van Luven y Tanner Kingsley observaban mientras los cuerpos de Diane y Kelly se inclinaban hacia atrás y caían al suelo.

Tanner se acercó a la senadora van Luven y la abrazó.

—Finalmente ha terminado, Princesa.

Capítulo cuarenta y dos

—¿Qué quiere que haga con los cuerpos? —preguntó Flint.

—Átales algunas pesas a los tobillos —respondió Tanner sin vacilar—, haz que las lleven en avión unos trescientos kilómetros y que las arrojen en el Atlántico.

—Muy bien. —Flint abandonó el salón.

Tanner se dio vuelta y miró a la senadora van Luven.

—Esto pone fin al asunto, Princesa. Podemos ponernos en marcha.

Ella se acercó a él y lo besó.

—Te he extrañado tanto, mi amor.

—Yo también te he extrañado mucho.

—Esos encuentros una vez por mes resultaban frustrantes porque sabía que tenías que irte.

Tanner la apretó contra su cuerpo.

—A partir de ahora estaremos juntos. Esperaremos unos respetables tres o cuatro meses como un homenaje a tu querido y fallecido marido, y luego nos casaremos.

Ella sonrió.

—Que sea un mes —propuso.

—Me parece bien —asintió él con un gesto.

—Renuncié al Senado ayer. Fueron muy comprensivos ante mi dolor por la muerte de mi marido.

—Maravilloso. Ahora podemos vernos con toda libertad. Quiero que veas algo en GKI que no he podido mostrarte antes.

Tanner y Pauline llegaron al edificio de ladrillos rojos. Él se acercó a la sólida puerta de acero. Había una hendidura en el centro. Él llevaba un pesado anillo de camafeo con el rostro de un guerrero griego.

Ella observaba mientras él apretaba con fuerza el anillo en la hendidura y la puerta comenzó a abrirse. El lugar era enorme, lleno de enormes computadoras y pantallas de televisión. Junto a una pared en el fondo había generadores y aparatos electrónicos, todo lo cual estaba conectado a un panel de control en el centro.

—Éste es el punto de partida. Lo que tú y yo tenemos es algo que va a cambiar nuestras vidas para siempre. Esta sala es el centro de comando de un sistema de satélites que puede controlar el clima en cualquier lugar del mundo. Podemos provocar tormentas en cualquier parte. También tenemos la capacidad de generar hambrunas haciendo cesar las lluvias, o de producir nieblas en todos los aeropuertos del mundo. Con estos sistemas es posible fabricar huracanes y ciclones capaces de detener la economía mundial. —Sonrió—. Ya he dado muestras de algo de nuestro poder. Muchos países han estado trabajando sobre el control del clima, pero ninguno ha logrado resolverlo todavía.

Tanner apretó un botón y se encendió una gran pantalla de televisión.

—Lo que estás viendo aquí es algo nuevo que al ejército le encantaría tener. —Se volvió a Pauline y sonrió—. Lo único que le impedía a Prima darme el control total era el efecto invernadero, y tú te ocupaste de eso de manera brillante. —Suspiró—. ¿Sabes quién inventó este proyecto? Andrew. Realmente era un genio.

Pauline observaba los complejos y voluminosos equipos.

—No entiendo cómo todo esto puede controlar el clima.

—Bueno, la versión simple es que el aire caliente se eleva hacia el aire más frío, y si hay humedad en…

—No seas condescendiente conmigo, mi amor.

—Lo siento, pero la versión completa es un tanto complicada —se disculpó Tanner.

—Te escucho.

—Es un poco técnico, así que debes tener paciencia. Los lásers de microonda, generados con la nanotecnología creada por mi hermano, cuando son disparados hacia la atmósfera de la Tierra, producen oxígeno libre que se une al hidrógeno, con lo que se produce ozono y agua. El oxígeno libre en la atmósfera forma pares, por eso se lo denomina O_2, y mi hermano descubrió que al disparar esos lásers desde el espacio a la atmósfera, el oxígeno se une con dos átomos de hidrógeno para producir ozono, O_3, y agua, H_2O.

—Sigo sin entender cómo eso podría...

—El clima está dominado por el agua. Andrew descubrió en pruebas a gran escala que era tanta el agua que se producía como producto colateral de sus experimentos, que los vientos cambiaban. Más láser, más viento. Cuando uno controla el agua y el viento, uno controla el clima. —Se quedó pensando un momento—. Cuando descubrí que Akira Iso en Tokio, y más tarde Madeleine Smith en Zürich, estaban cerca de resolver el problema, les ofrecí trabajar conmigo. Pero me rechazaron. Por otra parte, como ya te dije, tenía a cuatro de mis mejores meteorólogos trabajando conmigo en el proyecto.

—Sí.

—También eran muy buenos. Franz Verbrugge en Berlín, Mark Harris en París, Gary Reynolds en Vancouver y Richard Stevens en Nueva York. Puse a cada uno de ellos a resolver un aspecto diferente del control del clima, y pensé que dado que trabajaban en diferentes países, jamás encontrarían la manera de armar el rompecabezas para descubrir cuál era el objetivo final del proyecto. Pero de alguna manera lo lograron. Me consultaron y querían saber qué planes tenía yo para esos descubrimientos. Cuando les dije que no tenía intenciones de ofrecérselos a nuestro gobierno, ellos se opusieron y decidieron ir a Washington para hablar con alguien y contarle acerca de Prima. No habría importado a quién elegían porque de todas maneras yo me hubiera ocupado de ellos antes de llegar, pero te eligieron a ti porque eras la presidenta de la Comisión Especial del Senado para el Medio Ambiente. Ahora observa esto.

En una pantalla de computadora apareció un mapa del mundo, marcado con líneas y símbolos. Mientras hablaba, Tanner movió una llave y el foco del mapa se movió hasta destacar Portugal.

—Los valles agrícolas en Portugal son irrigados por ríos que van al Atlántico desde España. Imagina qué le ocurriría a Portugal si la lluvia no parara hasta que esos valles fértiles quedaran inundados.

Apretó un botón y en una enorme pantalla apareció la imagen de un gran palacio rosado con soldados con uniformes ceremoniales de guardia y rodeado de hermosos y exuberantes jardines que relumbraban a la luz brillante del sol.

—Ése es el Palacio Presidencial.

La imagen cambió a un interior, un comedor en el que una familia estaba tomando el desayuno.

—Ése es el Presidente de Portugal con su mujer y sus dos hijos. Cuando hablan, lo hacen en portugués, pero lo escucharás en inglés. Tengo docenas de nanocámaras y micrófonos instalados en el palacio. El Presidente no lo sabe, pero el jefe de su guardia de seguridad trabaja para mí.

Un edecán hablaba con el Presidente.

—A las once de la mañana tiene una reunión en la embajada y un discurso en un sindicato de trabajadores. A la una de la tarde, almuerzo en el museo. Esta noche tenemos una cena de gala.

Sonó el teléfono en la mesa del desayuno. Atendió el Presidente.

—Hola.

Luego la voz de Tanner le llegó instantáneamente traducida del inglés al portugués mientras hablaba.

—¿Señor Presidente?

Éste se mostró sorprendido.

—¿Quién es? —preguntó, e instantáneamente su voz fue traducida del portugués al inglés.

—Soy un amigo.

—¿Quién… cómo consiguió el número de mi teléfono privado?

—Eso no importa. Quiero que escuche con cuidado. Me encanta su país y no quisiera verlo destruido. Si no quiere que tormentas terribles lo borren del mapa, deberá enviarme dos mil millones de dólares en oro. Si no está interesado ahora, volveré a llamarlo en tres días.

En la pantalla se vio al Presidente colgar el teléfono con fuerza.

—Algún loco consiguió mi número. Parece escapado de un manicomio —le dijo a su mujer.

Tanner se volvió para dirigirse a Pauline.

—Eso fue grabado hace tres días. Permíteme mostrarte ahora la conversación que mantuvimos ayer.

La imagen del imponente palacio rosado y sus hermosos jardines apareció de nuevo, pero esta vez caía una fuerte lluvia con fuertes y constantes truenos. El cielo se iluminaba con rayos y relámpagos.

Apretó un botón y se vio la oficina del Presidente. Estaba sentado a la mesa de reuniones con media docena de asistentes que hablaban todos a la vez. El rostro del Presidente era torvo.

Sonó el teléfono de su escritorio.

—Ahora —sonrió Tanner.

El Presidente tomó el teléfono con aprensión.

—Hola.

—Buenos días, señor Presidente. ¿Cómo…?

—¡Usted está destruyendo mi país! Ha arruinado las cosechas. Los campos están inundados. Las aldeas están… —Se detuvo y respiró hondo—. ¿Cuánto tiempo va a durar esto?

La voz del Presidente indicaba un estado de gran agitación.

—Hasta que reciba los dos mil millones de dólares.

Vieron cómo el hombre hacía rechinar los dientes a la vez que cerraba los ojos por un momento.

—¿Y usted detendrá las tormentas, entonces?

—Sí.

—¿Cómo quiere que se le entregue el dinero?

—¿Ves lo fácil que es, Princesa? —dijo Tanner mientras apagaba el televisor—. Ya tenemos el dinero. Ahora te mostrará qué otra cosa puede hacer Prima. Éstas son nuestras primeras pruebas.

Apretó otro botón y en la pantalla apareció la imagen de un furioso huracán.

—Esto está ocurriendo en Japón —explicó—. En tiempo real. Y para ellos ésta es la estación de buen tiempo.

Al apretar un botón diferente aparecieron las imágenes de una violenta tormenta de granizo que golpeaba una plantación de cítricos.

—Esto es en vivo desde La Florida. La temperatura allí en este momento es de casi cero... en pleno junio. Las cosechas están siendo eliminadas.

Activó otro botón y en la pantalla gigante apareció la escena de un tornado que destrozaba construcciones.

—Esto está ocurriendo en Brasil. Como ves —señaló con orgullo—, Prima puede hacer de todo.

Pauline se acercó a él y le habló con dulzura.

—Igual que su padre.

Tanner apagó el televisor. Tomó tres dvd y se los mostró.

—Éstas son las tres conversaciones más interesantes que he tenido... Con Perú, con México y con Italia. ¿Sabes cómo me entregan el oro? Enviamos camiones a sus Bancos para que los llenen. Luego viene lo interesante. Al menor intento de descubrir a dónde va el oro, les prometo una nueva tormenta que no terminará nunca.

Pauline lo miró preocupada.

—Dime, Tanner. ¿Hay alguna manera de que ellos puedan rastrear tus llamadas?

Él se rió.

—Ojalá lo hagan. Si alguien trata de rastrearlas, el primer enlace los lleva a una iglesia, el segundo a una escuela. El tercer enlace desata tormentas que desearán no haber visto jamás. Y el cuarto termina en la Sala Oval de la Casa Blanca.

Ella se rió.

Tanner se dio vuelta.

—Aquí está mi hermano.

Andrew miraba atentamente a Pauline con expresión de intriga en su rostro.

—¿No nos conocemos ya? —La miró durante casi un minuto, concentrándose, hasta que su cara se iluminó—. Tú... tú y Tanner iban... iban a casarse. Yo era el testigo. Tú eres... tú eres Princesa.

—Muy bien, Andrew —lo alentó ella.

—Pero tú… tú te fuiste. No amabas a mi hermano.

—Permíteme corregirte —intervino Tanner—. Ella se fue precisamente porque me amaba. —Tomó la mano de Pauline—. Me llamó por teléfono al día siguiente de su boda. Se había casado con un hombre muy rico y muy poderoso para poder hacer que con las influencias de su marido GKI consiguiera clientes importantes. Por eso pudimos crecer con tanta rapidez. —La abrazó—. Arreglamos las cosas para vernos en secreto todos los meses. Y luego —agregó con orgullo—, ella se interesó en política hasta convertirse en senadora.

Andrew frunció el entrecejo.

—Pero… Sebastiana… Sebastiana…

—Sebastiana Cortez. —Tanner soltó una carcajada—. Ella era un señuelo para distraer la atención. Me aseguré de que todos en la oficina la conocieran. Princesa y yo no podíamos permitir que alguien sospechara algo.

—Ah, ya veo —comentó vagamente Andrew.

—Ven aquí, Andrew. —Tanner lo condujo al centro de control. Quedaron frente a Prima.

—¿Recuerdas esto? —preguntó el menor de los Kingsley—. Tú ayudaste a desarrollarlo. Ahora ya está terminado.

Los ojos de Andrew se abrieron muy grandes.

—Prima…

Tanner señaló un botón.

—Sí. Control de clima. —Señaló otro botón—. Lugar. —Se dirigió a su hermano—. ¿Ves lo simple que pudimos hacerlo?

El otro habló en un susurro.

—Recuerdo…

—Esto es sólo el comienzo, Princesa —dijo Tanner dirigiéndose a Pauline. La tomó en sus brazos—. Estoy investigando treinta países más. Ahora tienes lo que querías. Poder y dinero.

—Una computadora como ésa podría valer…

—Dos computadoras como ésa —corrigió él—. Tengo una sorpresa para ti. ¿Has oído hablar alguna vez de la isla Tamoa, en el Pacífico Sur?

—No.

—Acabamos de comprarla. Tiene ciento cincuenta kilómetros cuadrados y es increíblemente bella. Está en la Polinesia francesa. Tiene pista de aterrizaje y puerto de yates. Tiene de todo, incluyendo... —hizo una pausa teatral—... Prima II.

—¿Quieres decir que hay otra...? —exclamó Pauline.

Él asintió con la cabeza.

—Correcto. Está bajo tierra, donde nadie podrá jamás encontrarla. Ahora que esas dos malditas perras curiosas están finalmente eliminadas, el mundo es nuestro.

Capítulo cuarenta y tres

Kelly fue la primera en abrir los ojos. Yacía de espaldas, desnuda, sobre el piso frío de un subsuelo de cemento. Estaba engrillada con cadenas de veinte centímetros sujetas a la pared, apenas por encima del nivel del suelo. En el fondo de la habitación había una ventanita con rejas y una pesada puerta que daba a otra habitación.

Se volvió y vio que Diane estaba junto a ella, también desnuda y engrillada.

—¿Dónde estamos? —preguntó Diane todavía mareada.

—En el infierno, socia.

Probó las cadenas. Estaban firmemente sujetas a las muñecas. Sólo podía levantar los brazos unos diez o quince centímetros, nada más.

—Nos metimos directamente en la trampa —se lamentó Kelly con amargura—.

—¿Sabes lo que más me molesta de todo esto?

—No puedo imaginarlo —respondió Kelly después de recorrer con la mirada el despojado lugar.

—Ellos ganaron. Sabemos por qué mataron a nuestros maridos y por qué van a matarnos a nosotras, pero no hay manera de que jamás podamos decírselo al mundo. Lograron lo que querían. Kingsley tenía razón. Finalmente se nos acabó la suerte.

—No es así. —La puerta se abrió y allí apareció Harry Flint. Su sonrisa se agrandó. Cerró la puerta con una llave y la guardó—. Les disparé con balas de xilocaína. Debía matarlas, pero pensé que antes podíamos divertirnos un poco. —Se acercó a ellas.

Las dos mujeres intercambiaron miradas de terror. Observaron a Flint que, sonriendo, se quitaba la camisa y los pantalones.

—Miren lo que tengo para ustedes —ofreció. Se bajó los calzoncillos. Tenía el miembro duro e hinchado. Las miró a las dos y se acercó a Diane—. ¿Por qué no comenzamos contigo, preciosa, y luego...?

—Un momento, hermoso —interrumpió Kelly—. ¿Por qué no empiezas conmigo? Estoy muy caliente.

Diane la miró perpleja.

—Kelly...

Flint se dio vuelta y sonrió presuntuoso.

—Seguro, linda. Te va a encantar esto.

Se inclinó y comenzó a extenderse sobre aquel cuerpo desnudo.

—Oh, sí —gimió—. ¡Cómo he podido vivir sin esto!

Diane cerró los ojos. No podía soportar verlo.

Kelly abrió bien las piernas y cuando Flint comenzó a entrar en ella, levantó el brazo unos centímetros y llevó la mano a su peinado. Cuando la bajó tenía un peine con mango de acero de quince centímetros de largo. Con un solo y rápido movimiento, clavó el fino mango de acero en la nuca de Harry Flint, empujando la hoja hasta el fondo.

El hombre trató de gritar, pero lo único que se oyó fue un fuerte gorgoteo. La sangre le brotaba de la nuca. Diane abrió los ojos estupefacta.

—Ahora... ahora puedes relajarte —dijo Kelly con una mirada tranquilizadora. —Empujó el cuerpo muerto que tenía encima—. Está muerto.

El corazón de Diane latía con tanta fuerza que le parecía que iba a salírsele del pecho. Tenía la cara blanca como la de un fantasma.

—¿Te sientes bien? —preguntó Kelly alarmada.

—Temí que él fuera... —Se le secó la boca. Miró el cuerpo ensangrentado de Harry Flint y sintió un escalofrío—. ¿Por qué no me dijiste nada? —preguntó señalando el peine con mango clavado en la nuca.

—Porque si no hubiera funcionado... bueno, no quería que pensaras que yo te había fallado. Salgamos de aquí.

—¿Cómo?

—Te mostraré. —Kelly estiró su larga pierna hasta donde Flint había dejado caer sus pantalones y trató de alcanzarlos. Cinco centímetros demasiado lejos. Se estiró un poco más. Dos centímetros menos. Hasta que por fin lo logró.

—*Voilà* —exclamó con una sonrisa. Con los dedos de los pies tomó una de las perneras y lentamente fue acercando el pantalón hasta poder tomarlo con las manos. Buscó en los bolsillos las llaves de los grilletes. Las encontró. Un instante después tenía las manos libres. Se apresuró a liberar a Diane.

—Santo Cielo, eres milagrosa —exclamó.

—Gracias a mi nuevo peinado. Salgamos de aquí.

Tomaron las ropas que estaban en el suelo y se vistieron con rapidez. Kelly buscó la llave de la puerta en el bolsillo de Flint.

Se acercaron a la puerta y escucharon por un momento. Silencio. Kelly abrió la puerta. Estaban en un largo y vacío corredor.

—Debe de haber una salida trasera por aquí —dijo Diane.

Su compañera asintió con un gesto.

—Muy bien. Ve hacia allá y yo iré por el otro lado…

—No. Por favor. No nos separemos, Kelly.

Ésta tomó el brazo de Diane y lo apretó.

—De acuerdo, socia.

Minutos más tarde, ambas mujeres llegaron al garaje, donde había un Jaguar y un Toyota.

—Elige tú —sugirió Kelly.

—El Jaguar es demasiado llamativo. Tomemos el Toyota.

—Espero que la llave esté…

Estaba. Diane tomó el volante.

—¿Adónde vamos? ¿Tienes idea?

—A Manhattan. Todavía no tengo un plan —respondió Diane.

—Eso tranquiliza —suspiró Kelly.

—Tenemos que encontrar un lugar donde dormir. Cuando Kingsley descubra que nos hemos escapado, se va a volver loco. No estaremos a salvo en ninguna parte.

Kelly se quedó pensando.

318

—Sí. Estaremos a salvo.

—¿Qué quieres decir? —dijo Diane mirándola de reojo.

El orgullo dominaba las palabras de Kelly.

—Tengo un plan.

Capítulo cuarenta y cuatro

—Parece un lugar agradable —comentó Diane cuando entraron en White Plains, un pueblito tranquilo típicamente norteamericano, cuarenta minutos al norte de Manhattan—. ¿Qué estamos haciendo aquí?

—Tengo una amiga en este lugar. Ella se ocupará de nosotros.

—Háblame de ella.

—Mi madre estaba casada con un borracho al que le gustaba pegarle —explicó hablando con lentitud—. Cuando estuve en condiciones de hacerme cargo de ella, la persuadí para que lo abandonara. Una modelo que había escapado de un novio que la maltrataba me habló de este lugar. Es una pensión dirigida por una mujer llamada Grace Steidel, que es un ángel. Traje a mi madre para que se quedara aquí hasta que yo encontrara un departamento para ella. Yo la visitaba en esta casa todos los días. A mi madre le encantaba y se hizo amiga de algunas pensionistas. Finalmente encontré un departamento para ella y vine a buscarla. —Se detuvo.

—¿Qué ocurrió? —preguntó Diane mirándola a los ojos.

—Había regresado con su marido.

Llegaron a la pensión.

—Aquí es.

Grace Seidel era una mujer de unos cincuenta y tantos años, dinámica y llena de una energía maternal. Cuando abrió la puerta y vio a Kelly, se le iluminó la cara.

—¡Kelly! —La abrazó—. ¡Qué alegría verte!

—Ésta es mi amiga Diane —las presentó.

Intercambiaron saludos.

—Tu habitación está lista —informó Grace—. En realidad, era la habitación de tu madre. Hice poner una cama más.

Grace Steidel las condujo al dormitorio y pasaron por una sala de aspecto cómodo en la que una docena de mujeres jugaban a las cartas y realizaban otras actividades.

—¿Cuánto tiempo se quedarán?

—No estamos seguras. —Kelly y Diane se miraron la una a la otra.

La dueña de casa sonrió.

—No hay problema. La habitación es de ustedes mientras la necesiten.

Era un lugar encantador, prolijo y limpio.

—Aquí estaremos a salvo —aseguró Kelly cuando Grace Steidel salió—. A propósito, creo que merecemos estar en el Libro Guinnes de los Récords. ¿Tienes idea de cuántas veces han tratado de matarnos?

—Sí. —Diane estaba junto a la ventana. Su amiga la oyó murmurar: "Gracias, Richard". Kelly iba a decir algo, pero luego se abstuvo: "No vale la pena".

Andrew, que dormitaba en su escritorio, soñaba que estaba dormido en la cama de un hospital. Las voces en la habitación lo despertaron.

"—...y por suerte, descubrí esto cuando estábamos descontaminando el equipo de seguridad de Andrew. Me pareció que debía mostrarle esto de inmediato.

"—El maldito Ejército me dijo que esto sería seguro".

Un hombre le estaba entregando a Tanner una de las máscaras antigás del experimento del Ejército.

"—Encontré un minúsculo agujero en la base de la máscara. Parece que alguien lo hizo. Con eso fue suficiente para provocar el daño que recibió su hermano".

Tanner miró la máscara y su voz resonó como un trueno.

"—Quienquiera que sea el responsable de esto lo va a pagar. —Miró al hombre y dijo:— Me ocuparé de esto inmediatamente. Gracias por traerme esta máscara".

Desde su cama el adormilado Andrew vio salir al hombre. Su hermano miró la máscara un instante y luego fue hasta un rincón de la habitación donde había un enorme carrito de hospital lleno de sábanas sucias. Metió la mano hasta el fondo e hizo desaparecer la máscara entre la ropa para lavar. Andrew trató de preguntarle a su hermano qué era lo que estaba ocurriendo, pero estaba demasiado cansado. Se quedó dormido.

Tanner, Andrew y Pauline regresaron a la oficina.

La secretaria trajo los diarios de la mañana, como su jefe le había pedido. Él repasó las primeras planas.

—Mira esto: "Científicos perplejos por inusuales tormentas en Guatemala, Perú, México e Italia…" —Miró exultante a Pauline—. Y esto es sólo el principio. Van a tener muchas más cosas parar quedar perplejos.

Vince Carballo entró corriendo en la oficina.

—Señor Kingsley…

—Estoy ocupado. ¿Qué pasa?

—Flint está muerto.

—¿Qué? —La mandíbula de Tanner se aflojó—. ¿Qué me estás diciendo? ¿Qué pasó?

—Stevens y Harris lo mataron.

—¡Eso es imposible!

—Está muerto. Ellas se escaparon y se llevaron un auto de la senadora. Ya denunciamos el robo. La policía lo encontró en White Plains.

—Esto es lo que quiero que hagan. —La voz de Tanner era sombría—. Vayan con una docena de hombres a White Plains. Revisen cada hotel, cada pensión, cada hotelucho… todo lugar en el que puedan estar escondidas. Le daré quinientos mil dólares a quien las encuentre y las entregue. ¡Vamos, muévanse!

—Sí, señor.

Vince Carballo salió a toda velocidad.

—Lamento lo que te ocurrió cuando estuviste en París —dijo Diane en su habitación en la pensión de Grace Seidel—. ¿Mataron al administrador?

—No lo sé. Sólo sé que desapareció con la familia.

—¿Y qué pasó con tu perra, con Ángela?

—No quiero hablar de eso —respondió Kelly con voz tensa.

—Lo siento. ¡Qué frustración! ¡Estábamos tan cerca! Ahora que sabemos lo que ocurrió, no hay nadie a quien podamos decírselo. Sólo será nuestra palabra contra la palabra de GKI. Nos va a internar en un manicomio.

—Tienes razón —asintió Kelly con un gesto—. No hay nadie a quien podamos acudir.

Se produjo un silencio momentáneo hasta que Diane habló.

—Creo que sí hay alguien —dijo lentamente.

Los hombres de Vince Carballo se distribuyeron por todo el pueblo, revisando cada hotel, cada hotelucho, cada pensión. Uno de sus hombres mostró fotos de Diane y Kelly al empleado del Hotel Esplanade.

—¿Ha visto usted a alguna de estas señoras? Hay medio millón de dólares de recompensa para quien las entregue.

El empleado sacudió la cabeza.

—Ojalá supiera dónde están.

En el Hotel Renasissance Westchester, otro de sus secuaces mostraba fotos de las dos mujeres.

—¿Medio millón? Ojalá pudiera cobrarlos yo.

—Si las veo —estaba diciendo el empleado del Crowne Plaza—, no tenga cuidado. Yo le avisaré señor.

Vince Carballo en persona golpeó la puerta en la pensión de Grace Seidel.

—Buenos días.

—Buenos días. Me llamo Vince Carballo. —Le mostró una foto de las dos mujeres—. ¿Ha visto a alguna de ellas? Hay medio millón de dólares de recompensa por cada una de ellas.

La cara de Grace Seidel se iluminó.

—¡Kelly!

En la oficina de Tanner, Kathy Ordóñez estaba abrumada. Los faxes entraban con más rapidez de lo que podía manejar y su casilla de correo electrónico estaba saturada. Tomó una pila de esos papeles y se dirigió a la oficina de Tanner. Éste y Pauline van Luven conversaban sentados en un sofá.

—¿Qué ocurre? —preguntó él cuando la secretaria entró.

—Buenas noticias —informó sonriendo—. La cena va a ser todo un éxito.

Él frunció el entrecejo.

—¿De qué está hablando?

—Éstas son todas notas de aceptación —dijo mostrándole los papeles—. Todos van a asistir.

Tanner se puso de pie.

—¿Asistir a qué? Déjeme verlas.

Kathy le entregó los papeles y regresó a su escritorio.

Él leyó en voz alta el primer mensaje electrónico.

—"Estaremos encantados de asistir a la cena en la sede de GKI para la presentación de Prima, su máquina para controlar el clima". Eso es del director de *Time Magazine*.

Palideció. Miró el siguiente mensaje.

—"Gracias por su invitación para conocer a Prima, su computadora para el control del clima, en la sede de GKI. Nos va a encantar asistir". Está firmado por el director de *Newsweek*.

Recorrió los papeles.

—CBS, NBC, CNN, *The Wall Street Journal*, el *Chicago Tribune* y el *London Times*, todos ansiosos por asistir a la presentación de Prima.

Pauline había permanecido ahí sentada, sin pronunciar una palabra.

Él estaba tan furioso que apenas si podía articular palabra.

—¿Qué demonios es esto…? —Se detuvo—. ¡Esas malditas perras!

En el Cibercafé Irma, Diane estaba muy ocupada frente a una computadora. Miró a Kelly.

—¿Nos queda alguien por avisar?

—*Elle, Cosmopolitan, Vanity Fair, Maemoiselle, Reader's Digest…*

Diane soltó una carcajada.

—Creo que con esto es suficiente. Espero que Kingsley tenga una buena casa de servicios de banquetes. Va a dar una gran fiesta.

Vince Carballo miraba con entusiasmo a Grace Seidel.

—¿Conoce a Kelly?

—Por supuesto —respondió la mujer—. Es una de las modelos más famosas del mundo.

La cara de esbirro de Kingsley se iluminó.

—¿Dónde está?

Grace lo miró con gesto de sorpresa.

—¿Cómo voy a saberlo? Jamás he estado con ella.

El rostro de él enrojeció.

—Usted dijo que la conocía.

—Bueno… todo el mundo la conoce. Es muy famosa. ¿No es bellísima?

—¿No tiene idea de dónde puede estar?

Grace se quedó un momento pensativa.

—Me parece que tengo una vaga idea.

—¿Dónde?

—Vi a una mujer que se parecía a ella tomar un autobús esta mañana. Iba con alguien…

—¿Qué autobús era?

—El que va a Vermont.

—Gracias.

Vince Carballo se alejó rápidamente.

Tanner arrojó la pila de faxes y mensajes electrónicos al suelo. Se dirigió a Pauline.

—¿Sabes lo que esas dos perras han hecho? No podemos permitir que nadie vea a Prima. —Se quedó pensativo un rato largo—. Creo que Prima va a tener un accidente un día antes de la reunión y va a explotar.

Pauline lo miró un instante y luego sonrió.

—Prima II.

Tanner asintió con un gesto.

—Correcto. Podemos viajar por todo el mundo y cuando estemos listos, iremos a Tamoa para comenzar a trabajar con Prima II.

Por el intercomunicador se oyó la voz Kathy Ordóñez. Su tono era de ansiedad. Corrió a la oficina de su jefe.

—Señor Kingsley, los teléfonos han enloquecido. Tengo a *The New York Times*, a *The Washington Post* y a Larry King esperando para hablar con usted.

—Dígales que estoy en una reunión. —Se volvió hacia Pauline—. Tenemos que irnos de este lugar. —Palmeó el hombro de su hermano—. Andrew, ven con nosotros.

—Sí, Tanner.

Los tres se dirigieron al edificio de ladrillos rojos.

—Tengo algo muy importante para ti, Andrew.

—Lo que quieras —respondió el mayor de los Kingsley.

Tanner fue el primero en ingresar al edificio de ladrillos rojos y fue directamente a Prima. Se volvió y miró a Andrew.

—Esto es lo que quiero que hagas. Princesa y yo tenemos que salir ahora, pero a las seis de la tarde, quiero que desconectes la computadora. Es muy sencillo. —Señaló con el dedo—. ¿Ves ese enorme botón rojo?

—Sí, lo veo —respondió Andrew con un gesto afirmativo.

—Lo único que tienes que hacer es apretarlo tres veces, a las seis de la tarde. Tres veces. ¿Puedes recordar esto?

—Sí, Tanner —respondió—. A las seis de la tarde. Tres veces.

—Muy bien. Nos vemos luego.

Tanner y Pauline comenzaron a retirarse.

Andrew se quedó mirándolos.

—¿No me llevan con ustedes?

—No. Tú te quedas aquí. Sólo tienes que recordarlo: a las seis de la tarde, tres veces.

—Lo recordaré.

—¿Y si no se acuerda de apretar el botón? —preguntó Pauline apenas estuvieron afuera.

—No importa —respondió él riéndose—. Lo dejé listo para que explotara automáticamente a las seis de la tarde. Sólo quería asegurarme de que él estuviera allí cuando explotara.

Capítulo cuarenta y cinco

Era un día perfecto para volar. El 757 de GKI viajaba a gran velocidad sobre el océano Pacífico, bajo un cielo azul cerúleo. Pauline y Tanner estaban apretados uno junto al otro en un sofá en la cabina principal.

—Querido, ¿sabes que es una pena que la gente nunca se entere de lo brillante que eres? —dijo ella.

—Si alguna vez alguien lo descubriera, me pondría en graves problemas.

Ella lo miró.

—Ningún problema. Podríamos comprar un país entero y proclamarnos sus gobernantes. Entonces no podrían tocarnos.

Él lanzó una carcajada.

—¿Sabías que te deseé desde la primera vez que te vi? —dijo ella acariciándole la mano.

—No lo sabía. Por lo que recuerdo, eras bastante impertinente.

—Y funcionó, ¿no es cierto? Tenías que verme otra vez para darme una lección.

Se dieron un beso largo y erótico.

A la distancia se veía el reflejo de los relámpagos.

—Te va a encantar Tamoa. Pasaremos allí una o dos semanas para relajarnos y luego viajaremos por todo el mundo. Vamos a recuperar todos esos años en que no pudimos estar juntos.

—Vaya si lo haremos —dijo ella mirándolo con una sonrisa pícara.

—Una vez por mes, más o menos, regresaremos a Tamoa y pondremos a Prima II a trabajar. Podremos elegir juntos los objetivos.

—Bueno, podríamos generar una tormenta en Inglaterra, pero ni se darían cuenta —sugirió ella.

—Tenemos todo el mundo para elegir —dijo él entre risas.

Se acercó un camarero.

—¿Necesitan algo? —ofreció.

—No —respondió Tannner—. Ya lo tenemos todo. —Y él sabía que era verdad.

En el cielo distante, seguían viéndose los relámpagos.

—Espero que no haya tormenta —dijo Pauline—. Detesto volar con mal tiempo.

—No te preocupes, querida. No hay una sola nube en el cielo. —Pensó en algo y sonrió—. No tenemos que preocuparnos por el clima. Nosotros lo controlamos. —Miró el reloj—. Prima explotó hace ya una hora y...

De pronto gotas de lluvia comenzaron a golpear contra el avión.

Él la estrechó contra su cuerpo.

—Está todo bien. Sólo un poco de lluvia.

Y mientras Tanner pronunciaba esas palabras, el cielo de pronto comenzó a oscurecerse y a temblar con oleadas de truenos. El enorme avión comenzó a moverse hacia arriba y hacia abajo. Tanner miraba por la ventanilla, intrigado por lo que estaba ocurriendo. La lluvia comenzó a convertirse en enormes ráfagas de granizo.

—Mira... —empezó a decir él. De pronto se dio cuenta de todo—. ¡Prima! —Fue un grito de júbilo, con un brillo de gloria en los ojos—. Podemos...

En ese instante, un huracán golpeó al avión, arrastrándolo salvajemente.

Pauline gritaba.

En el edificio de ladrillos rojos de GKI, Andrew Kingsley estaba manejando Prima, sus dedos recorrían las llaves recordando. Al mirar su objetivo en la pantalla, vio la imagen del avión de su hermano arrastrado por vientos huracanados de más de cuatrocientos kilómetros por hora. Apretó otro botón.

En una docena de oficinas dependientes del Servicio Meteorológico Nacional, desde Anchorage, Alaska hasta Miami, Florida, los meteorólogos observaban las pantallas de sus computadoras sin poder creer lo que veían. Lo que estaba ocurriendo parecía imposible, pero estaba sucediendo.

Andrew, mientras trabajaba en el edificio de ladrillos rojos, estaba agradecido de que todavía hubiera algo que él podía hacer para ayudar a hacer del mundo un lugar mejor. Con cuidado guió el tornado de fuerza 6 que él había creado... hacia arriba... hacia arriba... más alto... más alto...

Tanner miraba por la ventanilla del avión que se movía salvajemente y oyó el ruido de tren que avanza, característico de un tornado que se acerca, por sobre el rugido de la tormenta, moviéndose a más de cuatrocientos kilómetros por hora. El rostro de Tanner estaba rojo. Temblaba de emoción al ver que el tornado en movimiento se acercaba al avión. Estaba fascinado.
—¡Mira! Nunca ha existido un tornado tan alto. ¡Jamás! ¡Yo lo creé! ¡Es un milagro! ¡Sólo Dios y yo podemos...!

En el edificio de ladrillos rojos, Andrew movió una llave y vio en la pantalla el avión que explotaba y sus restos volaban por los aires junto con los cuerpos.
Luego, Andrew Kingsley apretó el botón rojo tres veces.

Capítulo cuarenta y seis

Kelly y Diane estaban terminando de vestirse cuando Grace Seidel golpeó la puerta.

—El desayuno está listo para cuando ustedes quieran.

—Ya vamos —respondió Kelly con voz fuerte.

—Espero que nuestro truquito haya funcionado. Veamos si Grace tiene el diario de la mañana.

Abandonaron la habitación. A la derecha estaba el área de esparcimiento. Había algunas personas frente al televisor. Cuando pasaron por ahí para llegar al comedor, un conductor de televisión estaba diciendo:

"—Y según los informes, no hay sobrevivientes. En el avión viajaban Tanner Kingsley y la senadora Pauline van Luven, además del piloto, el copiloto y el camarero".

Ambas mujeres quedaron paralizadas. Se miraron una a la otra, dieron la vuelta y se dirigieron al televisor. En la pantalla había imágenes del exterior del GKI.

"—El Grupo Kingsley Internacional es el *think tank* más grande del mundo, con oficinas en treinta países. El Servicio Meteorológico informó que una inesperada tormenta eléctrica en un sector del Pacífico Sur hacia el que se dirigía el avión privado de Tanner Kingsley…"

Diane y Kelly escuchaban fascinadas.

"—…Además, como otra pieza del rompecabezas, hay un misterio que la policía está tratando de resolver. La prensa fue invitada a una cena para conocer Prima, una nueva computadora para el control del clima que GKI había desarrollado, pero ayer se produjo una explosión en GKI y Prima quedó totalmente destruida. El departamento de bomberos encontró el cuerpo de Andrew Kingsley entre los escombros y se cree que fue la única víctima.

—Tanner Kingsley ha muerto —dijo Diane.

—Repite eso. Lentamente.

—Tanner Kingsley está muerto.

Kelly lanzó un profundo suspiro de alivio. Miró a su compañera y sonrió.

—La vida será bastante más aburrida después de esto.

—Eso espero —correspondió Diane—. ¿Qué te parece dormir en el Waldorf-Astoria Towers esta noche?

—No me molestaría —aceptó Kelly con una sonrisa.

Cuando se despidieron de Grace Seidel, ésta abrazó a Kelly.

—Cuando quieras —le dijo.

Jamás le mencionó el dinero que le habían ofrecido.

En la suite presidencial del Waldorf Towers, un camarero estaba poniendo la mesa para la cena. Se dirigió a Diane.

—¿Usted pidió un servicio para cuatro personas?

—Así es.

Kelly la miró y no dijo nada. Diane sabía lo que su amiga estaba pensando.

—Kelly, no creo que esto lo hayamos hecho nosotras solas. Creo que tuvimos un poco de ayuda. —Alzó su copa de champán y le habló a la silla vacía que tenía al lado—. Gracias, Richard, mi amor. Te amo.

En el momento en que llevaba la copa a sus labios, Kelly la detuvo.

—Un momento. —Su amiga la miró. Alzó su copa de champaña y se dirigió a la silla vacía junto a ella—. Mark, te amo con todo mi corazón. Gracias.

Bebieron después del brindis.

—Eso estuvo bueno —dijo Kelly—. Bien, ¿y ahora qué?

—Iré al FBI en Washington y les diré lo que sé.

—Iremos a Washington —corrigió la otra—, y les diremos lo que ambas sabemos.

Diane sonrió.

—De acuerdo.

Después de la cena, vieron televisión y en todos los canales se estaban ocupando de la muerte de Tanner Kingsley.

—¿Sabías que cuando le cortas la cabeza a una serpiente —dijo Kelly pensativa mientras miraba los informes televisivos—, el resto de la serpiente muere?

—¿Qué quieres decir?

—Averigüémoslo. —Kelly se acercó al teléfono—. Quiero hacer una llamada a París.

Cinco minutos más tarde, oyó la voz de Nicole Paradis.

—¡Kelly! ¡Kelly! ¡Kelly! ¡Cuánto me alegra que haya llamado!

Su corazón pareció detenerse. Sabía qué era lo que le iban a decir. Habían matado a Ángela.

—No sabía cómo comunicarme con usted.

—¿Se enteró de las noticias?

—Todo el mundo se ha enterado. Jerôme Malo y Alphonse Girouard empacaron sus cosas y partieron rápidamente.

Kelly sintió miedo de hacer la siguiente pregunta.

—¿Y Ángela?

—La tengo en mi departamento. Ellos pensaban usarla como cebo en caso de que usted no quisiera cooperar.

—¡Eso es fantástico! —exclamó Kelly, sintiendo que el alma le volvía al cuerpo.

—¿Qué quiere que haga con ella?

—Envíemela en el primer vuelo de Air France a Nueva York. Avíseme cuando llegará e iré a buscarla al aeropuerto. Puede llamarme aquí al Waldorf Towers, el número es 212 355-3100.

—Me ocuparé de eso.

—Gracias. —Colgó.

Diane había estado escuchando.

—¿Ángela está bien?

—Sí.

—¡Qué bueno!

—Fantástico. Estoy encantada. A propósito, ¿qué piensas hacer con tu mitad del dinero?

Su compañera la miró sorprendida.

—¿Qué?

—GKI ofreció cinco millones de dólares de recompensa. Creo que nos corresponde a nosotras.

—Pero Kingsley está muerto.

—Lo sé, pero GKI, no.

Se rieron.

—¿Qué planes tienes para después de nuestro viaje a Washington? ¿Comenzarás a pintar de nuevo?

Lo pensó por un momento.

—No.

—¿En serio? —reaccionó la otra mirándola a los ojos.

—Bueno, hay un cuadro que quiero pintar. Es un picnic en Central Park. —Su voz se quebró—. Dos amantes haciendo picnic en la lluvia. Luego... ya veremos. ¿Y tú? ¿Volverás a modelar?

—No. No lo creo... —Diane se quedó mirándola—. Bueno... tal vez. Porque cuando esté en la pasarela podré imaginar que Mark está mirándome y mandándome besos. Sí, creo que a él le gustaría que volviera al trabajo.

Diane sonrió.

—Bien.

Siguieron mirando televisión una hora más.

—Creo que es hora de irme a la cama —dijo Diane.

Quince minutos más tarde ya se habían desvestido y estaba cada una en su cama tamaño *queen*, las dos reviviendo sus recientes aventuras.

Kelly bostezó.

—Tengo sueño, Diane. Apaguemos las luces.

FIN

Epílogo

El viejo dicho de que todo el mundo habla del tiempo pero nadie hace nada al respecto ya no es válido. En la actualidad, dos países tienen la capacidad de controlar el clima en el mundo: Estados Unidos y Rusia. Otros países están trabajando aceleradamente para ponerse a la par.

La búsqueda del dominio de los elementos que comenzó con Nikola Tesla a fines del siglo XIX y la transmisión de energía eléctrica a través del espacio, se ha convertido en realidad.

Las consecuencias son monumentales. El clima puede ser usado como una bendición o como un arma. Todos los elementos necesarios están en su lugar.

En 1969, la Oficina de Patentes de Estados Unidos concedió la patente a "un método para aumentar la posibilidad de precipitación con la introducción artificial de vapor de agua de mar en la atmósfera".

En 1971, se le otorgó a la Westinghouse Electric Corporation la patente de un sistema de irradiación sobre determinados sectores de la superficie del planeta.

Ese mismo año se concedió una patente a la Fundación Nacional de Ciencia para un método de modificación del clima.

En 1978, Estados Unidos lanzó un experimento que generó una fuerte caída de lluvia sobre seis condados en el norte de Wisconsin. La tormenta produjo vientos de doscientos cincuenta kilómetros por hora y provocó daños por cincuenta millones de dólares.

En 1995, la Oficina de Patentes de Estados Unidos concedió una patente para un sistema satelital de modificación del clima.

Por su parte, Rusia ha desarrollado un sistema "elf" (baja frecuencia ampliada): treinta enormes transmisores que forman sistemas bloqueadores de alta presión que pueden cambiar las pautas climáticas en todo el mundo. Las ondas "elf" comenzaron a usarse a principios de la década de 1980 y comenzaron a producirse extrañas conductas climáticas con inesperadas sequías, inundaciones y tormentas.

El clima es la fuerza más poderosa que conocemos. Quienquiera que controle el clima puede alterar la economía del mundo con perpetuas tormentas de lluvia, puede eliminar cosechas con una sequía y desatar la destrucción en los campos de batalla del enemigo.

El peligro de un devastador enfrentamiento entre Estados Unidos y Rusia se hizo tan grande, que en 1977, se firmó un tratado de Naciones Unidas entre Rusia y Estados Unidos contra la modificación del clima con propósitos hostiles.

A pesar de haber firmado ese tratado en Naciones Unidas, Estados Unidos está construyendo un enorme complejo para experimentos climatológicos llamado HAARP en una remota región de Alaska.

Yo dormiría mejor si algún líder mundial dijera: "Todos hablan del clima, pero nadie hace nada al respecto".

Y fuera verdad.